PALÁCIO DE MENTIRAS

erin watt

PALÁCIO DE MENTIRAS

SÉRIE THE ROYALS – LIVRO 3

Tradução
Regiane Winarski

essência

Preparação: Laura Folgueira
Revisão: Carolina Cândido e Mariane Genaro
Diagramação: Abreu's System
Capa: adaptada do projeto gráfico original de Meljean Brook

CIP-BRASIL. CATALOGAÇÃO NA PUBLICAÇÃO
SINDICATO NACIONAL DOS EDITORES DE LIVROS, RJ

W34p
Watt, Erin
Palácio de mentiras / Erin Watt; tradução Regiane Winarski. - 1. ed. - São Paulo: Planeta, 2018.

(The Royals ; 3)
Tradução de: *Twisted Palace*
ISBN 978-85-422-1227-3

1. Romance americano. I. Winarski, Regiane. II. Título. III. Série.

17-46533 CDD: 813
CDU: 821.111(73)-3

MISTO
Papel produzido a partir de fontes responsáveis
FSC® C019498
FSC www.fsc.org

Ao escolher este livro, você está apoiando o manejo responsável das florestas do mundo

2021
Todos os direitos desta edição reservados à
EDITORA PLANETA DO BRASIL LTDA.
Rua Bela Cintra, 986 – 4º andar
01411-000 – Consolação
São Paulo – SP
www.planetadelivros.com.br
faleconosco@editoraplaneta.com.br

Aos leitores que se apaixonaram pela série. Vocês fizeram essas histórias ganharem vida de uma forma que jamais poderíamos imaginar. Obrigada.

Agradecimentos

Quando começamos a escrever *Princesa de papel*, no outono de 2015, escrevemos uma para a outra. Trocávamos capítulos por e-mail. As palavras fluíam para as páginas.

Mas, por mais que amássemos o projeto, nunca imaginamos que repercutiria tão bem com tantos leitores no mundo todo. Somos muito gratas pela forma como vocês, leitores, receberam essas histórias. Vocês deram vida a esses personagens.

Também precisamos agradecer a Margo, que ouviu todo nosso esboço e nos deu um *feedback* inicial.

Às primeiras leitoras, Jessica Clare, Michelle Kannan, Meljean Brook e Jennifer L. Armentrout, que fizeram críticas valiosas.

À nossa assessora de imprensa, Nina, por lidar com toda a divulgação deste projeto. Sabemos que tem sido uma montanha de trabalho!

Estaríamos perdidas sem Natasha e Nicole, nossas assistentes, que ajudam a estarmos sempre em dia com os compromissos.

E, claro, temos uma dívida eterna com todos os blogueiros, críticos e leitores que dedicaram um tempo a ler, resenhar e delirar com este livro. O apoio e *feedback* de vocês fazem todo esse processo valer a pena!

Capítulo 1

REED

— Onde você estava entre as oito e as onze horas da noite de hoje?

— Há quanto tempo estava dormindo com a namorada do seu pai?

— Por que você a matou, Reed? Ela irritou você? Ameaçou revelar o caso para o seu pai?

Eu já vi programas policiais suficientes para saber que a gente tem que ficar de boca fechada quando está em uma sala de interrogatório policial. Ou isso, ou a gente só diz as três palavras mágicas:

— Quero meu advogado.

E é exatamente o que estou fazendo há uma hora.

Se eu fosse menor de idade, esses babacas nem sonhariam em me interrogar sem a presença do meu pai ou de um advogado. Mas tenho dezoito anos, e acho que eles pensam que sou uma presa fácil. Ou talvez pensem que sou burro o suficiente para responder às suas perguntas tendenciosas sem meu advogado.

Os investigadores Cousins e Schmidt não parecem se importar com meu sobrenome. Por algum motivo acho isso revigorante. Sempre me safei, a vida toda, porque sou um Royal.

Se me meto em confusão na escola, meu pai faz um cheque e meus pecados são esquecidos. Desde que consigo lembrar, garotas fazem fila para pular na cama comigo só para poderem contar para as amigas que pegaram um Royal.

Não que eu queira garotas fazendo fila para mim. Só tem uma garota com quem me importo agora: Ella Harper. E o fato de ela ter me visto ser arrastado para fora de casa algemado acaba comigo.

Brooke Davidson está morta.

Ainda não caiu a ficha. A namorada platinada e interesseira do meu pai estava bem viva quando saí da cobertura mais cedo.

Mas não vou dizer isso aos investigadores. Não sou idiota. Eles vão distorcer tudo que eu disser.

Frustrado com meu silêncio, Cousins bate com as duas mãos na mesa de metal entre nós.

— Me responde, seu merdinha!

Por baixo da mesa, meus punhos estão cerrados com força. Obrigo meus dedos a relaxar. Este é o último lugar em que eu deveria perder a cabeça.

A parceira de Cousins, uma mulher discreta chamada Teresa Schmidt, lança um olhar de advertência para ele.

— Reed — diz ela com uma voz suave —, não podemos ajudar se você não cooperar. E nós queremos ajudá-lo.

Arqueio a sobrancelha. É sério? O jogo do policial bom/policial mau? Acho que eles viram os mesmos programas de TV que eu.

— Pessoal — digo despreocupadamente. — Estou começando a me questionar se vocês têm algum problema de audição ou algo parecido. — Com um sorrisinho, cruzo os braços sobre o peito. — Eu já pedi pelo meu advogado, o que quer dizer que vocês têm que esperar até ele chegar para me fazer perguntas.

— Nós podemos fazer perguntas — diz Schmidt —, e você pode responder. Não existe lei contra isso. Você também pode oferecer informações voluntariamente. Por exemplo, podemos acelerar todo esse processo se você explicar, por exemplo, por que tem sangue na sua camisa.

Resisto à vontade de colocar a mão na lateral do corpo.

— Vou esperar Halston Grier chegar, mas obrigado pela dica.

A salinha é tomada pelo silêncio.

Cousins está visivelmente trincando os dentes. Schmidt só suspira. Os dois investigadores empurram as cadeiras para trás e saem da sala sem dizer mais nada.

Royal – 1.

Polícia – 0.

Só que, apesar de claramente terem desistido de mim, eles demoram todo o tempo do mundo para atender ao meu pedido. Fiquei sentado sozinho na salinha durante uma hora, me perguntando como foi que a minha vida havia chegado àquele ponto. Eu não sou santo e nunca disse que era. Já me meti na minha cota de brigas. Sou implacável quando preciso ser.

Mas... eu não sou este cara. O cara que é arrastado de dentro da própria casa algemado. O cara que tem que ver o medo tomar conta dos olhos da namorada enquanto é jogado na traseira de uma viatura policial.

Quando a porta se abre de novo, a claustrofobia faz com que eu seja mais grosso do que deveria ser.

— Dava para ter demorado mais? — digo com rispidez para o advogado do meu pai.

O homem grisalho de cinquenta e poucos anos está usando terno, apesar de ser madrugada. Ele me dá um sorriso triste.

— Bem. Parece que alguém está de bom humor.

— Cadê meu pai? — pergunto, olhando por cima do ombro de Grier.

— Na sala de espera. Ele não pode entrar aqui.

— Por quê?

Grier fecha a porta e anda até a mesa. Coloca a pasta em cima e abre as fivelas douradas.

— Porque não há restrições a pais testemunharem contra os filhos. O direito de não testemunhar se estende somente a cônjuges.

Pela primeira vez desde que fui preso, fico preocupado. Testemunhar? Isso não vai parar no *tribunal*, vai? Até onde os policiais planejam levar essa babaquice?

— Reed, respira.

Meu estômago dá um nó. Droga. Eu odeio ter revelado mesmo que um traço de fragilidade na frente desse homem. Eu não demonstro fraqueza. Nunca. A única pessoa com quem consegui baixar a guarda foi Ella. Aquela garota tem o poder de quebrar minhas barreiras e me *ver* de verdade. O verdadeiro eu, não o babaca frio e insensível que o resto do mundo vê.

Grier pega um bloco de folhas amarelas e uma caneta tinteiro dourada. Senta-se na cadeira à minha frente.

— Eu vou acabar com isso — promete ele. — Mas, primeiro, preciso saber com o que estamos lidando aqui. Pelo que consegui arrancar dos policiais responsáveis pela investigação, as câmeras de segurança mostraram você entrando na cobertura dos O'Halloran às oito e quarenta e cinco da noite de hoje. A mesma gravação mostra você saindo cerca de vinte minutos depois.

Meu olhar percorre a sala, procurando câmeras ou equipamentos de gravação. Não tem espelho ali, então acho que ninguém está nos espiando de um segundo cômodo. Ou, pelo menos, espero que não.

— Tudo que dissermos aqui fica entre nós — garante Grier quando repara em meu olhar receoso. — Não podem nos gravar. Sigilo entre advogado e cliente e esse tipo de coisa.

Expiro lentamente.

— Sim. Eu fui à cobertura mais cedo. Mas não matei a Brooke porra nenhuma.

Grier assente.

— Tudo bem. — Ele anota alguma coisa no bloco. — Vamos voltar ainda mais no tempo. Quero que você comece do começo. Me conte sobre você e Brooke Davidson. Todos os detalhes são importantes. Eu preciso saber de tudo.

Engulo um suspiro. Ótimo. *Isso* vai ser divertido.

Capítulo 2

ELLA

Os quartos dos garotos Royal são na ala sul, enquanto os aposentos do pai deles ficam do outro lado da mansão; então, viro para a direita no alto da escada e corro pelo piso brilhante de madeira até o quarto de Easton. Ele não responde à minha batida suave. Eu juro, esse garoto conseguiria dormir até durante um furacão. Bato um pouco mais forte. Como não ouço nada, abro a porta e encontro Easton caído de cara na cama.

Ando até lá e sacudo o ombro dele. Ele geme alguma coisa.

Eu o sacudo de novo, o pânico subindo pela minha garganta. Como ele ainda está dormindo profundamente? Como dormiu durante toda a comoção que acabou de acontecer lá embaixo?

— Easton! — chamo. — Acorda!

— O que foi? — resmunga ele, uma pálpebra se abrindo. — Merda, está na hora do treino?

Ele rola para o lado, puxando o cobertor junto e revelando bem mais pele do que preciso ver. No chão, encontro uma calça de moletom largada e jogo na direção da cama. A calça cai na cabeça dele.

— Levanta — imploro.

— Por quê?

— Porque o céu está desmoronando!

Ele pisca, grogue.

— Ahn?

— Tem um monte de merda rolando! — grito, e me obrigo a respirar fundo para tentar me acalmar. Não adianta. — Me encontra no quarto do Reed, tá?

Ele deve ter percebido na minha voz a ansiedade incontrolável que eu sentia, porque pula da cama sem enrolar. Tenho outro vislumbre de pele exposta antes de sair pela porta.

Em vez de ir para o quarto de Reed, corro até o meu quarto pelo largo corredor. A casa é ridiculamente grande, ridiculamente bonita, mas todo mundo dentro dela é muito problemático. Inclusive eu.

Acho que sou mesmo uma Royal.

Mas, não, na verdade, não sou. O homem lá embaixo é um lembrete gritante disso. Steve O'Halloran. Meu não-tão-morto pai.

Uma onda de emoção toma conta de mim, ameaçando fazer meus joelhos fraquejarem e me levar a um ataque histérico. Sinto-me péssima de deixá-lo lá embaixo. Eu nem ao menos me apresentei antes de dar meia-volta e subir correndo. É verdade que Callum fez a mesma coisa. Ele estava tão tomado de preocupação com Reed que só balbuciou: "Não consigo lidar com isso agora. Steve, me espere aqui". Apesar de me sentir culpada, guardo Steve numa caixinha no fundo da mente e boto uma tampa de aço em cima. Não posso pensar nele nesse momento. Meu foco precisa estar no Reed.

Quando chego no quarto, tiro rapidamente a mochila debaixo da minha cama enorme. Sempre a deixo em um lugar de fácil acesso. Abro o zíper e suspiro de alívio quando vejo a carteira de couro que guarda o pagamento mensal que recebo de Callum.

Quando vim morar aqui, Callum prometeu me pagar dez mil dólares por mês, desde que eu não tentasse fugir. Por mais que eu odiasse a mansão Royal no começo, não demorei muito para começar a amá-la. Hoje em dia, não consigo me imaginar morando em outro lugar. Eu ficaria ali mesmo que não tivesse o incentivo financeiro. Mas, por causa dos meus anos vivendo sem dinheiro nenhum (e da minha natureza desconfiada), nunca falei para Callum parar.

Agora, estou eternamente grata por esse incentivo. Tem grana suficiente na minha mochila para me sustentar por meses, provavelmente mais.

Coloco a mochila nos ombros e corro para a porta do Reed na mesma hora em que Easton aparece no corredor. O cabelo escuro está espetado em cem direções diferentes, mas, pelo menos, ele já está de calça.

— Que porra está acontecendo? — pergunta ele, enquanto me segue até o quarto do irmão mais velho.

Abro a porta do *closet* de Reed com o olhar percorrendo freneticamente o espaço amplo. Encontro o que estou procurando em uma prateleira baixa na parte de trás.

— Ella — diz Easton.

Eu não respondo. Ele franze a testa enquanto me vê arrastar uma mala azul-marinho pelo tapete creme.

— Ella! Droga, dá pra você falar comigo?

A testa franzida se transforma em um olhar arregalado quando eu começo a jogar coisas na mala. Algumas camisetas, o moletom verde favorito de Reed, uma calça jeans, duas regatas. De que mais ele poderia precisar? Hum, cuecas, meias, um cinto…

— Por que você está fazendo uma mala com as roupas do Reed? — Easton está praticamente gritando comigo agora, e o tom alto de sua voz me arranca do estado de pânico.

A camiseta cinza surrada cai de minhas mãos para o tapete. Meus batimentos aceleram quando me dou conta de novo da gravidade da situação.

— O Reed foi preso por ter matado Brooke — digo de uma vez. — Seu pai está na delegacia com ele.

O queixo de Easton cai.

— Como assim? — pergunta ele. E depois: — A polícia veio quando a gente estava jantando?

— Não, depois que a gente voltou de Washington.

Todo mundo tinha ido para Washington jantar hoje, menos Reed. É assim que os Royal vivem. Eles têm tanta grana que Callum tem vários aviões particulares ao seu dispor. O fato de ele ser dono de uma empresa que projeta aviões deve ajudar, mas ainda é algo ridiculamente surreal. Termos pegado um avião da Carolina do Norte para ir a Washington hoje para *jantar* é uma coisa insanamente rica. Reed ficou para trás porque o ferimento estava doendo.

Ele levou uma facada outro dia no porto e alegou que os analgésicos o deixavam tonto demais para ir conosco.

Mas ele não estava tonto demais para ir ver Brooke...

Deus. O que ele *fez* nesta noite?

— Aconteceu há uns dez minutos — acrescento com voz fraca. — Você não ouviu seu pai gritando com o investigador?

— Não ouvi porra nenhuma. Eu... ahn... — Seus olhos azuis são tomados pela vergonha. — Eu virei uma garrafa pequena de vodca na casa do Wade hoje. Voltei para cá e apaguei logo depois.

Não tenho energia suficiente para dar um sermão por causa da bebedeira. Os vícios de Easton são sérios, mas o problema de *assassinato* de Reed é um milhão de vezes mais urgente no momento.

Fecho os dedos em um punho apertado. Se Reed estivesse aqui agora, eu daria um soco nele, tanto por ter mentido para mim como por ter sido levado pela polícia.

Easton finalmente rompe o silêncio, perplexo.

— Você acha que foi ele?

— Não. — Mas, por mais confiante que eu pareça, por dentro estou abalada.

Quando voltamos do jantar, eu vi que alguns pontos do Reed estavam arrebentados e ele estava com sangue na barriga. Mas não revelei esses detalhes incriminadores para Easton. Eu confio nele, mas ele raramente fica sóbrio. Preciso antes de mais nada proteger Reed, e quem sabe o que pode sair pela boca do Easton quando ele está bêbado ou chapado.

Engulo em seco com dificuldade e me concentro na tarefa: proteger Reed. Jogo apressadamente mais algumas peças de roupa na mala e fecho o zíper.

— Você não me disse por que está fazendo a mala — diz Easton com frustração.

— Para o caso de a gente precisar fugir.

— A gente?

— Eu e o Reed. — Fico de pé e corro até a mesa de cabeceira de Reed para revirar a gaveta de meias. — Quero estar preparada só por garantia, tá?

Nisto eu sou boa: estar preparada para fugir. Não sei se vai chegar a esse ponto. Pode ser que Reed e Callum entrem pela porta da casa e anunciem: "Está tudo resolvido! As acusações foram retiradas!". Pode ser que Reed não tenha direito a fiança, ou sei lá qual é o nome, e não volte para casa.

Mas, caso nenhuma dessas coisas aconteça, eu quero estar pronta para sair da cidade em um piscar de olhos. Minha mochila está sempre cheia de tudo de que eu preciso, mas Reed não tem meu instinto planejador. Ele é impulsivo. Nem sempre pensa antes de agir...

Antes de matar?

Afasto o pensamento horrível. Não. Reed não pode ter cometido o crime do qual está sendo acusado.

— Por que vocês estão gritando? — diz uma voz sonolenta na porta do Reed. — Dá pra ouvir do final do corredor.

Os gêmeos Royal de dezesseis anos entram no quarto. Cada um está com um cobertor enrolado na cintura. Será que ninguém nessa família usa pijama?

— O Reed apagou a Brooke — diz Easton para os irmãos.

— Easton! — recrimino, ultrajada.

— O quê? Eu não posso contar para os meus irmãos que nosso outro irmão foi preso por assassinato?

Sawyer e Sebastian expiram com força.

— Você está falando sério? — pergunta Sawyer.

— Ele acabou de ser levado pela polícia — sussurro.

Easton parece meio nauseado.

— E eu só estou dizendo que não teriam feito isso se não tivessem algum tipo de prova contra ele. Talvez seja por causa do... — Ele faz um círculo na frente da barriga.

Os gêmeos piscam, perplexos.

— O quê? O bebê? — pergunta Seb. — Por que o Reed se importaria com a cria do demônio da Brooke?

Merda. Esqueci que os gêmeos não estavam sabendo. Eles sabem que Brooke estava grávida – estávamos todos presentes na hora do comunicado horrível –, mas não sabem nada sobre a outra alegação da Brooke.

— A Brooke estava ameaçando dizer que o Reed era o pai do bebê — admito.

Dois pares de olhos azuis idênticos se arregalam.

— Não era — digo com firmeza. — Ele só transou com ela umas duas vezes, e mais de seis meses atrás. Ela não estava grávida de tanto tempo.

— Sei lá. — Seb dá de ombros. — Então, você está dizendo que o Reed emprenhou a noiva mirim do meu pai e a apagou porque não quer ter um Reedzinho correndo por aí?

— Não era dele! — grito.

— Então, é mesmo do meu pai? — diz Sawyer lentamente.

Eu hesito.

— Acho que não.

— Por quê?

— Porque...

Argh. Os segredos desta casa poderiam encher metade do oceano. Mas não vou guardar mais nenhum. Nunca fez bem a ninguém.

— Ele fez vasectomia.

Seb aperta os olhos.

— Meu pai contou isso pra você?

Sinalizo que sim com a cabeça.

— Ele disse que fez logo depois que vocês nasceram, porque sua mãe queria mais filhos, mas não podia ter por causa de algum problema de saúde.

Os gêmeos se olham de novo em comunicação silenciosa.

Easton coça o queixo.

— Minha mãe sempre quis uma menina. Falava muito sobre isso, dizia que uma garota iria amolecer a gente. — Seus lábios se retorcem. — Mas acho que meninas não deixam nenhuma parte minha mole.

Minha garganta entala de frustração. Claro que Easton faria um comentário sexual. Ele sempre faz.

Sawyer sufoca uma gargalhada com a mão enquanto Seb sorri abertamente.

— Vamos supor que o Reed e meu pai estejam os dois dizendo a verdade. Quem é o pai do bebê, então?

— Pode ser que não tenha pai — sugere Easton.

— Tem que ter — digo. Reed e Callum nunca duvidaram da alegação de gravidez da Brooke, então devia ser verdade.

— Não necessariamente — argumenta Easton. — Ela podia estar mentindo. Talvez o plano fosse fingir um aborto depois que o papai se casasse com ela.

— Doentio, mas possível. — Seb assente, concordando com a teoria.

— Por que você acha que não foi o Reed quem matou a Brooke? — pergunta Easton, os olhos azuis cintilando de curiosidade.

— Por que você acha que ele é capaz disso? — eu rebato.

Ele dá de ombros e olha para os gêmeos em vez de olhar para mim.

— Se ela estava ameaçando a família, talvez ele fosse capaz. Pode ser que eles tenham discutido e tenha acontecido um acidente. Tem muitas explicações possíveis.

A sensação de enjoo no meu estômago ameaça explodir. A imagem que Easton está pintando casualmente é... possível. Os pontos do Reed arrebentaram. Ele estava com sangue na barriga. E se ele...

— Não — digo, engasgada. — Ele não fez isso. E não quero que nenhum de nós fale mais nisso. Ele é inocente. Fim da história.

— Então, por que você está se preparando pra fugir da cidade?

A pergunta de Easton, feita em voz baixa, paira no ar do quarto. Engulo um gemido de dor e esfrego os olhos com as duas mãos. Ele tem razão. Uma parte de mim já decidiu que Reed pode ser culpado. Não é por isso que estou com a mala dele e a minha mochila prontas para uma viagem?

O silêncio se arrasta, até finalmente ser rompido pelos sons inconfundíveis de passos em algum lugar no andar de baixo. Como os Royal não têm empregados que dormem na mansão, os garotos imediatamente ficam tensos ao sinal de vida no térreo.

— Foi a porta da frente? — pergunta Seb.

— Eles voltaram? — pergunta Sawyer.

Eu mordo o lábio.

— Não, não foi a porta da frente. Foi... — Minha garganta se fecha de novo. Deus. Eu tinha me esquecido completamente de Steve. Que droga! Como pude me esquecer dele?

— Foi o quê? — pergunta Easton.

— O Steve — eu confesso.

Todos eles me encaram.

— Steve está lá embaixo. Ele apareceu na porta de casa na hora que Reed foi levado.

— Steve — repete Easton, ligeiramente atordoado. — O tio Steve?

— O tio Steve que estava *morto*? — Sebastian solta um murmúrio de surpresa.

Trinco os dentes.

— Ele não está morto. Mas está parecendo o Tom Hanks em *Náufrago*. Só falta a bola de vôlei.

— Puta merda.

Quando Easton se move na direção da porta, eu agarro o pulso dele e tento segurá-lo. Não tenho força para isso, mas o contato o faz parar.

Ele inclina a cabeça para me observar por um segundo.

— Você não quer descer e falar com ele? É seu *pai*, Ella.

Meu pânico volta com força total.

— Não. Ele é só um cara que engravidou a minha mãe. Não posso lidar com isso agora. Eu… — Engulo em seco de novo. — Acho que ele não se deu conta de que sou a filha dele.

— Você não contou para ele? — pergunta Sawyer.

Balanço a cabeça lentamente.

— Será que um de vocês pode descer e… sei lá… levar o Steve para um quarto de hóspedes ou coisa do tipo?

— Eu vou — Seb responde na mesma hora.

— Vou com você — diz o irmão. — Eu tenho que ver isso.

Enquanto os gêmeos correm para a porta, eu grito rapidamente:

— Meninos, não digam nada sobre mim. Falando sério, não estou pronta pra isso. Vamos esperar até Callum vir pra casa.

Os gêmeos trocam outro olhar daqueles em que uma conversa inteira acontece em um segundo.

— Claro — diz Seb, e eles saem, galopando escada abaixo para cumprimentar o tio que não está morto.

Easton se aproxima de mim. Seu olhar pousa na mala perto do armário e depois no meu rosto. Em um piscar de olhos, ele pega minha mão e entrelaça os dedos nos meus.

— Vocês não vão fugir, maninha. Você sabe que é uma ideia idiota.

Olho para nossos dedos entrelaçados.

— Eu sou uma fugitiva, East.

— Não. Você é uma guerreira.

— Eu posso lutar por outras pessoas, como minha mãe, o Reed ou você, mas… não sou boa quando o conflito bate na minha porta. — Mordo com força o lábio inferior. — Por que o Steve está aqui? Ele devia estar *morto*. E como puderam levar o Reed? — Minha voz treme muito. — E se ele for mesmo preso por isso?

— Ele não vai ser preso. — A mão dele aperta a minha. — O Reed vai voltar, Ella. Meu pai vai cuidar de tudo.

— E se ele não conseguir?

— Ele vai.

Mas e se ele não conseguir?

Capítulo 3

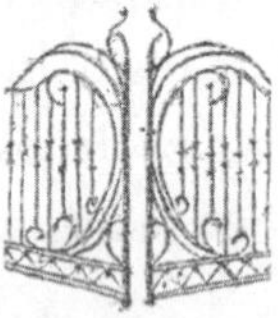

ELLA

Depois de passar a noite inteira acordada, estou na sala com vista para o pátio da frente. Há um banco forrado de pelúcia embaixo dos janelões na fachada da frente da casa. Eu me jogo na almofada e encaro a pista circular que fica à frente da vidraça. Meu celular está no colo, mas não deu sinal de vida durante toda a noite e toda a manhã. Nenhum telefonema, nenhuma mensagem de texto. Nada.

Minha imaginação está enlouquecida, conjurando todos os tipos de cenário. Ele está em uma cela. Está em uma sala de interrogatórios. Os pulsos e tornozelos estão algemados. Está levando uma surra de um policial por não responder às perguntas. Ele precisa ficar preso até o julgamento? Não sei como essas coisas de prisão, acusação e julgamento funcionam.

O que sei é que, quanto mais tempo Reed e Callum passam fora, mais desanimada eu fico.

— Bom dia.

Quase caio do banco quando escuto a voz masculina desconhecida. Por um segundo, acho que alguém invadiu a casa, ou que talvez os investigadores tenham voltado para fazer uma busca. Mas, quando olho para a porta, vejo Steve O'Halloran parado ali.

A barba foi raspada e ele está usando uma calça com camisa polo, assemelhando-se menos com um sem-teto e mais com os pais de alunos que vemos na Astor Park, a escola particular onde os Royal e eu estudamos.

— Ella, certo? — Há um sorriso hesitante no rosto dele.

Eu faço que sim abruptamente e coloco o celular ao meu lado, virado para baixo, quando me volto para a janela. Não sei como agir perto dele.

Na noite anterior, eu me escondi no quarto enquanto Easton e os gêmeos cuidavam do Steve. Não sei que história contaram a meu respeito, mas ele obviamente não se lembra nem de mim, nem da carta que recebeu da minha mãe antes de partir para a viagem onde aconteceu o acidente de asa-delta em que ele supostamente morreu.

Easton passou pelo meu quarto antes de ir para a cama e me informou que Steve estava no quarto de hóspedes verde. Eu não sabia nem que havia um quarto de hóspedes verde na casa, muito menos onde ficava localizado.

Uma sensação sufocante de ansiedade me faz querer correr e me esconder. Eu *estou* me escondendo. Mas ele me encontrou mesmo assim, e enfrentar meu pai é mais intimidante do que lutar contra cem meninas malvadas na escola.

— Bem, Ella. Estou um pouco confuso.

Levo um susto com a proximidade da voz dele. Ao olhar por cima do ombro de novo, vejo que ele está a menos de um metro de distância.

Afundo os calcanhares na almofada do banco e me obrigo a não me mexer. Ele é só um homem. Tem duas pernas e dois braços. Só um homem que recebeu uma carta de uma mulher moribunda sobre uma filha desconhecida e, em vez de procurar essa mulher e a filha, partiu em uma aventura. Esse tipo de homem.

— Você me ouviu? — Ele parece ainda mais perdido agora, como se não conseguisse entender se estou de fato ignorando o que ele diz ou tenho problema de audição.

Lanço um olhar desesperado para a porta. Onde está Easton? E por que Reed ainda não está em casa? E se ele não voltar mais?

Quase sufoco com o pânico que queima minha garganta.

— Estou ouvindo — finalmente murmuro.

Steve chega ainda mais perto. Consigo sentir o cheiro do sabonete ou xampu que ele usou de manhã.

— Não sei bem o que eu esperava quando saí daquele táxi ontem à noite, mas... — Sua voz assume um tom mais irônico. — com certeza não era isso. Pelo que o East me disse, parece que o Reed foi preso, é isso?

Concordo com a cabeça novamente. Por algum motivo, me incomoda ouvi-lo chamar Easton de "East". O apelido parece errado saindo da boca de um estranho.

Ele não é um estranho. Conhece os meninos desde que nasceram.

Engulo em seco. É, acho que é verdade. Se tem uma pessoa que é estranha para os Royal, essa pessoa sou eu, não Steve O'Halloran. Acho que Callum me disse uma vez que Steve é padrinho de todos os garotos.

— Mas ninguém pensou em me explicar quem é *você.* Sei que estou fora há algum tempo, mas o lar dos Royal é uma residência masculina há anos.

Um arrepio sobe pela minha coluna. Não, meu Deus, não. Não posso ter essa conversa agora. Mas os olhos azuis de Steve estão examinando meu rosto. Ele está esperando por uma resposta, e sei que tenho que dizer *alguma coisa.*

— Sou tutelada do Callum.

— Tutelada do Callum — ele repete, incrédulo.

— É.

— Quem são seus pais? Amigos do Callum? Eu os conheço? — questiona ele, em parte para si mesmo.

Sinto uma onda de pânico tomar conta de meu corpo, mas por sorte não preciso responder, porque de repente vejo um sedã preto parando na porta de casa.

Eles voltaram!

Pulo do banco e chego na sala de estar em dois segundos. Um Callum cansado e um Reed igualmente exausto entram, mas os dois param na mesma hora quando me veem.

Reed se vira. Seus vívidos olhos azuis encontram os meus lentamente e se fixam neles.

Meu coração para por um instante e depois dispara. Sem dizer nada, eu me jogo nele.

Ele me segura, uma mão forte entrando no meu cabelo e a outra envolvendo minha cintura. Eu me agarro a ele, esmagando meu peito no dele, minha coxa na dele, como se pudesse protegê-lo com esse simples abraço.

— Você está bem? — sussurro, encostada no lado esquerdo de seu peito.

— Estou. — A voz dele está grave, rouca.

Lágrimas surgem nos meus olhos.

— Fiquei morrendo de medo.

— Eu sei. — Sinto o hálito dele no meu ouvido. — Vai ficar tudo bem. Eu prometo. Vamos subir, vou explicar tudo.

— Não vai, não — diz Callum secamente ao ouvir a promessa de Reed. — Você não vai falar com ninguém, a não ser que queira que Ella seja testemunha.

Testemunha? Ah, meu Deus. A polícia está falando com *testemunhas* e Reed está tentando me dizer que está tudo *bem*?

Outro conjunto de passos ecoa atrás de nós. Reed me solta, e seus olhos se arregalam ao ver o homem alto e louro que entra no saguão.

— Tio Steve? — ele diz, surpreso.

— Reed. — Steve o cumprimenta com a cabeça.

Callum se vira para o meu pai.

— Steve, meu Deus, eu esqueci que você apareceu. Estava achando que tinha sonhado tudo. — O olhar dele vai de mim para Steve. — Vocês dois se conheceram?

Faço que sim vigorosamente e tento transmitir com olhos arregalados que não quero que a história de pai e filha seja revelada. Callum franze a testa, mas sua atenção é desviada quando Steve diz:

— Nós estávamos nos conhecendo quando vocês chegaram. E, não, você não sonhou. Eu sobrevivi.

Os dois homens se olham por um momento. Em seguida, andam, se encontram na metade do caminho e dão um abraço masculino que inclui vários tapinhas bem-humorados nas costas.

— Caramba, como é bom estar em casa — diz Steve para o velho amigo.

— Como é possível que você esteja aqui? — responde Callum, parecendo consternado. — Onde você esteve nos últimos nove meses? — Com uma voz um pouco zangada e um pouco impressionada, ele acrescenta: — Eu gastei cinco milhões de dólares tentando buscar e resgatar você.

— É uma longa história — admite Steve. — Por que não nos sentamos em algum lugar e eu conto tudo…

O som de pés na escada o interrompe. Os três irmãos mais novos aparecem no patamar do segundo andar, os olhos azuis mirando na mesma hora em Reed.

— Eu falei que ele ia voltar! — grita Easton enquanto desce a escada dois degraus de cada vez. Está com o cabelo todo desgrenhado e só de cueca, mas isso não o impede de puxar Reed para um abraço rápido. — Tudo bem, mano?

— Tudo — grunhe Reed.

Sawyer e Sebastian se juntam ao grupo e se viram para o pai.

— O que aconteceu na delegacia? — pergunta Sawyer.

— O que irá acontecer agora? — Seb acrescenta.

Callum suspira.

— Eu tirei um amigo da cama, um juiz que conheço, e ele foi lá de manhã determinar a fiança de Reed. Eu preciso entregar o passaporte dele para o funcionário do tribunal amanhã de manhã. Enquanto isso, vamos esperar. Você talvez tenha que ficar aqui por mais algum tempo, Steve — ele informa ao meu pai. — Sua casa está interditada como cena do crime.

— Por quê? Alguém finalmente deu cabo da minha amada esposa? — pergunta Steve com tom seco.

Dou um pulo de surpresa. A esposa de Steve, Dinah, é uma mulher terrível e venenosa, mas não consigo acreditar que ele esteja brincando sobre alguém matá-la.

Callum também não acredita na brincadeira, porque responde com voz ríspida:

— Não é assunto para brincadeira, Steve. Mas, não, foi Brooke quem morreu. E o Reed aqui está sendo falsamente acusado de ter participado dessa morte.

Os dedos de Reed apertam os meus.

— A Brooke? — As sobrancelhas de Steve sobem até o cabelo. — Como isso aconteceu?

— Ferimento na cabeça — diz Reed friamente. — E, não, não fui eu.

Callum olha com irritação para o filho.

— O quê? — diz Reed. — Isso é um fato, e eu não tenho medo dos fatos. Fui lá ontem à noite depois de uma ligação da Brooke. Vocês tinham saído e eu estava me sentindo bem, então, fui. Nós discutimos. Eu fui embora. Quando eu saí, ela estava infeliz, mas viva. Essa é a história.

E seus pontos?, sinto vontade de gritar. *E como você explica o sangue que vi na sua cintura quando voltei do jantar?*

As palavras grudam na minha garganta e me fazem tossir violentamente. Todo mundo olha para mim por um momento, e Easton finalmente fala.

— Beleza, se a história é essa, estou com você.

A expressão de Reed se fecha.

— Não é história. É a verdade.

Easton assente.

— Como falei, estou com você, mano. — O olhar dele vai até o recém-chegado entre nós. — Eu prefiro ouvir a história do tio Steve. Voltar dos mortos? Isso é pra quem é foda.

— É, ele não quis contar nada ontem à noite — resmunga Sebastian, olhando para o pai. — Queria esperar você.

Callum solta outro suspiro.

— Por que a gente não vai para a cozinha? Uma xícara de café me faria bem. O café da delegacia me deixou com azia.

Nós todos vamos atrás do chefe da casa Royal até a cozinha enorme e moderna pela qual me apaixonei assim que me mudei. Enquanto Callum vai até a cafeteira, nos reunimos à mesa. Todos nos sentamos como se fosse um domingo qualquer, não o domingo depois que Reed foi preso por assassinato e um homem morto saiu do mar e apareceu na porta da nossa casa.

É tão surreal. Não consigo entender direito isso. Nada disso.

Sentado na cadeira ao lado da minha, Reed apoia a mão na minha coxa, mas não tenho certeza se é para me consolar ou para consolar a si mesmo. Ou talvez seja para consolar nós dois.

Depois que se acomoda, Easton vai direto ao ponto.

— Então, agora você vai finalmente nos contar por que não está morto? — ele pergunta ao meu pai.

Steve sorri de leve.

— Eu ainda não consegui entender se vocês estão felizes ou tristes com o fato.

Nenhuma das duas coisas, eu quase digo. Consigo segurar a resposta no último segundo, mas é verdade. A reaparição de

Steve é mais confusa do que qualquer outra coisa. E talvez um pouco apavorante.

— Felizes — respondem os gêmeos ao mesmo tempo.

— Claro — concorda Easton.

— Como é possível que você esteja vivo? — Dessa vez, foi Reed. Sua voz é cortante, e sua mão se move pela minha coxa lentamente, como se ele soubesse o quanto estou tensa.

Steve se encosta na cadeira.

— Não sei o que a Dinah contou para vocês sobre a nossa viagem, e nem sei se ela chegou a contar alguma coisa.

— Vocês pularam de asa-delta e os dois cintos de segurança arrebentaram — diz Callum, juntando-se a nós à mesa. Ele coloca uma xícara de café na frente de Steve e depois se senta, dando um gole em seu próprio café. — Dinah conseguiu abrir o paraquedas de emergência. Você caiu no mar. Eu passei quatro semanas procurando seu corpo.

Um sorriso torto surge no rosto de Steve.

— E só cinco milhões, você falou. Você ficou pão-duro comigo, cara?

Callum não acha engraçado. Sua expressão fica tão pétrea quanto a face de um penhasco.

— Por que você não veio direto para casa depois que foi resgatado? Faz nove meses, caramba.

Steve passa a mão trêmula pelo maxilar.

— Porque só fui resgatado alguns dias atrás.

— O quê? — Callum parece assustado. — Então onde você ficou todo esse tempo?

— Não sei se foi doença ou desnutrição, mas não consigo me lembrar de tudo. Eu fui parar nas margens de Tavi, uma pequena ilha trezentos e vinte quilômetros ao leste de Tonga. Durante semanas estive severamente desidratado e muitas vezes perdi a consciência. Os nativos cuidaram de mim, e eu teria voltado antes, só que o único jeito de sair da ilha era com um barco de pesca que passa lá duas vezes por ano para negociar com os habitantes.

Seu pai está falando, meu cérebro me diz. Eu procuro traços meus no rosto dele e não encontro nada além da cor dos nossos olhos. Fora isso, tenho a cara da minha mãe, o mesmo tipo de corpo, o cabelo. Sou uma versão mais nova e de olhos azuis de Maggie Harper, mas ela não deve ter causado nenhuma impressão forte em Steve, porque ele não dá sinal de reconhecimento.

— Ao que parece, os habitantes da ilha recolhem um ovo de uma gaivota específica que é vendido como iguaria na Ásia. O barco pesqueiro me levou para Tonga, onde mendiguei até voltar a Sidney. — Ele toma um gole de café antes de fazer a afirmação mais óbvia do século. — É um milagre eu estar vivo.

— Quando você chegou em Sidney? — pergunta Sebastian.

Meu pai repuxa os lábios, pensando.

— Não lembro. Três dias atrás, talvez?

Callum hesita.

— E você não pensou em ligar e nos contar que estava vivo?

— Eu tinha uns assuntos para resolver — diz Steve com voz tensa. — Eu sabia que, se ligasse, você pegaria o primeiro avião para lá, e eu não queria que nada me distraísse da minha busca por respostas.

— Respostas? — repete Reed, com o tom mais cortante do que antes.

— Eu fui procurar o guia que organizou a expedição de asa-delta para tentar achar minhas coisas. Eu tinha deixado meu passaporte, uma carteira, roupas.

— E encontrou? — Easton está absorto na história também. Todos nós estamos.

— Não. O guia estava desaparecido havia meses. Quando cheguei nesse beco sem saída, fui até a embaixada americana e eles me mandaram para casa. Vim para cá direto do aeroporto.

— Que bom que você não foi para casa — diz Callum com voz sombria. — Você podia ter sido preso também.

— Onde está minha esposa? — pergunta Steve, com cautela. — A Dinah e a Brooke são grudadas uma na outra.

— A Dinah ainda está em Paris.

— O que elas estavam fazendo lá?

— Ela e a Brooke foram fazer compras. — Callum faz uma pausa. — Para o casamento.

Steve ri com deboche.

— Que otário caiu nessa?

— Este aqui. — Callum aponta para si mesmo.

— Você está de brincadeira.

— Ela estava grávida. Eu achava que era meu.

— Mas você fez vas… — Steve para de repente e olha ao redor para ver se alguém percebeu o lapso dele.

— Vasectomia? — conclui Easton.

Callum desvia o olhar para mim antes de voltar a olhar para o filho.

— Você sabe disso?

— Eu contei. — Levanto o queixo. — Tem segredos idiotas demais nesta casa.

— Eu concordo — declara Steve. Ele se vira e gruda os familiares olhos azuis em mim. — Callum — diz ele, sem afastar o olhar de mim. — Agora que respondi a todas as suas perguntas, talvez você possa responder à minha. Quem é essa jovem encantadora?

Reed aperta a minha coxa. O nó no meu estômago parece um bloco de cimento, mas, em algum momento, a verdade tem que vir à tona. Pode muito bem ser agora.

— Não está me reconhecendo? — pergunto com um sorriso fraco. — Eu sou sua filha.

Capítulo 4

ELLA

Acho que Steve O'Halloran não é o tipo de homem que é pego de surpresa com frequência. O choque enrijece seu corpo e toma conta de sua expressão.

— Minha… — Ele para de falar e se vira para Callum em busca de… ajuda? Apoio? Não sei.

Mas, para um homem que perguntou de forma tão casual se alguém "deu cabo" da esposa, ele não parece preparado para encarar a revelação menos dramática de que está sentado à mesma mesa que a filha.

— Filha — termina Callum, delicadamente.

Steve pisca rapidamente.

— Lembra da carta que você recebeu antes de você e a Dinah irem viajar? — pergunta Callum.

Steve balança a cabeça lentamente, em sinal de negação.

— Carta… de quem?

— Da mãe de Ella.

— Maggie — digo, a voz rouca. Pensar na minha mãe sempre faz meu coração doer. — Você a conheceu dezoito anos atrás, quando estava de licença. Vocês dois… ahn…

— Se pegaram. Afogaram o ganso. Molharam o biscoito. — sugere Easton.

— A mãe da Ella ficou grávida. — Callum assume a narrativa antes que seu filho diga todas as expressões impróprias que vemos penduradas na ponta da língua dele. — Ela tentou procurar você durante a gravidez, mas não conseguiu. Quando foi diagnosticada com câncer, mandou uma carta para a sua antiga base, na esperança de conseguirem encontrar um jeito de fazê-la chegar a você. E conseguiram. Você recebeu a carta nove meses atrás, logo antes de viajar.

Steve está piscando de novo. Depois de alguns segundos, seu olhar parece recuperar o foco e ele olha para mim com atenção. Curioso. Satisfeito.

Eu me mexo na cadeira, o que faz Reed acariciar minha perna para me acalmar. Ele sabe que eu não gosto de ser o centro das atenções, e no momento todo mundo na cozinha está olhando para mim.

— Você é filha da Maggie — diz Steve, uma mistura de surpresa e interesse no seu tom de voz. — Ela faleceu?

Faço que sim com a cabeça porque o caroço na minha garganta é grande demais para eu conseguir falar.

— Você é... minha filha. — As palavras saem lentamente, como se ele estivesse provando o sabor delas.

— Sou — consigo dizer.

— Uau. Bom. Certo. — Ele passa a mão pelo cabelo comprido. — Eu... — Um sorriso irônico surge nos lábios dele. — Acho que temos muito o que conversar, né?

Uma pontada de pânico surge na minha barriga. Não estou pronta para isso. Não sei o que dizer para esse homem nem como me comportar perto dele. Os Royal podem conhecer Steve há anos, mas ele é um estranho para mim.

— Acho que sim — murmuro, olhando para as mãos.

Callum fica com pena de mim e sugere:

— Mas isso pode esperar até mais tarde. Depois que você tiver se acomodado de volta.

Steve olha para o velho amigo.

— Imagino que você vá me deixar ficar aqui até a polícia liberar minha cobertura, né?

— Claro.

Minha ansiedade aumenta. Ele não pode ir para um hotel? Sim, a mansão Royal é enorme, mas a ideia de morar na mesma casa que meu pai supostamente morto me deixa nervosa.

Mas por quê? Por que eu não estou jogando os braços em volta desse homem e agradecendo a Deus por ele estar vivo? Por que não estou extasiada com a ideia de conhecê-lo?

Porque ele é um estranho.

Essa é a única resposta que faz sentido agora. Não conheço Steve O'Halloran e não sou boa em me aproximar de gente nova. Passei minha infância inteira me mudando de um lugar para outro, tentando não ficar próxima demais de ninguém porque sabia que minha mãe logo faria as nossas malas e eu teria que me despedir.

Quando vim para Bayview, eu não planejava criar laços. De alguma forma, acabei com uma melhor amiga, um namorado, irmãos postiços que adoro e um homem, Callum, que, por mais que erre, se tornou uma figura paterna para mim.

Não sei onde Steve se encaixa. E ainda não estou pronta para descobrir.

— Isso vai dar a Ella e a mim um tempo para nos conhecermos no território dela — diz Steve, e percebo que ele está sorrindo para mim.

Eu consigo dar um sorriso em resposta.

— Show de bola.

Show de bola?

Reed belisca minha coxa para me provocar, e me viro e o vejo sufocando uma gargalhada. É. Pode ser que Steve não seja o único em estado de choque agora.

Por sorte, a discussão logo se volta para a Atlantic Aviation, a empresa de Steve e Callum. Reparo que Steve não parece interessado nos detalhes, a não ser por um projeto ao qual os dois se referem em termos vagos. Callum disse uma vez que eles fazem muitos trabalhos para o governo. Em certo momento, os dois homens pedem licença e entram no escritório de Callum para examinar o último relatório trimestral da empresa.

Sozinha com os garotos, procuro em seus rostos sinais de que estejam tão surtados com tudo isso quanto eu.

— Isso é estranho, né? — comento, já que ninguém diz nada. — Quer dizer, ele acabou de voltar dos *mortos*.

Easton dá de ombros.

— Eu falei que o tio Steve era demais.

Sawyer ri.

Lanço um olhar preocupado para Reed.

— Eu vou ter que ir morar com ele e a Dinah?

Com isso, todos na cozinha ficam sérios.

— De jeito nenhum — diz Reed imediatamente, com voz baixa e firme. — Meu pai é seu tutor.

— Mas o Steve é meu pai. Se ele quiser que eu more com ele, eu terei que ir.

— De jeito nenhum.

— Não vai rolar — concorda Easton. Até os gêmeos estão concordando enfaticamente.

Um calor se espalha pelo meu peito. Às vezes é difícil acreditar que todos nos odiávamos quando eu cheguei. Reed estava determinado a me destruir. Os irmãos dele me provocavam ou ignoravam. Eu sonhava todos os dias em fugir dali.

E agora, não consigo imaginar não ter os Royal na minha vida.

Outra onda de ansiedade se espalha pelo meu estômago quando lembro onde Reed passou a noite. Existe uma chance muito real de ele *não* estar mais na minha vida, caso a polícia acredite que ele de fato matou Brooke.

— Vamos subir — digo com voz trêmula. — Quero que você me conte tudo o que aconteceu na delegacia.

Reed assente e se levanta sem dizer nada. Quando Easton também se levanta, Reed ergue a mão.

— Conto tudo para você depois. Preciso falar com a Ella primeiro.

Easton deve ter percebido o pânico em meu rosto porque, pela primeira vez na vida, ele faz aquilo que mandam.

Entrelaço meus dedos com os de Reed enquanto subimos a escada dos fundos até o segundo andar. Quando ficamos sozinhos no meu quarto, ele não perde tempo em trancar a porta e me tomar nos braços.

A boca dele cobre a minha antes que eu consiga piscar. O beijo é quente, desesperado, de língua. Eu achei que estava cansada demais para sentir qualquer coisa que não fosse exaustão, mas meu corpo todo se contrai e dói quando os lábios habilidosos de Reed me provocam até a beira da inconsciência.

Solto um gemido em protesto quando ele se separa de mim, o que o faz rir.

— Eu achei que a gente ia conversar — diz ele.

— Foi você que me beijou — resmungo. — Como posso me concentrar em conversar quando sua língua está na minha boca?

Ele me puxa para a cama. Um segundo depois, estamos deitados de lado, encolhidos e de frente um para o outro, com as pernas entrelaçadas.

— Você ficou com medo? — eu sussurro.

O rosto lindo dele se suaviza.

— Não muito.

— Você foi preso por assassinato — digo com angústia. — *Eu* teria ficado com medo.

— Eu não matei ninguém, Ella. — Ele estica a mão e acaricia minha bochecha com a ponta dos dedos. — Eu juro, a Brooke estava viva quando eu saí da cobertura.

— Eu acredito.

E acredito mesmo. Reed não é assassino. Tem defeitos, muitos, mas nunca seria capaz de tirar a vida de alguém.

— Por que você não me contou que foi até lá? — pergunto, com voz magoada. — O que Brooke disse para você? E o sangue na lateral do seu corpo…

— Alguns pontos arrebentaram. Eu não menti sobre isso. Deve ter acontecido na volta para casa, porque eu não estava sangrando enquanto estava lá. E não contei para você porque estava chapado por causa dos analgésicos quando voltei, e a gente começou a se beijar… — Ele suspira. — Eu me distraí. E, sinceramente, o negócio todo nem me pareceu importante. Eu ia dizer alguma coisa de manhã.

Não há nada além de sinceridade no rosto dele, na voz.

Eu me encosto na palma da mão dele, que ainda tocava minha bochecha.

— Ela queria dinheiro?

— Queria — diz ele secamente. — Estava surtando porque meu pai marcou um teste de paternidade. Ela queria fazer um acordo: se eu assinasse a transferência do meu fundo para ela, ela pegaria a grana e sumiria. A gente nunca mais ia ter que olhar na cara dela.

— E você disse não?

— Claro que eu disse não. Eu não ia pagar um centavo para aquela mulher. O exame de DNA mostraria que o bebê não era meu *nem* do meu pai. Concluí que a gente só precisava esperar mais uns dias. — Os olhos azuis ficam sérios. — Eu não achei que ela fosse acabar morrendo.

— Você acha que foi acidente? — Estou avaliando todas as possibilidades, mas realmente não entendo como isso aconteceu. Brooke é… era horrível, mas nenhum de nós a queria morta. Longe, talvez. Mas não morta.

Ou, pelo menos, eu não queria.

— Não faço ideia — responde Reed. — Eu não ficaria surpreso se Brooke tivesse inimigos que não conhecemos. Ela pode ter irritado alguém a ponto de essa pessoa decidir esmagar a cabeça dela.

Faço uma careta.

— Desculpa — murmura ele rapidamente.

Eu me sento e esfrego os olhos cansados.

— Que provas a polícia tem?

— Imagens da câmera de segurança que me mostram entrar e sair do prédio — admite ele. — E mais uma coisa.

— O quê?

— Não sei. Ainda não nos contaram. O advogado do meu pai diz que é normal, que ainda estão tentando montar o caso contra mim.

Fico enjoada de novo.

— Eles não têm um caso. Não *podem* ter. — Meus pulmões se contraem e dificultam a respiração. — Você não pode ser preso, Reed.

— Eu não vou ser preso.

— Você não sabe! — Eu pulo da cama. — Vamos embora. Agora. Você e eu. Eu já fiz as suas malas.

Reed fica parado em estado de choque.

— Ella…

— Eu estou falando sério. – Eu o interrompo. — Eu tenho a minha identidade falsa e dez mil em dinheiro. Você tem uma identidade falsa também, não?

— Ella...

— A gente pode criar uma vida nova em outro lugar — digo com desespero. — Eu arrumo um emprego de garçonete, você pode trabalhar em construção.

— E depois? — há um tom gentil em sua voz, assim como em seu toque quando ele se levanta e me puxa para perto.

— Vamos viver nos escondendo pelo resto da vida? Olhando para trás o tempo todo, com medo de a polícia nos encontrar e me levar?

Mordo o lábio. Com força.

— Eu sou um Royal, gata. Eu não fujo. Eu luto. — Seu olhar endurece como aço. — Eu não matei ninguém e não vou para a prisão por uma coisa que não fiz. Prometo.

Por que todo mundo sempre sente a necessidade de fazer promessas? As pessoas não sabem que promessas sempre são quebradas?

Reed aperta meu ombro.

— Essas acusações forjadas vão ser retiradas. Os advogados do meu pai não vão deixar…

Um grito agudo o interrompe.

Nós dois corremos para a porta, mas o grito não veio do segundo andar. Veio de baixo.

Reed e eu saímos correndo do quarto e chegamos ao patamar do segundo andar na mesma hora que Easton.

— Que porra foi isso? — pergunta Easton.

Isso foi Dinah O'Halloran, percebo quando espio por cima do corrimão. A esposa do Steve está de pé na sala abaixo de nós, o rosto mais branco que um lençol, uma das mãos levantadas no ar enquanto ela olha para o marido que não está morto.

— O que está acontecendo? — ela grita, horrorizada. — Como você está *aqui*?

A voz suave do meu pai sobe pelo vão da escada.

— Oi pra você também, Dinah. É maravilhoso vê-la.

— Você… você está… — Ela está gaguejando. — Você está morto! Você *morreu*!

— Lamento decepcionar, mas, não, eu estou bem vivo.

Passos ecoam, e Callum aparece ao lado de Steve.

— Dinah — diz ele com voz tensa. — Eu ia ligar pra você.

— E por que não ligou? — ela ruge, oscilando em cima dos saltos de doze centímetros. — Você não pensou em pegar o telefone antes para me avisar que *meu marido está vivo*?

Por mais que eu deteste Dinah, me sinto meio mal por ela. Ela está obviamente muito atordoada e confusa com isso, e não a culpo. Ela acabou de entrar e ver um fantasma.

— O que você está fazendo aqui? — Steve pergunta à esposa, e alguma coisa no tom blasé dele me irrita. Eu sei que Dinah é uma vaca, mas ele não pode pelo menos abraçá-la? Ela é *esposa* dele.

— Eu vim ver o Callum. — Dinah não para de piscar, como se não conseguisse concluir se Steve está realmente presente ou se ela está tendo uma alucinação. — A polícia... deixou um recado no meu celular. Disseram que a minha cobertura... — Ela se corrige rapidamente. — A nossa cobertura... disseram que foi cena de um crime.

Eu queria poder ver a expressão de Steve, mas ele está de costas para a escada. Só tenho a expressão de Dinah para avaliar a dele, e está claro que o que ela vê no rosto dele a está deixando extremamente inquieta.

— Me disseram que a Brooke está morta.

— Parece que é isso mesmo — confirma Callum.

— Como? — Dinah berra, a voz tremendo loucamente. — O que aconteceu com ela?

— Nós ainda não sabemos...

— Mentira! O investigador disse que detiveram um suspeito para interrogatório.

Reed e eu nos afastamos lentamente do balcão, mas é tarde demais. Dinah nos viu. Intensos olhos verdes grudam em nós, e ela solta um grito ultrajado.

— Foi ele, não foi? O Reed fez isso com ela!

Callum dá um passo à frente e entra na minha linha de visão. Os ombros parecem duas placas de granito, rígidos e inflexíveis.

— O Reed não teve nada a ver com isso.

— Ela estava esperando um bebê dele! Ele teve *tudo* a ver com isso!

Eu me encolho.

— Vem — murmura Reed, segurando minha mão. — A gente não precisa ouvir isso.

Mas nós precisamos. É *só* o que vamos ouvir quando a notícia da morte da Brooke se espalhar. Em pouco tempo, todo mundo vai saber sobre o caso que Reed teve com Brooke. Todo mundo vai saber que ela estava grávida, que ele foi até a cobertura naquela noite, que foi interrogado e acusado do assassinato dela.

Quando a história se espalhar, os abutres vão voar em círculos. Os tridentes vão surgir e Dinah O'Halloran vai liderar o ataque.

Inspiro, tentando me acalmar, mas não funciona. Minhas mãos estão tremendo. Meu coração está batendo rápido demais, cada *tum-tum* vibrando com um medo que sinto nos ossos.

— Eu não posso perder você — sussurro.

— Você não vai me perder.

Ele me puxa para longe do patamar e me toma nos braços. Easton desaparece no quarto na hora em que encosto o rosto com força no peito musculoso de Reed.

— Vai ficar tudo bem — diz ele com voz rouca, os dedos deslizando pelo meu cabelo.

Sinto na minha bochecha os batimentos do coração dele, mais firmes do que os do meu. Fortes e regulares. Ele não está com medo.

E se Reed, o cara que acabou de ser preso, não está com medo, eu preciso me guiar por ele. Preciso pegar a força e a convicção dele emprestadas e me permitir acreditar que talvez, pela primeira vez na minha vida ferrada, tudo *vá* ficar bem.

Capítulo 5

REED

— Acho que o boato já se espalhou, mano — murmura Easton baixinho.

Enfio minhas coisas no armário antes de olhar o aposento. Normalmente, o vestiário é tomado de conversas e piadas durante nosso treino matutino, mas todo mundo está em silêncio hoje. Vários olhares se afastam, sem querer encarar o meu, que vai parar em Wade. Ele pisca e faz sinal de positivo. Não sei o que isso quer dizer, mas agradeço pelo apoio. Respondo ao gesto com um aceno breve.

Ao lado dele, nosso jogador de esquerda, Liam Hunter, me encara. Também aceno para ele, só para irritá-lo. Talvez ele venha para cima de mim e possamos resolver parte da nossa sede de violência no piso frio. Levanto as mãos para fazer sinal para ele vir até mim, mas a recomendação do advogado soa em meus ouvidos.

— Nada de brigas. Nada de detenção. Nada de mau comportamento. — Meu pai estava ao lado de Grier em frente à delegacia, fazendo cara feia enquanto o advogado dava as instruções. — Um passo em falso e o promotor vai cair matando. Você tem aquela acusação de agressão por dar uma surra naquele garoto na sua escola no ano passado.

Tive que morder a língua até quase fazer um buraco para não me defender. Grier sabe por que eu bati na cara daquele garoto até virar purê, mas eu nunca faria mal a uma mulher.

Se bem que, se havia uma mulher que merecia sofrer, essa mulher era Brooke Davidson. Eu não a matei, mas não lamento nem um pouco a sua morte.

— Você não devia estar aqui — diz uma voz baixa e furiosa atrás de mim.

Tiro a fita atlética da mala antes de me virar para Ronald Richmond.

— É mesmo? — respondo com tranquilidade, me sentando no banco de metal acolchoado na frente do meu armário.

— O treinador expulsou o Brian Mauss porque ele bateu na namorada por acidente.

Reviro os olhos.

— Você quer dizer quando a cara dela caiu acidentalmente no punho dele e ela ficou de olho roxo por três semanas e todas as fotos dela no baile precisaram ser editadas? Esse acidente?

Ao meu lado, Easton ri. Termino de enrolar as mãos e jogo a fita para Easton.

Ronnie faz cara feia.

— Foi tão acidental quanto você apagar a namorada ralé do seu pai.

— Bom, então é melhor você guardar o convite para a volta do Brian Abusador, porque eu não matei ninguém. — Dou meu sorriso mais simpático.

Ronnie projeta o queixo fraco.

— Não é o que o Delacorte está dizendo.

— O Daniel nem está aqui para falar merda. — Meu pai fez aquele babaca estuprador ser mandado para uma prisão militar juvenil.

— Não estou falando do Daniel — diz meu colega de time com desprezo. — O juiz Delacorte foi tomar uns drinques com meu pai ontem e disse que o caso contra você já está praticamente fechado. Tem imagens de você entrando e saindo do apartamento. Espero que você goste de tomar no cu, Royal.

Easton começa a se levantar. Eu o seguro pelo pulso e o puxo para que sente novamente. Ao nosso redor, o time parece inquieto, uns sussurrando com os outros.

— O juiz Delacorte é corrupto — respondo friamente. Ele tentou subornar meu pai para impedir que o Daniel fosse punido. Não deu certo, então, acho que agora ele está vindo atrás de mim para se vingar do meu pai.

— Talvez aqui não seja seu lugar. — A voz baixa de Liam Hunter corta o aposento.

Todos nos viramos para ele, surpresos. Hunter não é muito de falar; o negócio dele é agir no campo. Ele não anda com nosso grupo, apesar dos inúmeros convites que sei que recebe. Ele fica na dele. A única pessoa que vi andar com ele é Wade, mas, na verdade, todo mundo se dá bem com Wade.

Levanto a sobrancelha para o meu amigo, que responde com um movimento leve de ombros. Ele, assim como eu, não tem a menor noção sobre os pensamentos de Hunter.

— Você tem algum problema comigo, Hunter? Pode dizer.

Desta vez, quando Easton se levanta, eu não o impeço. Quanto a mim, continuo sentado. Por mais que goste de resolver minhas discussões no braço, o aviso do advogado pesa sobre meus ombros.

— Nós queremos vencer o Campeonato Estadual — observa Hunter. — E isso quer dizer nada de distrações. Você é uma distração. Mesmo que não tenha cometido o crime, ainda vai haver muita atenção negativa.

Mesmo que eu não tenha cometido o crime? Dar na cara de um garoto por tentar manchar o nome da minha mãe está bem longe de matar uma pessoa, mas o vestiário inteiro parece estar acreditando nisso hoje.

— Obrigado pelo apoio — diz East com sarcasmo.

Wade decide se intrometer.

— Reed tem cabeça quente. Sem querer ofender, irmão — diz ele para mim.

— Não me ofendi. — Não adianta fingir que não gosto de certa violência física. Mas não é por curtir socar algumas pessoas na cara que sou um assassino. — Mas, como eu não fiz nada, tudo isso vai passar.

— Enquanto isso, um circo vai se formar por aqui. — Ronnie decide estupidamente seguir adiante com a linha de raciocínio de Hunter. — Vão nos perguntar o tempo todo sobre isso, quando o foco deveria estar no futebol americano. Este é o último ano para metade de nós. É assim que queremos sair?

Boa parte dos meus colegas de time acenam a cabeça concordando com ele. Status é tudo que importa para muitos desses garotos, e se formar com um campeonato de futebol americano nas costas vai dar a eles direito de se gabarem muito.

Mas eu nunca imaginei que eles me pendurariam pelas bolas para poder ganhar um maldito jogo.

Abro os punhos lentamente. *Nada de violência*, lembro a mim mesmo. *Nenhuma*.

Sentindo que minha paciência está no limite, Wade se levanta.

— Ronnie, tem uns doze repórteres que cobrem nossos jogos, e a maioria deles puxa tanto nosso saco que eu nem preciso trepar depois do último apito. Além do mais, o Reed é um dos nossos melhores defensores. Sem ele, vou precisar fazer cinco, talvez seis *touchdowns*, e não quero ter que ralar tanto assim. — Ele se vira para Hunter. — Eu entendo o que você quer dizer, mas o Reed não vai ser uma distração, vai, cara?

Balanço a cabeça brevemente.

— Não, eu vim jogar, mais nada.

— Espero que sim — diz o homenzarrão.

E de repente me dou conta da verdadeira preocupação de Hunter. Ele é bolsista na Astor e precisa de bolsa para poder ir para a faculdade. Ele está com medo de o meu drama espantar as universidades.

— Os olheiros ainda vão vir ao jogo para ver você, Hunter — eu garanto.

Ele parece em dúvida, mas Wade dá seu apoio.

— Sem dúvida. Estão todos babando por você. Além do mais, quanto mais vitórias, melhor você fica na fita, né?

Isso parece satisfazer Hunter, porque ele não emite mais nenhuma objeção.

— Está vendo? — diz Wade, alegremente. — Está tudo bem. Então, vamos treinar até cansar e trocar ideia sobre quem vamos levar ao baile de inverno mês que vem.

Um dos recebedores ri.

— Sério, Carlisle? A gente virou um bando de garotinhas, agora?

Com isso, o humor no vestiário fica mais leve.

— Que papo furado — corta Ronnie. — Ele não devia estar aqui.

Talvez não tenha ficado mais leve, afinal.

Sufoco um suspiro.

Ao ver o olhar infeliz de Ronnie, East bate em seu peito.

— Vamos lá, Richmond, vamos fazer alguns Oklahoma *drill*. Se você conseguir me derrubar de bunda no chão uma vez, não vai precisar se preocupar tanto com a imprensa.

Ronnie fica vermelho. O Oklahoma *drill* exige que um jogador colida de frente com o outro enquanto os colegas de time os cercam. East raramente perde, e nunca para Ronnie.

— Vá se foder, Easton. Esse é o problema de vocês, Royal. Vocês acham que violência resolve tudo.

Meu irmão dá um passo à frente.

— É futebol americano. É para ser violento.

— Saquei. Então, matar uma mulher de quem você não gosta é natural para vocês, né? — Um sorriso feio surge na boca dele. — Acho que foi por isso que sua mãe se matou. Estava cansada de aguentar malucos.

O pouco autocontrole que me restava se esvai, e uma onda vermelha surge nos meus olhos. Esse merda pode dizer o que quiser sobre mim, mas meter minha mãe no meio?

Ah não. Não mesmo.

Estou em cima dele em um piscar de olhos, nós dois caímos no chão quando meu punho acerta seu maxilar. Gritos soam ao nosso redor. Mãos se esticam e seguram minha gola e as costas da minha camisa, mas ninguém consegue me tirar de cima dele.

Ouço um estalo nauseante. Uma satisfação primitiva percorre meu corpo quando sangue jorra pelas narinas de Ronnie. Eu quebrei o nariz dele e estou cagando. Dou mais um soco bem no queixo e, de repente, sou arrastado para longe.

— Royal! O que você tem na cabeça, porra!?

Na mesma hora, a raiva nas minhas entranhas some e é substituída por um nó de ansiedade. Foi o treinador que me botou de pé, e agora ele está ali parado, o rosto vermelho e os olhos cintilando de fúria.

— Venha comigo — rosna ele, fechando o punho na barra da minha camisa de treino.

O vestiário fica silencioso como uma igreja. Ronnie cambaleia e fica de pé enquanto limpa o nariz sangrento. Os outros jogadores estão me olhando com apreensão. Antes de o treinador me arrastar pela porta, vejo de vislumbre a expressão de inquietação do Easton, a de frustração do Wade e a de resignação do Hunter.

Sinto a culpa ferver dentro de mim. Droga. Aqui estou eu, tentando provar para esses caras que os Royal não reagem a toda e qualquer baboseira com violência, e o que eu faço? Parto para cima do cara.

Porra.

Capítulo 6

ELLA

A notícia da prisão do Reed se espalha como fogo no palheiro. Enquanto trabalho no caixa da padaria, ouço sussurros que são interrompidos e sinto o peso dos olhares disfarçados. O nome Royal é mencionado com frequência. Uma senhora idosa elegante que vai todas as segundas comer um bolinho de mirtilo e tomar uma xícara de chá Earl Gray pergunta à queima-roupa:

— Você é a tutelada do Royal?

— Sou. — Eu passo seu pesado cartão platinum e o devolvo para ela.

Ela aperta os lábios pintados de rosa.

— Não parece um bom ambiente para uma jovem.

— É a melhor casa que já tive. — Sinto minhas bochechas queimarem, em parte pelo constrangimento e em parte pela indignação.

Mesmo com todos os defeitos (e os Royal têm muitos), minha declaração é totalmente verdadeira. Eu nunca tive nada melhor. Nos primeiros dezessete anos da minha vida, vivi com minha mãe volúvel, que mantinha um pé na sarjeta e uma das mãos tentando alcançar o céu. A todo momento, eu não sabia se teríamos o que comer durante o dia e um teto sobre nossa cabeça à noite.

— Você parece uma boa moça. — A senhora funga, toda sua postura indicando que aquele comentário era uma crítica escondida.

Sei o que ela está pensando: eu posso ser uma boa moça, mas moro com aqueles Royal do mal, e um deles está na primeira página do *Bayview News* como potencial suspeito pela morte de Brooke Davidson. Não são muitas as pessoas que conhecem Brooke além da fama de namorada ocasional de Callum Royal. Mas todo mundo conhece os Royal. São os maiores empregadores de Bayview, se não do estado.

— Obrigada. Levo suas coisas quando estiverem prontas. — Eu a dispenso com um sorriso educado e me viro para a cliente seguinte, uma jovem profissional que está dividida entre querer ouvir a fofoca e querer chegar na hora ao compromisso matinal para o qual está toda arrumada.

Quando estico a mão para pegar o cartão, ela decide que é mais importante não se atrasar. Boa escolha, moça.

A fila anda e os comentários continuam, alguns sussurrados, outros se espalhando intencionalmente pelo pequeno café. Ignoro todos. Lucy, minha chefe, também, apesar de ser motivada pelos inúmeros afazeres, não por indiferença deliberada.

— Manhã estranha, não? — diz Lucy, quando penduro o avental no gancho de trás. Ela está com farinha até os cotovelos.

— Por que você diz isso? — finjo ignorância.

Tiro um bolinho e um *donut* de uma das estantes de doces, para trazer a Reed. Se fosse eu, não conseguiria dar nem uma mordida, mas aquele garoto parece ter estômago de aço. Aparentemente, ser acusado de assassinato não o afeta nem um pouco.

Lucy dá de ombros.

— A energia está errada. Está todo mundo quieto hoje.

— É segunda-feira — eu digo, e essa resposta parece satisfazê-la.

Depois que embrulho os doces, coloco a mochila no ombro e faço a caminhada curta até Astor Park. É difícil acreditar que só alguns meses se passaram desde que comecei a estudar lá. O tempo voa quando você está brigando com valentões e se apaixonando.

Só Easton está me esperando nos degraus de entrada quando chego da padaria. Franzo a testa, porque Reed costuma estar com ele, mas meu namorado não está em lugar nenhum que eu consiga ver. Está claro pelo espaço enorme em volta de Easton que os alunos da Astor Park estão atualizados na notícia do dia. Em qualquer outro dia, esse menino lindo estaria cercado de garotas.

— O que você trouxe pra mim, mana? — Easton corre até mim para pegar a caixa branca de doces da minha mão.

— *Donuts*, bolinhos. — Eu olho em volta novamente. — Cadê o Reed?

Easton não tira o olhar da caixa, então, não consigo avaliar sua expressão. Mas reparo que os ombros se contraem um pouco.

— Conversando com o treinador. — Ele só diz isso.

— Ah. Certo. É uma reunião, alguma coisa assim?

— Alguma coisa assim.

Eu aperto os olhos.

— O que você não está me contando?

Antes que eu possa responder, Val se aproxima de nós.

— Oi, garota! — Ela passa um braço pelo meu ombro. Ou ela ainda não leu o jornal, ou não liga. Espero que seja a segunda opção.

— Oi, Val. — Quando a cumprimento, percebo o alívio no rosto de Easton. Ele está mesmo escondendo alguma coisa de mim.

O olhar de Val vai para a caixa na mão de Easton.

— Diz que tem alguma coisa para mim — implora ela.

— Bolinho com gotas de chocolate. — Dou um sorriso torto quando ela pega um e dá uma mordida grande. — Manhã ruim?

— Você nem faz ideia. O alarme da Jordan tocou às cinco da manhã, e ela dormiu durante toda a "Rise", da Katy Perry, cinco vezes. Eu odeio oficialmente a Katy Perry e a Jordan.

— É isso que faz você odiar a Jordan? — Nas crônicas das garotas malvadas, Jordan Carrington pode ser a santa padroeira. Tem tantos outros motivos para odiá-la além de seu gosto musical.

Val ri.

— Dentre outras coisas. Mas você é uma deusa. E uma guerreira, porque a sua manhã deve estar um milhão de vezes pior do que a minha.

Franzo a testa para ela.

— O que você quer dizer?

Ela levanta uma sobrancelha, o que deixa seu rosto de fada com uma aparência ainda mais parecida com a de um elfo.

— Estou falando do Reed ter dado uma surra em Ronald Richmond no treino. Todo mundo só fala disso, e olha que aconteceu só uma hora atrás.

Meu queixo cai. Então, me viro para olhar para Easton.

— O Reed bateu em alguém? Por que você não me contou?

Ele sorri com a boca cheia de doce, e sou obrigada a esperar que ele engula o bolinho para então obter uma resposta.

— Porque não é nada de mais, tá? O Richmond estava falando merda e o Reed fez com que ele calasse a boca. Ele nem foi suspenso nem nada. O treinador só deu um aviso...

Já estou entrando pela porta da frente. Não consigo acreditar que Reed se meteu em uma briga e Easton não me contou!

— Espera! — grita Val.

Paro para que ela consiga me alcançar e depois começo a andar rapidamente de novo. Talvez eu consiga alcançar Reed antes de ele entrar na primeira aula. Sei que ele sabe se cuidar em uma briga, mas quero vê-lo com meus próprios olhos e ter certeza de que está bem.

— Eu vi o jornal hoje de manhã — diz Val em voz baixa enquanto acompanha meus passos largos. — Minha tia e meu tio estavam falando sobre o assunto. As coisas estão ruins no palácio Royal, né?

— Piores do que ruins — admito.

Estamos na metade do caminho da ala sênior quando o primeiro sinal toca. Merda. Paro de repente, dividida entre seguir em frente para procurar Reed ou chegar a tempo para a minha aula. Val resolve o dilema ao tocar no meu braço.

— Se ele já estiver na aula, o professor não vai deixar você entrar e falar com ele — observa ela.

Ela está certa. Meus ombros murcham quando me viro na direção oposta. Mais uma vez, Val me acompanha.

— Ella.

Continuo andando.

— Ella. Ei. Para. — Ela segura meu braço de novo, e consigo perceber em seus olhos a preocupação enquanto ela me observa. — Ele não matou ninguém.

Não consigo nem começar a explicar o quanto fico aliviada de ouvi-la dizer isso. Minhas dúvidas sobre a inocência de Reed andam me corroendo por dentro desde que ele foi preso. Eu me odeio por alimentar esses pensamentos, mas, cada vez que fecho meus olhos, me lembro dos pontos arrebentados. Do sangue. Do fato de ele ter ido até a cobertura sem me dizer nada.

— Claro que não — eu me obrigo a dizer.

O olhar dela se fixa em mim.

— Então, por que você parece tão preocupada?

— Eu não estou preocupada. — Espero que meu tom firme seja convincente. Aparentemente ele é, porque vejo sua expressão relaxar. — É que… tudo está uma confusão agora, Val. A prisão do Reed, a aparição do Steve…

— O quê? — pergunta ela.

Levo cerca de um segundo para lembrar que eu ainda não havia contado a ela sobre o meu pai.

Eu não queria dizer por mensagem de texto e não tive uma única oportunidade de ligar para Val desde o dia anterior por causa do caos em casa.

— Pois é. Steve está de volta. Surpresa! Ele não está morto, no fim das contas.

Val parece meio atordoada.

— Você está brincando, né?

— Não. — Antes que eu possa dar mais detalhes, o segundo sinal toca. É o que nos avisa que temos um minuto para chegar à aula. — Explico tudo no almoço, tá?

Ela assente lentamente, sem que a expressão atordoada suma do rosto. Tomamos caminhos diferentes no corredor seguinte, e vou para a minha primeira aula.

Três segundos depois que me sento para assistir à primeira aula, descubro que Val não foi a única que viu o jornal de manhã. Quando a professora vira as costas para a turma por um momento, um babaca sentado a duas carteiras de distância se inclina para sussurrar:

— Você pode vir morar na minha casa, Ella, se estiver com medo de ser assassinada na cama.

Eu o ignoro.

— Ou, quem sabe, isso seja o que excite o seu tipo.

Quando cheguei à Astor Park, aprendi rápido que a maioria dos alunos não vale nem meu tempo, nem minha atenção. O campus é muito lindo, com gramados verdes e prédios altos de tijolos. Tem a imagem perfeita, mas está lotado dos adolescentes mais tristes e inseguros que já tive a infelicidade de conhecer.

Eu me viro na cadeira, me inclino por cima da mesa de Bitsy Hamilton e olho diretamente nos olhos verde-escuros do babaca.

— Qual é seu nome?

Ele pisca.

— O quê?

— Seu nome — repito com impaciência. — Qual é?

Bitsy levanta a mão para esconder um sorrisinho.

O rosto do babaca se contorce em uma careta de desprezo indignado.

— Aspen — responde ele, com voz tensa.

— Aspen? Sério? Que nome idiota.

Bitsy mal está controlando a gargalhada a essa altura.

— É Aspen de verdade — diz ela, quase engasgando.

— Aff, então tá. O negócio é o seguinte, *Aspen*. Já aguentei mais coisa no meu curto período de vida do que você vai ter que aguentar a vida toda, então, todos os insultos idiotas que puder inventar só fazem você parecer patético. Não estou nem aí para o que você pensa de mim. Na verdade, se você não se afastar e não repensar até mesmo a simples decisão de olhar na minha direção, vou fazer com que meu único objetivo pelo resto do semestre seja deixar você à beira da insanidade. Vou enfiar frutos do mar vencidos há uma semana no seu armário. Vou destruir seus deveres de casa. Vou dizer para cada garota desta escola que você tem gonorreia. Vou mandar editar umas fotos suas usando calcinha de mulher e distribuir em pôsteres gigantes pela escola. — Dou um sorriso frio para ele. — Você quer que isso aconteça com você?

O rosto de Aspen fica branco como a cidade gelada que inspirou seu nome.

— Eu só estava brincando — murmura ele.

— Suas piadas são péssimas. Espero que papai tenha um emprego esperando para dar ao filhinho, porque não consigo imaginar esse seu cérebro diminuto encarando a faculdade. — E, depois de dizer isso, me viro de volta para a frente da sala.

* * *

No almoço, nossa mesa está quieta. Conto para Val sobre a reaparição repentina de Steve, mas não temos chance de discutir o quanto isso me abalou porque Reed, Easton e Wade se juntam a nós em vez de irem se sentar à mesa do time de futebol americano.

É o primeiro sinal de que alguma coisa está errada. Reed foi acusado de assassinato, então a vida está *bem* errada de um modo geral, mas o fato de ele não estar sentado com os colegas de time me diz que as coisas estão piores do que eu pensava.

— Você não ficou mesmo encrencado por brigar na escola? — murmuro para ele quando ele se acomoda ao meu lado.

Ele balança a cabeça.

— Recebi uma advertência. — A expressão dele parece de tortura. — Mas você sabe que vai chegar ao meu pai e ao advogado. Eles não vão gostar.

Eu não gosto, mas abro um sorriso encorajador porque sei que ele já está sob muito estresse. É que...

Eu amo Reed, de verdade, mas seu gênio forte é seu pior inimigo. Se não conseguir se controlar, as coisas podem ficar um milhão de vezes piores para ele.

Do outro lado da mesa, Val brinca com a salada no prato. A todo instante ela olha para Wade e depois volta a olhar para seu prato. Wade está fazendo a mesma coisa, espiando Val e depois olhando com atenção para seu hambúrguer.

É óbvio o esforço que eles fazem para não se olharem e, por algum motivo, isso me alegra. É bom ver que não sou a única em estado de pura infelicidade.

Imediatamente a culpa toma conta de mim porque, se Val está evitando Wade e ele está constrangido demais para olhar nos olhos dela, alguma coisa ruim deve ter acontecido. Faço uma nota mental de perguntar a Val quando estivermos sozinhas.

— Então — diz Wade, quando o silêncio fica insuportavelmente longo. — Quem está animado para o baile de inverno?

Ninguém responde.

— Sério? Ninguém? — Ele lança um olhar direto para Val. — E você, Carrington? Tem acompanhante?

Ela olha para ele com irritação.

— Eu não vou.

A mesa fica em silêncio de novo. Val come sua salada com a mesma falta de energia que estou dedicando ao meu frango.

— Não está com fome? — pergunta Reed, rudemente.

— Estou sem muito apetite — eu admito.

— Está preocupada? — murmura ele.

— Um pouco. — Muito, na verdade, mas sufoco esse pensamento e abro outro sorriso.

Acho que Reed consegue perceber, porque ele se inclina e me beija. Deixo que ele me distraia com a sua boca porque é gostoso, mas, no fundo, sei que beijos são apenas um remédio temporário.

Me afasto e digo isso a ele.

— Você não pode usar seus beijos para acabar com minha preocupação.

A mão dele sobe pela lateral do meu corpo e para embaixo do meu seio. O polegar roça na curva de baixo, me causando arrepios. Encaro seus olhos azuis, cheios de promessas maliciosas, e decido que sim, talvez ele *possa* de fato usar seus beijos para acabar com minha preocupação.

Afasto alguns fios sedosos de cabelo de seu rosto, desejando que estivéssemos sozinhos e ele pudesse transformar as promessas silenciosas em realidade. As mãos me puxam para a frente para que ele possa me beijar de novo. Desta vez, abro a boca e deixo a língua entrar.

— Não enquanto eu como — reclama Easton. — Vocês estão estragando meu apetite.

— Acho que isso não é nem remotamente possível — diz Val.

Sorrio com a boca na de Reed e me acomodo na minha cadeira.

— Bom, *eu* estou ficando excitado. Alguém quer dar uma volta no banheiro comigo? — pergunta Wade com alegria.

Val mantém sua boca bem fechada.

— Tudo vai ficar bem — Reed diz para mim. — Menos o estômago do East, talvez. Ele pode precisar de atendimento médico depois de ingerir tantos carboidratos. — Ele aponta para a montanha de macarrão no prato de Easton.

— Eu como muito quando estou ansioso — responde seu irmão.

Faço uma tentativa de seguir a deixa do Reed e aliviar o clima.

— Qual foi a desculpa na semana passada, quando você comeu uma fornada inteira de *cookies*?

— Aquilo foi só porque eu estava com fome. Além do mais, eram *cookies*. Quem precisa de desculpa para comer *cookies*?

— Parece uma pergunta sexual — diz Wade. — E a resposta correta é que ninguém nunca precisa de desculpa para isso.

— Mas precisa de permissão — diz Val vagamente, concentrando o olhar em Wade pela primeira vez desde que ele se sentou. — E se sua boca está nos *cookies* de outra pessoa, outros padeiros não vão estar interessados em oferecer os *cookies* deles para você.

Ela se levanta da cadeira e sai batendo os pés.

— Ei! — Wade grita para ela. — Eu só comi esses outros *cookies* daquela vez e só porque a padaria onde eu queria comprar *cookies* estava fechada!

Ele se levanta da cadeira e corre atrás de Val, deixando Easton, Reed e eu olhando para eles.

— Tenho a sensação de que eles não estão falando de *cookies* — comenta Easton.

Não diga. E por mais que eu odeie ver Val chateada, não consigo deixar de sentir inveja do problema dela.

É bem mais fácil lidar com problemas de relacionamento quando você não está com medo de seu namorado ir para a prisão.

Capítulo 7

REED

Assim que entro pela porta da frente, meu pai coloca a cabeça na sala de estar e aponta o dedo em minha direção.

— Preciso de você no meu escritório. Agora.

Ella e eu trocamos um olhar desconfiado. Não é preciso ser cientista para saber que a notícia da minha briga com Richmond chegou ao meu pai. Droga. Esperava ter tempo de contar eu mesmo.

— Devo entrar com você? – pergunta Ella com uma careta.

Depois de um momento, eu balanço a cabeça.

— Não. Pode subir e fazer seu dever de casa ou alguma outra coisa. Essa não vai ser uma conversa divertida. – Vendo que ela hesitava, dou um empurrão leve. — Pode ir. Eu subo logo.

Espero no saguão até ela desaparecer no andar de cima e, então, solto o suspiro infeliz que está entalado no meu peito o dia todo. A escola foi um saco hoje, e não só porque eu quebrei o nariz de um colega de time. Os sussurros e olhares me afetaram. Normalmente, estou cagando para o que meus colegas de classe pensam de mim, mas hoje a tensão no ar foi quase sufocante.

Todo mundo se pergunta se eu matei Brooke. A maioria acredita que sim. Até mesmo alguns caras do time. Droga, às vezes acho que até a Ella acredite nisso. Ela não disse nada, mas no almoço eu a peguei me olhando algumas vezes, quando ela achava que eu não estava vendo. Ela estava com uma expressão diferente no rosto. Não consigo nem ao menos descrever. Não de dúvida, mas talvez de apreensão. Com um toque de tristeza também.

Falei para mim mesmo que ela só está assustada por causa de tudo, mas uma parte de mim se pergunta se *ela* pensa isso. Se fica me olhando assim porque está tentando decidir se está namorando um assassino ou coisa do tipo.

— Reed.

A voz penetrante do meu pai me bota em movimento. Ando pelo corredor até o escritório, e meu humor desaba ainda mais quando vejo Grier atrás da mesa enorme. Meu pai está sentado em uma poltrona próxima.

— O que houve? — questiono na mesma hora.

— Você precisa mesmo perguntar? — A expressão no rosto do meu pai é sombria e ameaçadora. — O diretor me ligou mais cedo. Ele me contou sobre seu chilique no vestiário.

Eu me irrito.

— Não foi chilique. O Richmond falou merda sobre a minha mãe.

Pela primeira vez, a menção à minha mãe não faz meu pai amolecer.

— Não quero saber se ele estava insultando Jesus Cristo ou quem quer que fosse. Você não pode brigar na escola, Reed! Nunca mais, mas principalmente agora que está enfrentando uma acusação de homicídio doloso!

A vergonha e a raiva pesam igualmente nas minhas entranhas. O rosto do meu pai está vermelho, os punhos fechados nas laterais do corpo, mas, através da névoa de raiva nos olhos dele, tenho um vislumbre de uma coisa ainda pior: decepção.

Não consigo lembrar qual foi a última vez em que me importei se meu pai estava decepcionado comigo. Mas... me importo agora.

— Sente, Reed. — O pedido vem de Grier, que está com a caneta dourada de confiança sobre o bloco amarelo. — Tem algumas coisas que temos que repassar.

Com relutância, ando até uma das cadeiras acolchoadas e me sento. Meu pai se senta rigidamente na outra.

— Vamos falar sobre a briga já, já — diz Grier. — Mas, primeiro, você precisa me contar por que seu DNA foi encontrado embaixo das unhas da Brooke.

Sou tomado pelo choque.

— O quê?

— Eu falei com o assistente do promotor público hoje, e também com os investigadores encarregados do caso. Eles estavam esperando os exames de DNA antes de divulgarem qualquer detalhe para nós. Mas os resultados chegaram e, pode acreditar, eles estavam ansiosos para contar. — O rosto de Grier fica sério. — Células epiteliais foram encontradas nas amostras retiradas debaixo das unhas da Brooke. O DNA bate com o seu.

— Como pegaram meu DNA? — pergunto. — Eu não dei amostra nenhuma.

— Eles já têm, da sua última prisão.

Eu faço uma careta. *Última prisão.* Isso não soa bem.

— Eles podem fazer isso?

— Quando você entra no sistema, fica lá para sempre. — Grier mexe em alguns papéis enquanto meu pai olha com cara séria. — Nós vamos relembrar sua noite, passo a passo, segundo a segundo. Não deixe nada de fora. Se você soltou gases, eu quero saber. O que você fez depois que foi ver Brooke?

— Eu vim para casa.

— Logo depois?

— Sim.

A expressão de Grier fica mais intensa.

— Tem certeza disso?

Eu franzo a testa.

— Acho... que sim.

— Resposta errada. As imagens das câmeras de segurança mostram você chegando uma hora depois.

— Chegando onde?

— Aqui — diz ele, com expressão de irritação. — Sua casa tem câmeras de segurança, Reed, ou será que você esqueceu disso?

Olho para o meu pai, que assente com tristeza.

— Nós verificamos as fitas das câmeras enquanto você estava na escola — diz ele. — As câmeras mostram você chegando em casa depois das dez da noite.

— Uma hora inteira depois de ter saído da cobertura dos O'Halloran — observa Grier.

Reviro o cérebro de novo, tentando me lembrar daquela noite.

— Eu fui dirigir um pouco pela cidade — digo lentamente. — Ainda estava puto com a conversa com a Brooke. Queria me acalmar antes de...

— Não — interrompe meu pai.

— Não o quê? — Estou confuso pra caralho agora.

— Você não vai dizer coisas assim, está ouvindo? Não pode insinuar, nem entre nós, que estava em um estado que exigisse que você se acalmasse naquela noite. Você brigou com a Brooke, mas não foi nada de mais diz meu pai com firmeza. — Estava calmo quando foi para lá e calmo quando saiu.

A frustração forma um nó dentro de mim.

— Que importância tem se eu dirigi por aí por uma hora ou três ou dez? — protesto abruptamente. — As fitas *deles* me mostram saindo da cobertura vinte minutos depois que cheguei. E daí se só cheguei em casa uma hora mais tarde?

— Vão emitir um mandato pedindo as suas filmagens — diz Grier para o meu pai, como se eu não tivesse falado nada. — É só questão de tempo.

— Mais uma vez, que importância tem isso? — insisto.

Grier aponta para mim com a caneta.

— É importante porque você mentiu. Se você mentir uma vez que seja no tribunal, vão crucificar você.

— Tribunal? Eu vou ter que testemunhar? — Um redemoinho de emoções forma um nó gigantesco no meu estômago. Eu tenho repetido para mim mesmo que a polícia encontraria o verdadeiro assassino durante a investigação, mas parece que acham que *eu* sou o verdadeiro assassino.

— Os investigadores repararam que você botou a mão na cintura algumas vezes, e as manchas de sangue na sua camisa foram citadas durante o interrogatório.

— Porra — murmuro. Sinto que acabaram de enrolar uma corda no meu pescoço.

— Como isso aconteceu? — insiste Grier.

— Não sei. Talvez enquanto eu dirigia. Ou quando fui pegar alguma coisa.

— E como você conseguiu esse ferimento?

Não preciso ser advogado para saber que minha próxima admissão vai soar mal.

— Eu fui esfaqueado no porto.

— E por que você estava lá?

— Lutando — murmuro baixinho.

— O que você disse?

— Lutando. Eu fui lutar.

— Você foi lutar? — repete ele.

— Não existem leis contra isso. — Um dos caras com quem eu luto no porto é filho de um assistente de procurador-geral. Ele alega que, se todos concordarmos em participar, não estamos fazendo nada de errado. Querer levar porrada de outra pessoa não é crime sujeito a processo.

Mas acho que pode ser prova de que alguém é violento e, possivelmente, assassino.

— Sem dinheiro envolvido? Tenho um Franklin Deutmeyer, conhecido como Fat Deuce, que diz que Easton Royal faz apostas com ele em jogos de futebol americano. Você está me dizendo que ele nunca aposta nas suas lutas? — Grier não espera pela minha mentira. — Nós entrevistamos Justin Markowitz, que diz que tem muito dinheiro envolvido.

Não parece que ele precise de resposta, e estou certo, porque Grier continua como se estivesse fazendo o argumento de encerramento para me levar à prisão.

— Você luta por dinheiro. Luta porque faz você se sentir bem. Botou um garoto no hospital sem motivo…

Eu o interrompo desta vez.

— Ele insultou a minha mãe.

— Igual a esse garoto Richmond, cujo nariz você quebrou hoje? Ele também insultou a sua mãe?

— Sim — eu digo, com voz tensa.

— E a Brooke? Ela também insultou a sua mãe?

— O que você está dizendo? — rosna meu pai.

— Estou dizendo que seu filho tem pavio curto — corta Grier. — Basta que alguém respire sobre o túmulo de sua mãe morta...

Meu pai faz uma careta.

— …que ele perde o controle. — Grier joga a caneta na mesa e me encara. — O promotor está cheio de tesão por este caso. Não sei por quê. Eles têm crimes não resolvidos até a tampa, assassinatos frequentes ligados ao tráfico de drogas, agenciadores de apostas como Fat Deuce correndo por aí tirando dinheiro de garotos, mas eles gostaram deste caso e gostam da ideia de ter você como o responsável. Nossos investigadores deram uma xeretada, e há boatos de que Dinah O'Halloran pode ter tido um relacionamento com o promotor Pat Marolt.

Desta vez é meu pai quem fala um palavrão.

— Puta que pariu.

A corda fica mais apertada.

— Vão entrevistar cada um dos seus colegas de classe. Se você teve problema com algum, é melhor me contar agora.

— Você é um dos melhores advogados do estado; ao menos, é o que dizem — diz meu pai com irritação.

— Você está me pedindo para fazer milagre — Grier responde rispidamente.

— Não — eu interrompo. — Nós estamos pedindo para você descobrir a verdade. Porque, apesar de não me importar de levar um soco no queixo, eu me importo de ir para a prisão por algo que eu não fiz. Sou um babaca, sem dúvida. Mas não bato em mulheres, e é fato que não mataria uma.

Meu pai chega mais perto e coloca a mão no meu ombro.

— Você vai vencer este caso, Grier. Não me interessa quais outros casos você tem nesse momento. Nada mais importa até o Reed estar livre disso.

O *senão você vai se ver comigo* fica implícito.

Grier aperta os lábios, mas não protesta. Só se levanta, pega todos os papéis e diz:

— Vou trabalhar nisso.

— O que devemos fazer enquanto a investigação prossegue? — pergunta meu pai enquanto leva Grier até a porta.

Estou grudado na cadeira, me perguntando como minha vida chegou a este ponto. Olho para as minhas próprias mãos. Será que eu a matei? Será que sonhei que saí da cobertura? Será que estou sofrendo de algum lapso de memória bizarro?

— Façam cara feliz, ajam com normalidade e, Reed, finja que não é culpado.

— Eu *não* sou culpado — rosno.

Grier para no corredor.

— O promotor precisa de um meio, um motivo e uma oportunidade para provar o crime. A Brooke bateu a cabeça na lareira com força suficiente para fazer com que o cérebro se separasse da medula espinhal. Você é grande e forte e gosta de dar socos em pessoas. Eles têm uma gravação sua no período do crime e têm um motivo. Ah, e Ella Harper?

Eu fico tenso.

— O que tem ela?

— Fique longe dela — diz Grier secamente. — Ela é sua maior fraqueza.

Capítulo 8

ELLA

Reed está me esperando nos degraus da entrada quando chego à escola. Desta vez, é Easton quem não está presente, mas estou um tanto agradecida por estar sozinha com Reed, principalmente depois da noite anterior. A reunião dele com Callum e Grier o deixou taciturno e calado, e foi a primeira noite em muito tempo em que ele não veio dormir no meu quarto. Não implorei para ele ficar, mas forcei a barra para que ele falasse.

Pelo pouco que ele me contou, parece que o advogado está preocupado com as brigas de Reed e com o fato de ele não ter um álibi entre o horário em que saiu da cobertura e a hora em que voltou para a mansão Royal.

Essa parte eu não consigo entender. E daí se ele não chegou em casa logo depois? Não quer dizer que ele estava fazendo alguma coisa suspeita, principalmente porque a polícia sabe que ele saiu da cobertura vinte minutos depois que chegou lá.

Mas, se isso perturbar tanto Grier quanto Callum, então deve ter alguma importância. Por isso, é a primeira coisa em que falo depois que cumprimento Reed com um beijo.

— Ainda não entendi por que aquela hora que você passou dirigindo por aí é importante.

Os olhos dele ficam sombrios, o que, combinado com a camisa para fora da calça e o blazer azul desabotoado, dão a ele um ar de *bad boy*. Eu nunca me senti atraída por meninos do tipo *bad boy* antes de conhecer Reed, mas nele acho meio irresistível.

— Não quer dizer nada — murmura ele.

— Então por que o advogado está tão preocupado com isso?

Reed dá de ombros.

— Não sei. Mas não quero que *você* se preocupe, tá?

— Eu não consigo não me preocupar. — Hesito, sem querer tocar no assunto de novo porque sei que o deixa furioso, mas não consigo evitar. — Nós ainda temos tempo de fugir — imploro, e olho ao redor para ter certeza de que não tem ninguém nos espionando. Baixo a voz até virar um sussurro. — Não quero ficar sentada aqui esperando que você seja preso.

Os olhos dele perdem o brilho rigoroso.

— Gata. Não vai acontecer.

— Como você sabe disso? — Um sentimento de impotência toma conta de mim. — Já perdi a única outra pessoa com quem eu me importava. Não quero perder você também.

Suspirando, Reed me toma em seus braços e beija minha testa.

— Você não vai me perder.

A boca dele desce e encontra a minha, e ele coloca a língua entre os meus lábios, tirando meu fôlego e fazendo com que meus joelhos enfraqueçam. Eu me seguro nos bíceps dele para não cair.

— Você é a pessoa mais forte que eu conheço — sussurra ele com os lábios contra os meus. — Seja forte por mim, tá? Nós não vamos fugir. Nós vamos ficar e lutar.

Antes que eu possa responder, um motor de carro chama minha atenção. Eu me viro a tempo de ver uma viatura da polícia parando na entrada na frente do prédio principal.

Reed e eu ficamos rígidos.

— Vieram atrás de você? — pergunto com ansiedade.

A expressão sombria volta, os olhos azuis grudados na viatura.

— Não sei. — O rosto dele só fica mais fechado quando um homem corpulento e careca sai do lado do motorista. — Merda.

— Você o conhece? — eu sussurro.

Reed assente.

— É o investigador Cousins. Foi um dos policiais que me interrogaram.

Ah, meu Deus. Isso não pode ser bom.

E Cousins se aproxima assim que nos vê na escada.

— Senhor Royal — diz ele, friamente.

— Senhor investigador — responde Reed com frieza similar.

Há um momento tenso de silêncio antes de o investigador virar o olhar penetrante para mim.

— Ella O'Halloran, suponho?

— Harper — respondo por entre os dentes.

Ele chega a de fato revirar os olhos, o que considero um pouco grosseiro.

— Bem, senhorita *Harper*. Você é, na verdade, a primeira pessoa da minha lista dessa manhã.

Olho para ele com desprezo.

— Sua lista de quê?

— Testemunhas. — Cousins sorri arrogantemente para mim. — O diretor me permitiu fazer entrevistas em seu escritório essa manhã. Se você puder me seguir, por favor...

Eu fico no lugar. Callum já tinha me avisado que algo assim podia acontecer, então, estou preparada.

— Me desculpa, mas não vai rolar. Meu tutor precisa estar presente em toda e qualquer entrevista. — Eu dou um sorriso igualmente arrogante. — Meu advogado também.

O investigador aperta os olhos.

— Entendo. Então, é assim que faremos, não? — Ele assente brevemente. — Vou fazer contato com seu tutor.

Com isso, ele passa por nós e desaparece pelas portas de entrada.

Assim que ele desaparece, minha fachada confiante despenca, e olho para Reed na mesma hora.

— Ele vai entrevistar pessoas hoje? *Quem?*

— Não sei — diz ele com voz sombria.

— Ah, meu Deus, Reed, isso é ruim. Muito ruim.

— Vai dar tudo certo. — Mas o tom dele não tem a confiança de sempre. — Vamos. Temos que ir para a aula. Mande mensagem se tiver algum problema hoje, tá?

— Por que eu teria problema? — pergunto com cautela.

A resposta dele é enigmática.

— Os nativos estão inquietos.

Essa conversa toda, assim como o aparecimento repentino do investigador Cousins, não contribuiu em nada para acalmar minhas preocupações, e acho que Reed sabe, mas ele ainda abre um sorriso e me leva para a aula como se estivesse tudo bem. Depois de um beijo rápido, ele sai andando na direção oposta. Não consigo afastar minha preocupação, que cai sobre mim como um cobertor pesado e, quando entro na aula de química e me sento no lugar de sempre ao lado de Easton, o desespero vaza por cada poro do meu corpo.

— O que foi? — pergunta Easton na mesma hora.

Eu me inclino para cochichar no ouvido dele.

— A polícia está aqui para entrevistar pessoas por causa do Reed.

Easton não parece afetado.

— Ninguém aqui nem ao menos sabia sobre o Reed e a Brooke — sussurra ele em resposta. — As entrevistas não vão dar em nada.

Olho ao redor para ter certeza de que não tem ninguém ouvindo.

— Mas todo mundo na escola sabe sobre as brigas dele. — Outro pensamento surge na minha cabeça. — E a Savannah sabe sobre a Dinah.

Ele franze a testa.

— Isso não tem nada a ver com a Brooke.

— Não, mas pode ser que eles consigam distorcer. — Eu retorço as mãos juntas e minha ansiedade volta, ainda pior do que antes. — Se descobrirem que a Dinah estava chantageando o irmão do Reed, eles podem elaborar uma teoria maluca que o Reed foi até a cobertura procurando a *Dinah* e acabou matando a Brooke.

É um pensamento ridículo, mas plausível o suficiente para Easton parecer preocupado.

— Merda.

— Se falarem com a Savannah, você acha que ela diria alguma coisa?

Ele balança a cabeça lentamente.

— Acho que... não?

Não é suficiente para mim. Nem um pouco.

— Nós temos inglês com ela no próximo horário. Vou falar com ela.

— E fazer o quê? Ameaçar quebrar as pernas dela se ela falar? — O sorriso dele é fraco e forçado.

— Não, mas vou me certificar de que ela saiba que é muito importante que ela não toque no assunto do Gideon e da Dinah.

— A Sav odeia os Royal — diz ele com voz cansada. — Não sei se qualquer coisa que você diga para ela vai convencê-la de ficar de boca calada.

— Talvez não, mas eu vou tentar mesmo assim.

* * *

Depois da aula de química, corro para o segundo andar para tentar interceptar Savannah Montgomery antes de ela chegar na sala de inglês.

A ex-namorada de Gideon é a pessoa mais contraditória que já conheci. Foi ela quem fez o tour comigo pela Astor Park Prep quando eu comecei aqui, e apesar de ter sido meio vaca naquele dia, ela também ofereceu vários conselhos não requisitados sobre como sobreviver na escola. E apesar de ter se mantido distante e não ter falado muito comigo nas aulas, ela tirou parte de seu tempo para me avisar sobre Daniel Delacorte, e depois me ajudou a me vingar do cretino junto com Val.

Então, acho que talvez ela seja uma aliada, não?

Sinceramente, não sei. Ela é difícil de interpretar em um dia bom e impossível em todos os outros.

O dia de hoje entra na categoria impossível. Ela franze a testa quando me vê esperando em frente à porta, mas diz "Oi" com uma voz que não tem hostilidade.

— Podemos conversar um minuto? — pergunto baixinho.

A desconfiança surge nos olhos dela.

— Por quê?

Eu me obrigo a ter paciência.

— Porque nós precisamos conversar.

— A aula está começando.

— O senhor Winston chega dez minutos atrasado todos os dias e você sabe. Nós temos tempo. — Suplico com os olhos. — Por favor?

Depois de um segundo, ela assente.

— Tudo bem. Mas seja rápida.

Andamos em silêncio pelo corredor até uma série de armários escondidos em um corredorzinho separado. Quando estamos sozinhas, eu não perco tempo.

— A polícia está aqui entrevistando alguns amigos e colegas do Reed.

Ela não parece nem um pouco surpresa.

— É, eu sei. Já fui convocada para a sala do Beringer. Vou lá na hora do almoço. — Ela revira os olhos. — Queriam me tirar da aula e eu fui logo pensando: "Que se fodam". Não vou ficar para trás só porque um Royal matou a namorada do papai.

Eu me encolho como se ela tivesse me dado um tapa.

— O Reed não matou ninguém — eu digo por entre dentes.

Savannah dá de ombros.

— Não ligo se matou ou não. Eu nunca gostei da Brooke.

Eu franzo a testa. Savannah conhecia Brooke? Fico confusa por um segundo, mas me dou conta de que Sav a conhecia, *sim*. Ela se referiu a Brooke como "figurante" no dia que me levou para conhecer Astor Park e, além disso, ela namorou Gideon por um ano, então, deve ter visto Brooke em casa em várias ocasiões.

— Aquela mulher era um lixo — acrescenta ela. — Interesseira com I maiúsculo.

— De qualquer forma, o Reed não a matou.

Ela arqueia sua sobrancelha perfeita.

— É isso que você quer que eu diga para a polícia?

Engulo minha frustração.

— Você pode dizer o que quiser, porque não foi ele. Eu queria falar com você sobre a outra coisa.

— Que outra coisa?

Eu olho em volta do corredor. Está vazio.

— Gideon e Dinah.

De acordo com Reed, Dinah invadiu o celular do Gid e roubou *nudes* que ele e Savannah tinham trocado. Com essa munição, ela o está ameaçando com uma acusação de estupro de vulnerável, porque Savannah tinha apenas quinze anos na época, enquanto Gideon tinha dezoito.

Ao ouvir o nome de Gideon, a expressão de cautela de Savannah se transforma em pura maldade.

— Você está falando da história de quando meu namorado trepou com uma coroa vagabunda? — diz ela com rispidez.

— É, e aí a coroa vagabunda começou a chantageá-lo usando as fotos que *você* mandou para ele — eu respondo também com rispidez.

Desta vez é ela quem se encolhe.

— Você está dizendo que é *minha* culpa o Gid estar nessa confusão? Porque não é! Foi *ele* quem traiu... Foi *ele* que ficou com aquela mulher horrível, e é culpa *dele* ela ter ficado obcecada e ter roubado o celular dele. Tudo que eu fiz foi mandar fotos para o meu namorado, Ella!

Eu me vejo perdendo o controle da conversa, então, assumo rapidamente um tom calmo e nada ameaçador.

— Eu não estou botando a culpa em você — juro. — Só estou dizendo que você está envolvida nisso quer queira, quer não. O Gideon pode ter muitos problemas se a polícia descobrir sobre a Dinah e as fotos.

Savannah não responde.

— Eu sei que você o odeia, mas eu também sei que não quer vê-lo ir para a prisão, e contar essa história para os policiais só iria fazer com que eles tentem usar essa informação contra o Reed. — Eu olho fixamente para ela. — E o Reed é inocente. — Ou pelo menos eu acho que é.

Ela fica em silêncio por muito tempo. Tanto tempo que acho que não consegui convencê-la. Mas ela solta um suspiro profundo e assente.

— Tudo bem. Eu vou ficar de boca calada.

Sou tomada de alívio, mas Savannah nem me dá a chance de agradecer. Sai andando sem dizer mais nada.

Capítulo 9

ELLA

Não volto a ver Savannah pelo resto do dia. Normalmente, eu não pensaria nisso, porque não temos aulas vespertinas juntas, mas a paranoia começa a tocar conta de mim. Ela ia falar com os investigadores na hora do almoço. Eu estava torcendo para ela me procurar depois e me contar sobre a conversa, mas ela não fez isso, e eu nem ao menos a vi nos corredores durante a segunda metade do dia.

No entanto, Val me confessou durante o almoço que os detetives enviaram uma mensagem para os pais dela naquela manhã pedindo permissão para entrevistá-la. Acho que a tia e o tio dela são como Callum, porque insistiram em estar presentes nas entrevistas da Val e da Jordan.

É, Jordan. Ao que parece, ela está na lista de Cousins também. E isso é muito perturbador, porque eu sei que Jordan dirá somente coisas horríveis sobre Reed.

Não sei bem com quem a polícia falou hoje além de Savannah. Estou com medo da minha entrevista, mas, com sorte, Callum vai conseguir adiá-la o máximo possível. Talvez até esses investigadores fazerem o trabalho idiota deles e encontrarem o verdadeiro assassino.

Isso se houver um verdadeiro assassino...

Um grito silencioso se forma na minha garganta, me fazendo parar no meio do estacionamento. Odeio esses pensamentos que surgem de vez em quando na minha cabeça. *Odeio* que eu ainda tenha dúvidas sobre Reed. Ele insiste que não matou Brooke. Jura que não matou.

Então, por que não consigo acreditar nele cem por cento?

— O estacionamento é para carros, maninha, não para pessoas.

Eu me viro e encontro Easton sorrindo para mim. Ele me dá um empurrãozinho, acrescentando:

— A pobre Lauren está tentando sair daquela vaga há uns dois minutos, eu acho.

Meu olhar se desvia para um BMW vermelho com o motor ligado. E, realmente, Lauren Donovan está acenando para mim com uma expressão em seu rosto como se estivesse me pedindo desculpas, como se ela estivesse sendo inconveniente comigo e não o contrário.

Aceno pedindo desculpas para a namorada dos gêmeos e saio do caminho rapidamente.

— Eu me distraí — digo para Easton.

— Ainda preocupada com as entrevistas?

— Ainda. Mas falei com a Savannah, e ela prometeu não dizer nada sobre aquela história do Gideon.

Easton assente.

— Pelo menos isso é bom.

— É.

— Ella. — A voz de Reed soa atrás de nós. — Vem para casa comigo?

Eu me viro e o vejo andando pelo estacionamento com Sebastian ao lado. Mais uma vez, a paranoia ataca.

— O que aconteceu? Você não tem treino?

Ele balança a cabeça.

— O East tem, mas eu estou dispensado. Meu pai enviou uma mensagem e me mandou ir direto para casa.

O medo faz minha coluna formigar.

— Por quê? O que está acontecendo?

— Não sei. — Reed parece frustrado. — Ele só disse que é importante e que ele já avisou ao treinador.

O rosto dele está tenso, o que quer dizer que ele está preocupado. Estou aprendendo que Reed fica cruel quando se sente acuado em um canto, e esse canto cheio de polícia, investigadores e prisão deve ser o menor e mais solitário canto do mundo.

— Ele também me quer lá? — pergunto com cautela.

— Não. Mas eu quero. — Reed olha para o irmão mais novo. — Seb, você pode ir dirigindo o carro da Ella?

Sebastian assente.

— Tudo bem.

Jogo a chave para ele e o vejo ir até meu conversível enquanto Easton sai correndo para o treino de futebol americano. Reed e eu entramos no Range Rover dele, mas não consigo saber por que ele me pediu para ir com ele, já que ele não diz nada durante os cinco primeiros minutos do trajeto.

Eu olho pela janela enquanto roo a unha do polegar. É difícil para mim lidar com um Reed silencioso. Me lembra demais de quando fui morar com os Royal. Tudo que eu recebia dele eram olhares de irritação e comentários ferinos, algo bem diferente do que eu estava acostumada. Minha mãe era um pouco (tudo bem, *muito*) irresponsável, mas era sempre alegre e nunca escondia as emoções. Era eu quem fazia isso.

— Pode falar — diz Reed de repente.

Eu levo um susto.

— Falar o quê?

— O que quer que seja que não sai da sua cabeça. Consigo ouvir você pensando, e se você morder o dedo com mais força, vai acabar arrancando fora.

Envergonhada, olho para as marcas de dentes nas laterais do polegar. Enquanto esfrego a vermelhidão, digo:

— Achei que você não tinha reparado.

Ele responde com um tom baixo e rouco:

— Eu reparo em tudo em você, gata.

— Eu estou preocupada. Você fica dizendo para eu não ficar, mas só está piorando — eu admito. — Na escola, é fácil ver o inimigo. Categorizar as pessoas em úteis e inúteis, a seu favor ou contra. Mas esta coisa parece grande demais.

Assustadora demais, penso, mas guardo isso só para mim. Reed não precisa ouvir meus medos. Ele os colocaria sobre os próprios ombros e tentaria carregá-los com todo o resto da bagagem que já pesa sobre ele.

— Tudo vai ser resolvido — diz ele, suas mãos hábeis guiando o carro pela entrada pavimentada na direção da casa dos Royal. — Porque não fui eu.

— Então, quem foi?

— Talvez o pai do bebê. A Brooke devia estar tentando atingir o máximo de alvos possível naquela noite. Eu não fui o único idiota que... — Ele para abruptamente.

Fico feliz de ele ter parado, porque não gosto de pensar em Reed fazendo sexo com outra pessoa, mesmo que tenha sido antes de mim. Ai, seria tão bom se ele fosse virgem.

— Você devia ser virgem — eu informo a ele.

Ele solta uma gargalhada surpresa.

— Foi isso que deixou você tão tensa?

— Não, mas pense em quantos problemas seriam resolvidos com isso. Você não teria essa coisa com a Brooke. As garotas da escola não ficariam babando por você.

— Se eu fosse virgem, todas as garotas da escola estariam tentando baixar minha calça para poder dizer que foram as primeiras a escalar o monte Reed. — Ele sorri quando para na lateral da casa.

Os Royal têm uma área de estacionamento enorme no pátio da casa, com lajotas especiais em espiral que levam a uma garagem que abriga todos os veículos. Só que ninguém gosta de usar a garagem. Normalmente, o pátio fica tomado dos Rovers pretos e da picape vermelho-cereja de Easton.

— As garotas não são assim — explico enquanto saio do carro e pego minha mochila. — Elas não competiriam para deflorar você.

A mão de Reed chega primeiro. Ele pega a mochila da minha mão com um sorrisinho.

— As garotas são exatamente assim. Por que você acha que a Jordan fica no seu pé o tempo todo? Você é concorrência, gata. Não importa o que tem nas partes baixas, a maioria das pessoas é competitiva pra cacete. E os adolescentes de Astor? Eles são os piores. Se eu fosse virgem, isso seria mais uma competição que alguém ia querer vencer.

— Se você diz.

Ele passa pela frente do Rover e vem até mim, colocando o braço pelos meus ombros. Abaixando-se para a boca tocar na curva superior da minha orelha, ele sussurra:

— Podemos brincar que eu sou o virgem e você é a estudante mais velha e experiente, depois que eu explorar sua flor.

Bato nele, porque ele merece, mas isso só o faz rir mais. E apesar de ele estar rindo às minhas custas, fico contente, porque gosto mais do Reed feliz do que do Reed silencioso e irritado.

Mas o bom humor dele não dura. Callum nos cumprimenta na porta com expressão severa.

— É bom ver que vocês estão se divertindo — diz ele secamente quando entramos na cozinha.

Quando reparo em Steve na bancada, dou um pulo de surpresa. Sei que é loucura, mas toda hora me esqueço dele. É como se meu cérebro não fosse capaz de lidar com mais de uma crise de cada vez, e a possibilidade de Reed ir para a cadeia é a única coisa em que consigo me concentrar. Cada vez que vejo Steve, é quase como se recebesse outra vez a notícia de que ele está vivo.

Não deixo passar a forma como ele aperta os olhos azuis quando vê o braço de Reed em volta dos meus ombros. A expressão de Steve parece vagamente com reprovação de pai, uma coisa que nunca vivenciei antes. Minha mãe era muito tranquila.

Saio de debaixo do braço de Reed com o pretexto de ir até a geladeira.

— Quer alguma coisa? — ofereço.

Reed me dá um sorriso divertido.

— Claro, o que você está oferecendo?

Babaca. Ele sabe exatamente por que o deixei na porta da cozinha e agora está debochando de mim por causa disso. Resistindo à vontade de mostrar o dedo do meio para ele, pego um potinho de iogurte.

Callum bate palmas para chamar nossa atenção.

— Pegue uma colher e me encontre no escritório.

— Nos encontre — corrige Steve.

Callum balança a mão quando sai andando.

— Para com as indiretas — eu sussurro para Reed enquanto pego uma colher na gaveta.

— Por quê? Meu pai sabe sobre nós.

— Mas o Steve, não — eu observo. — É estranho, tá? Vamos só fingir ser…

Reed levanta uma sobrancelha.

— Amigos — termino, porque todas as alternativas são estranhas demais.

— Fingir? Eu achei que nós *fôssemos* amigos. Estou magoado. — Ele bate com a mão no peito com exagero.

— Você não está agora, mas eu posso mudar isso. — Balanço a colher para ele de forma ameaçadora. — Eu não tenho medo de partir para a força física com você, amigão.

— Mal posso esperar. — Ele coloca a mão no meu quadril e me puxa para perto. — Por que você não usa a força física comigo agora?

Passo a língua pelos meus lábios, e o olhar dele se gruda na minha boca.

— Reed! Ella! — grita Callum. — Escritório. Agora!

Eu me afasto.

— Vamos.

Juro que consigo ouvi-lo dizer *empata foda* baixinho.

No escritório de Callum, encontramos Steve encostado na mesa enquanto Callum anda de um lado para o outro. Todos os rastros de humor somem quando vemos Halston Grier sentado em uma das poltronas de couro situadas na frente da escrivaninha.

— Senhor Grier — diz Reed rigidamente.

Grier se levanta.

— Reed. Como você está, filho?

Reed estica a mão na minha frente para apertar a do advogado.

— Devo sair? — pergunto com constrangimento.

— Não, isso envolve você, Ella — responde Callum.

Reed vem para o meu lado na mesma hora e coloca a mão protetora nas minhas costas. Reparo pela primeira vez que a gravata de Callum está torta e o cabelo está em pé, como se ele tivesse passado a mão por eles cem vezes. Meu olhar vai até Steve, que está de calça jeans e com uma camisa branca frouxa. Ele não parece preocupado.

Não sei de quem devo tentar ler a expressão. Meus olhos vão do abalado Callum ao calmo Steve. Isso tem a ver comigo e não com o caso de assassinato?

— É melhor você se sentar. — Quem diz isso é Grier.

Balanço a cabeça.

— Não. Vou ficar de pé.

Sentar parece perigoso. Sentada, demora mais para levantar e correr do que se eu já estiver apoiada nas duas pernas.

— Pai? — diz Reed.

Callum suspira, desta vez apertando a base da mão na lateral do rosto.

— O juiz Delacorte veio me procurar com uma proposta interessante. — Ele faz uma pausa. — É sobre o DNA que encontraram embaixo das unhas da Brooke.

Reed franze a testa.

— O que tem?

— Delacorte está disposto a sumir com a prova.

Meu queixo vai até o chão. O pai de Daniel é *juiz*. E está disposto a "sumir" com uma prova? Essa é uma das coisas mais corruptas que já ouvi.

— Qual é o preço? — eu pergunto.

Callum se vira para mim.

— O Daniel poderia voltar para Astor Park. Você retiraria todas as acusações e admitiria que tomou as drogas por vontade própria. — Ele olha para o filho. — Quando você e seus irmãos a encontraram, ela inventou uma história para vocês não a detestarem mais do que já a detestavam. Esse é o preço.

Cada átomo em meu corpo se rebela contra o cenário pintado por Callum.

Reed explode como um vulcão.

— Aquele filho da puta! Não mesmo!

— Se eu concordar… — Respiro fundo. — As acusações contra o Reed serão retiradas? O caso vai ser deixado de lado? — Dirijo minhas perguntas ao advogado.

— Você não vai fazer isso — insiste Reed, fechando a mão no meu braço.

Eu me solto da mão dele e vou para cima do advogado.

— Se eu concordar — repito por entre dentes —, o Reed vai ser salvo?

Atrás de mim, Reed grita com o pai por sequer pensar na ideia. Callum tenta acalmá-lo, explicando que ele não está recomendando que eu siga esse caminho.

Mas obviamente ele quer que eu faça isso, senão não teria nem ao menos tocado no assunto. Dói um pouco, mas eu entendo. Callum está tentando salvar o filho de uma vida na prisão.

Enquanto isso, Steve não diz nada. Só fica observando tudo. Mas não ligo para nenhum dos outros homens no escritório. Só o advogado tem a resposta que preciso.

Grier fecha as mãos com unhas bem-cuidadas no colo, seu olhar límpido completamente inabalado pelo caos no aposento. Não sei bem o que ele vê quando olha para mim. Uma garota frágil? Uma garota burra? Uma garota tola? Que tal uma que ama tanto o namorado que estaria disposta a engolir espadas por ele?

Isso... isso não seria nada. Alguns meses de Daniel Delacorte na minha vida, alguns garotos horríveis da Astor Park sussurrando pelas minhas costas, uma reputação de viciada em drogas? Tudo isso em troca da liberdade de Reed?

Valeria a pena.

— Não vai fazer mal — Grier finalmente admite.

E Reed surta de novo.

Capítulo 10

REED

— De jeito nenhum! — Ao ouvir as palavras do advogado, abandono na mesma hora o meu pai e vou para o lado da minha namorada, me colocando entre ela e a cobra antes que mais mal possa ser feito. — Isso não vai acontecer. Nunca.

Ella me empurra.

— E quanto às provas de vídeo?

— Tudo pode desaparecer — responde Grier. — Parece que se livrar de provas é uma coisa em que o Delacorte tem certa experiência.

— Não consigo acreditar que vocês possam considerar isso uma boa ideia. O Daniel não devia chegar a cem quilômetros da Ella — digo acaloradamente. — Isso é errado pra caralho.

— Olha a linguagem — repreende meu pai, como se alguma vez ele tivesse se importado quando falo palavrões.

— É? — diz Ella. — E quanto a ir para a prisão por vinte e cinco anos? Se engolir meu orgulho significar que você estará livre, não me parece tão errado pra caralho assim.

Ninguém repreende Ella pela linguagem *dela*, o que só me irrita mais.

Eu me viro para o meu pai porque é ele quem precisa ser convencido. Ella não pode negociar essa troca sozinha. Só meu pai e esse advogado de merda podem.

— Essa é a coisa mais baixa do mundo. Aquele babaca é maluco, e você o traria de volta? Pior, sujeitaria Ella a uma vida de assédio?

Meu pai me olha com irritação.

— Eu estou tentando impedir que você vá para a prisão. Não é a melhor das ideias, mas é uma que vocês dois merecem ouvir. Querem que eu trate vocês dois como adultos? Então, vão ter que tomar decisões de adultos — diz ele com rispidez.

— Eu vou tomar, então. Daniel fica onde está e nós vamos vencer esse caso só no mérito, porque eu não matei a Brooke. — enuncio cada palavra claramente, para que não haja erro.

Ella segura meu pulso.

— Reed, por favor.

— Por favor o quê? Você sabe como vai ser a sua vida na escola se disser que mentiu sobre Daniel? Você não vai conseguir andar pelos corredores sozinha. Um de nós teria que estar do seu lado o tempo todo. A Jordan arrasaria com você.

— Você acha que eu ligo para isso? Vai ser só por alguns meses.

— E o ano que vem? Eu não vou estar mais lá para proteger você — eu a lembro.

Na mesa, vejo Steve apertar os olhos.

— Aprecio o sentimento, Reed, mas a Ella não precisa da sua proteção. Ela tem o pai para protegê-la. — Ele repuxa os lábios. — Na verdade, acho que está na hora de eu levar minha filha para casa.

Meu sangue gela.

Ella aperta meus dedos.

Steve se empertiga na mesa.

— Callum, eu agradeço por você ter cuidado dela quando eu não estava aqui, mas eu sou o pai da Ella. Você está enrolado com seus filhos agora. Ella e eu não precisamos ficar aqui.

Pro inferno com isso. Ela não vai me deixar nem deixar esta casa.

— Pai — eu digo em tom de aviso.

— Steve, seu apartamento ainda não foi liberado — Callum lembra o outro homem. — E parece que não vai ser por algum tempo. — Ele olha para o advogado em busca de confirmação.

Grier assente.

— O escritório do delegado disse que vão ficar coletando evidências por pelo menos mais duas semanas.

— Não tem problema. Dinah e eu alugamos a suíte na cobertura de Hallow Oaks. — Steve enfia a mão no bolso e tira um cartão magnético de plástico. — Eu acrescentei seu nome à reserva, Ella. Tome sua chave.

Ela não se mexe para pegar.

— Não. Eu não vou dormir na mesma casa que a Dinah. — Apressadamente, ela acrescenta: — Sem querer ofender.

— Ella é uma Royal — eu digo friamente.

O olhar de Steve pousa no local onde a mão de Ella está apertando meu pulso.

— É bom você torcer para que não seja — murmura ele, achando graça.

— Seja razoável, Steve — diz meu pai. — Vamos acomodar você primeiro. Nós temos uma grande quantidade de questões legais para resolver. Isso é novo para todo mundo.

— Ella tem dezessete anos, o que quer dizer que ainda está sob responsabilidade dos pais, não é verdade, Halston?

O advogado inclina a cabeça.

— Correto. — Ele se levanta e balança as pernas. — Parece que vocês têm questões particulares para resolver. Vou deixá-los à vontade agora. — Ele para quando está a caminho da porta e franze a testa para mim. — Suponho que não preciso dizer para você ficar longe do funeral no sábado.

Eu também franzo a testa.

— Que funeral?

— Da Brooke — diz meu pai, tenso, antes de olhar para Grier. — E, não, o Reed não vai.

— Que bom.

Não consigo conter um certo sarcasmo.

— O que aconteceu com aquela história de nos unirmos como família?

A resposta de Grier é tão mordaz quanto a minha pergunta.

— Vocês podem ficar unidos em qualquer lugar, menos naquela funerária. E, pelo amor de Deus, Reed, segura a sua onda. Chega de brigas na escola, de confusão e todas essas coisas, tá? — O olhar dele pousa em Ella em uma espécie de aviso silencioso.

Minha maior fraqueza? De jeito nenhum. Ella é o aço que sustenta minha coluna, mas Grier só a vê como prova do meu motivo. Chego mais perto dela.

Ele balança a cabeça e se vira para o meu pai, acrescentando:

— Me avise se quiser que eu marque outro encontro com o Delacorte.

— Não vai haver encontro — eu respondo.

Meu pai bate nas costas do advogado.

— Eu ligo para você.

Minha garganta entala de frustração. Parece que eu nem estou aqui. E, se ninguém vai nem ao menos me ouvir, não faz sentido *estar* aqui.

— Vamos — eu digo para Ella.

Eu a puxo do escritório sem esperar que nem ela, nem mais ninguém concorde.

Um minuto depois, estamos no andar de cima, e eu abro a porta do quarto dela e a levo para dentro.

— Isso é idiotice! — explode ela. — Eu não vou me mudar para um hotel com o Steve e aquela mulher horrível!

— Não — concordo enquanto a observo subir na cama. A saia do uniforme levanta, e tenho uma bela visão da bunda dela antes de ela se sentar e puxar as pernas para baixo do queixo.

— E você também está sendo idiota — resmunga ela. — Eu acho que nós devíamos acertar a proposta de Delacorte.

— Não — repito.

— Reed.

— Ella.

— Impediria que você fosse para a prisão!

— Não, isso me deixaria na palma da mão daquele filho da mãe pelo resto da minha vida. Não vai rolar, gata. Falando sério. Pode tirar a ideia da sua cabeça.

— Tudo bem, vamos dizer que você não aceite a proposta…

— Eu não vou aceitar.

— Então, o que vamos fazer agora?

Tiro minha camisa branca e os sapatos. Só de calça e regata, eu me junto a Ella na cama e a tomo nos braços. Ela se aconchega a mim, mas só por um breve momento. Em seguida, se senta novamente e faz cara feia para mim.

— Eu fiz uma pergunta — resmunga ela.

Expiro com frustração.

— Não tem nada que a gente possa fazer, Ella. É trabalho do Grier resolver tudo.

— Bom, ele não está fazendo um trabalho muito bom se está recomendando que você faça acordo com juízes corruptos! — Suas bochechas ficam vermelhas de raiva. — Vamos fazer uma lista.

— Lista de quê? — eu pergunto sem entender sua proposta.

— De todas as pessoas que poderiam ter matado a Brooke. — Ela pula da cama e corre até a escrivaninha, pegando o laptop. — Fora a Dinah, de quem mais ela era próxima?

— Até onde eu sei, de mais ninguém — eu admito.

Ella se senta na beirada da cama e abre o laptop.

— Essa resposta não é aceitável.

Sou tomado pela exasperação.

— É a única resposta que eu tenho. A Brooke não tinha amigos.

— Mas tinha inimigos… é o que você está dizendo, certo? — Ela abre um site de busca e digita o nome da Brooke. Um milhão de resultados aparecem, referentes a um milhão de Brooke Davidsons diferentes. — Então, é só uma questão de conseguir descobrir quem são esses inimigos.

Eu me apoio nos cotovelos.

— Então você é quem agora, a Lois Lane? Vai resolver esse caso sozinha?

— Você tem alguma ideia melhor? — responde ela.

Suspiro.

— Meu pai tem detetives. Eles encontraram você, lembra?

Ella para de mover sua mão acima do mouse, mas essa hesitação dura somente um segundo antes de ela clicar no que parece ser a página do Facebook de Brooke. Enquanto a página carrega, ela me lança um olhar pensativo.

— O funeral — anuncia ela.

— O que tem? — pergunto, cautelosamente. Não gosto do rumo que a conversa está tomando.

— Acho que eu devia ir.

Eu me sento de repente.

— De jeito nenhum. Grier disse que nós não podíamos ir.

— Não, ele disse que *você* não podia ir. — Ela volta o olhar para a tela. — Ei, você sabia que a Brooke tinha diploma de bacharelado da North Carolina State?

Ignoro a informação inútil.

— Você não vai ao funeral, Ella — rosno.

— Por que não? É a melhor forma de ter uma ideia de quem era próximo da Brooke. Posso ver quem aparece e... — Ela ofega. — E se o *assassino* aparecer?

Fechando os olhos, tento reunir a paciência que julgo ser muito necessária nesse momento.

— Gata. — Eu abro os olhos. — Você acha mesmo que quem matou a Brooke vai aparecer e dizer: “Ei, pessoal! Eu sou um assassino!”.

Indignação surge nos olhos azuis dela.

— Claro que não. Mas você nunca viu aqueles documentários sobre crimes na TV? Os comentaristas do FBI sempre falam que os assassinos voltam à cena do crime ou vão ao funeral da vítima como forma de provocar a polícia.

Fico olhando para ela sem acreditar no que ouço, mas ela já está olhando para o laptop de novo.

— Eu não quero que você vá ao funeral — digo.

Ella nem olha na minha direção quando diz:

— Que pena, não é?

Capítulo 11

ELLA

— Que freira você matou para conseguir essa roupa? — pergunta Easton quando subo na picape dele na manhã de sábado.

Dou um tapa no painel.

— Cala a boca e dirige.

Ele obedientemente engata a picape e sai na direção dos enormes portões de aço que separam a mansão da rua.

— Por quê? Quem está atrás de nós? O Steve?

Steve ainda anda pela mansão o tempo todo, apesar de estar agora morando com Dinah na suíte do hotel Hallow Oaks. Ele deixa Callum de bom humor, mas me sinto constrangida perto dele e tento evitar passar tempo com ele. Acho que isso não passou despercebido para ninguém.

— O Reed — respondo. — Ele não queria que eu fosse hoje.

— É, ele também não ficou animado de saber que eu ia.

Olho pela janela de trás para ter certeza de que Reed não está correndo atrás da picape nem nada. Ele não estava feliz quando saí, mas, como falei na noite anterior, que pena. Meu plano é observar todas as pessoas que forem à cerimônia da Brooke.

Além do mais, alguém precisa estar lá com Callum hoje, enquanto a noiva dele estiver sendo enterrada. Não posso deixar que ele faça isso sozinho, e como Reed está fora de questão e os gêmeos se recusaram, só sobramos Easton e eu. Callum foi na frente com o motorista, Durand, porque depois da cerimônia ele tem compromissos na cidade.

— E o que você fez? Usou sexo para que ele concordasse? Ele está desmaiado em êxtase orgástico?

— Cala a boca. — Encontro minha playlist "girl power" no celular e coloco as músicas para tocar.

Mas isso não silencia Easton. Em vez disso, ele resolve gritar mais alto do que a música.

— Você ainda não deu pra ele? As bolas do coitado já devem estar roxas.

— Não vou falar da minha vida sexual com você — informo-o, e aumento a música ainda mais.

Easton passa os próximos cinco quilômetros rindo.

A triste verdade é que Reed é quem tem torturado a nós dois. Nas últimas três noites, ele dormiu na minha cama de novo e nós nos agarramos muito. Ele aceita que eu toque em qualquer parte de seu corpo. Ama quando eu caio de boca nele e é igualmente generoso em troca. Caramba, ele passaria *horas* com a cabeça entre as minhas pernas se eu deixasse. Mas o evento final? Isso está fora de questão até "esse problema da Brooke", como ele diz, não estar mais pesando sobre nossa cabeça.

Estou em um estado estranho de satisfação e expectativa. Reed está me dando quase tudo, mas não basta. Ainda assim, sei que, se estivéssemos na situação contrária, ele respeitaria meu desejo. Então, tenho que respeitar o dele. E isso é um saco.

Quando chegamos à funerária, Callum está nos esperando na porta. Ele está usando um terno preto que deve ter custado mais do que meu carro, e o cabelo está penteado para trás com gel, o que o faz parecer mais jovem.

— Não precisava nos esperar — digo quando nos aproximamos dele.

Ele balança a cabeça.

— Você ouviu o Halston. Nós precisamos mostrar união familiar. Então, se vamos estar aqui juntos, todo mundo vai sair acreditando que somos um grupo feliz e sem culpa nenhuma.

Não falo em voz alta, mas tenho certeza de que ninguém lá dentro vai se impressionar com uma demonstração de força dos Royal, considerando que somos todos integrantes da família do suposto assassino.

Nós três entramos no prédio sombrio, e Callum segue primeiro por uma passagem em arco à esquerda. Dentro, há uma pequena capela com fileiras de bancos de madeira polida, uma área mais alta com um púlpito e...

Um caixão.

Meu pulso acelera com a visão. Ah, meu Deus. Não consigo acreditar que Brooke esteja realmente lá dentro.

Quando um pensamento mórbido me ocorre, eu fico nas pontas dos pés e sussurro no ouvido de Callum:

— Fizeram autópsia nela?

Ele responde que sim com um movimento triste de cabeça.

— Os resultados ainda não saíram. — Ele faz uma pausa. — Imagino que também vão fazer um teste de DNA no... feto.

O pensamento me embrulha o estômago porque, pela primeira vez desde que tudo começou, de repente passa pela minha cabeça que *duas* pessoas morreram naquela cobertura. Brooke... e um bebê inocente.

Engolindo bile, me forço a afastar o olhar da caixa preta brilhante. Em vez disso, encaro uma fotografia imensa colocada em um cavalete ao lado do caixão.

Brooke pode ter sido uma pessoa horrível, mas não posso negar que era bonita. A foto que escolheram mostra uma Brooke sorridente usando um vestido leve lindamente estampado. O cabelo louro está solto, e os olhos azuis brilham enquanto ela sorri para a câmera. Ela está linda.

— Merda. Que deprimente — resmunga Easton.

E é mesmo.

Eu era tão pobre que não pude pagar um funeral para a minha mãe. A cerimônia custava o dobro da cremação, então decidi não fazer. Ninguém iria mesmo. Mas minha mãe teria gostado.

— Você vem? — pergunta Easton, indicando a parte da frente.

Sigo o olhar dele até o caixão. Está aberto, mas me recuso a ir até lá. Só balanço a cabeça e encontro um lugar para me sentar perto do meio, enquanto Easton segue pelo corredor central, as mãos enfiadas nos bolsos. O paletó do terno se estica nos ombros quando ele se inclina para a frente. Eu queria saber o que ele vê.

Ao olhar em volta, fico um pouco impressionada com a presença das pessoas. Ou melhor, com a falta dela. Há menos de dez pessoas presentes. Acho que Brooke não tinha amigos de verdade.

— *Saiam!*

Levo um susto com o som do berro agudo de Dinah. Bom, Brooke tinha pelo menos uma amiga.

Demoro um segundo para registrar que Dinah está falando *conosco*. Ela está nos fuzilando com o olhar, a mim e Easton, que está voltando do caixão.

— Isso é vergonhoso! — grita ela, e acho que nunca a vi tão descontrolada. O rosto é basicamente uma grande mancha vermelha, os olhos verdes estão loucos de ultraje. — Aqui não é o lugar de vocês, Royal! E *você*…

Ela está falando comigo agora.

— … você não é nem ao menos da família! Saiam! Todos vocês!

Não sei como é a cara de quem não tem culpa, mas estou colocando Dinah no topo da minha lista de suspeitos. Uma mulher que chantagearia um pobre sujeito para levá-lo para a cama é uma mulher que faria outras coisas igualmente horríveis.

Callum se aproxima com uma expressão dura no olhar. Steve, que está usando um terno preto do mesmo estilo, vem atrás. Com o olhar, ele avalia o largo vestido preto que encontrei na primeira arara de liquidação na loja de departamento do shopping. É dois tamanhos maior do que eu, mas o único outro vestido preto que tenho é um bem justo, que era da minha mãe. Era mórbido demais (e sexy demais) para usar em um funeral.

— Nós não vamos a lugar nenhum — diz Callum com voz tensa. — Na verdade, temos mais direito de estar aqui do que você, Dinah. Pelo amor de Deus, eu estava noivo dela, ia me casar com ela.

— Você nem a amava — rosna Dinah. Ela está tremendo tanto que o corpo todo oscila. — Ela não passava de um brinquedo sexual para você!

Meu olhar percorre o aposento para ver se alguém ouviu isso.

Todo mundo ouviu. Todos os pares de olhos estão grudados no confronto, inclusive os do pastor. Ele está com a testa franzida no púlpito, e não sou a única que repara.

— Dinah. — A voz de Steve soa baixa e mais imperativa do que eu já tinha ouvido antes. Normalmente ele fala de um jeito suave, mas não agora. — Você está dando um show.

— Eu não ligo! — grita ela. — Aqui não é lugar para eles! Ela era *minha* amiga! Era como uma irmã para mim!

— Ela era noiva do Callum — diz Steve rispidamente. — Independentemente dos sentimentos que ele podia ou não ter por ela, nós sabemos quais eram os sentimentos *dela* em relação a ele. Ela amava Callum. Ia querer que ele estivesse aqui.

Isso faz Dinah calar a boca. Por meio segundo. Então, ela vira o olhar furioso para mim.

— Bom, aqui não é lugar *dela*, então!

Steve aperta os olhos até virarem pequenas aberturas perigosas.

— Não é lugar dela, porra nenhuma. A Ella é minha filha.

— É sua filha há cinco minutos! Eu sou sua *esposa*, pelo amor de Deus!

O pastor pigarreia. Alto. Acho que não gosta do fato de ela estar usando o nome do Senhor em vão no meio de uma capela.

— Você está agindo como uma criança — diz Steve rispidamente. — E está passando vergonha. Sugiro que se sente antes de acabar sendo expulsa daqui.

Isso a faz se calar de vez. Lançando um olhar trovejante na nossa direção, ela vai batendo os pés até a frente do salão e senta com força em um banco.

— Peço desculpas por isso — diz Steve, mas ele só está olhando para mim. — Ela está um pouco… emotiva.

Easton ri baixo, como quem diz "Um pouco?".

Callum assente brevemente.

— Vamos nos sentar. A cerimônia vai começar.

Dou um suspiro de alívio quando Steve se afasta para se juntar à esposa horrível. Fico feliz de ele não se sentar conosco. Cada vez que alguém me lembra que sou filha dele, meu mal-estar dispara.

Para minha surpresa, Callum também nos abandona e se senta em um dos bancos da frente, do outro lado do corredor dos O'Halloran.

— Ele vai fazer um discurso — diz Easton.

Levanto as sobrancelhas.

— É sério?

— Ele era noivo dela — responde ele, dando de ombros.

É claro. Fico esquecendo que não é de conhecimento público que Callum odiava Brooke no final do relacionamento destrutivo deles.

— Seria suspeito se ele… ah, porra. — Easton para de repente, desviando o olhar para a direita.

Meu pescoço se contrai de tensão quando vejo o que o fez dizer um palavrão. O investigador da polícia que foi à Astor Park no começo da semana — Cousins? — entrou na capela. Uma mulher baixa de cabelo escuro está ao lado dele. Os dois têm distintivos brilhantes presos no cinto.

Por mais inquieta que a presença deles me deixe, não consigo deixar de sentir uma explosão de triunfo. Queria que Reed estivesse aqui para eu dizer: *Está vendo! A polícia está aqui porque também acha que o assassino pode aparecer!*

— Espero que não tentem nos entrevistar — resmungo para Easton enquanto avalio os presentes.

Um deles pode ser o assassino. Meu olhar pousa na nuca de Callum. Ele tinha motivo, mas nunca deixaria o filho levar a culpa por um crime que ele cometeu. Além do mais, Callum estava em Washington conosco.

Meu olhar vai até Steve. Mas qual seria o motivo? Se fosse Dinah no caixão, ele seria meu suspeito principal, mas ele ficou nove meses sumido, o que quer dizer que não tinha como ser o pai do bebê da Brooke. Eu o descarto.

Quanto às outras pessoas, não sei. Deve ser uma delas. Mas quem?

— Os advogados do meu pai ainda estão enrolando em relação a isso — murmura Easton em resposta. — Se acontecer, vai ser na semana que vem. Mas eles falaram com o Wade.

Inspiro fundo.

— Falaram? — Eu me pergunto por que Val não disse nada, mas também penso: quando ela teria tido oportunidade de falar?

Quase não passei nenhum tempo com a minha melhor amiga desde que essa confusão começou. Sei que ela sente a minha falta e eu também sinto falta dela, mas é difícil ficarmos juntas fofocando e nos divertindo quando a vida está tão ferrada quanto está agora.

— Fizeram um monte de perguntas sobre as lutas do Reed — confessa Easton. — E sobre as garotas com quem o Reed ficou.

— Porra! Por que isso é importante? — Sinto um ressentimento estranho por causa disso. Não gosto da ideia desses policiais dissecando os relacionamentos anteriores de Reed. Nem o atual, comigo.

— Não sei. Só estou contando o que o Wade disse. Foi basicamente isso. Nem falaram com ele sobre a Brooke ou... — Ele para de novo. — Isso é sério? Que estranho.

Quando me viro de novo, desta vez vejo Gideon andando na nossa direção.

Easton murmura para mim com a lateral da boca:

— Por que o Gid está aqui? Quem dirige três horas para ir ao funeral de uma vaca que ele nem conseguia suportar?

— Eu pedi para ele vir — admito.

Ele me olha, boquiaberto.

— Por quê?

— Porque eu preciso falar com ele. — Não dou mais nenhum detalhe, e Easton não tem tempo de me interrogar, porque Gideon chega até nós.

— Oi — murmura o irmão Royal mais velho. Mas seu olhar não está virado para nós. Ele está olhando para o caixão da Brooke.

Será que está imaginando Dinah ali? Eu não ficaria surpresa se estivesse. A esposa do Steve está chantageando Gideon há seis meses, talvez mais.

Chego para o lado para abrir espaço, e ele se senta ao meu lado. Gideon é uma anomalia Royal. É um pouco mais magro do que os irmãos mais novos e o cabelo não é tão escuro. Mas ele tem os mesmos olhos azuis.

— Como vão as aulas? — pergunto com constrangimento.

— Bem.

Não passei muito tempo com Gideon porque ele faz faculdade em uma cidade a algumas horas de distância. Só sei algumas poucas coisas sobre ele. Sei que é nadador. Namorou

Savannah Montgomery. Está transando ou já transou com Dinah. Ele manda *nudes* para a namorada.

Se Gideon fosse matar alguém, seria Dinah.

Mas... Dinah e Brooke são parecidas. As duas têm cabelo louro escovados volumosamente como se fossem capa de revista. As duas são magrelas como palitos com peitos enormes. De costas, poderiam facilmente ser tomadas como irmãs.

— Obrigada por vir — digo para ele. Disfarçadamente, estudo seu rosto, que está contraído e tenso. Seria uma expressão de culpa?

— Ainda não sei por que você me chamou — responde ele secamente.

Eu hesito.

— Você pode ficar depois da cerimônia? É estranho discutir coisas enquanto... — Indico a foto enorme da Brooke.

Ele assente em resposta.

— Claro. Podemos falar depois.

Easton suspira, também olhando para a foto.

— Odeio funerais.

— Eu nunca fui a um — eu confesso.

— E o da sua mãe? — pergunta ele, franzindo a testa.

— Eu não tinha dinheiro para pagar. Consegui pagar uma cremação, depois peguei as cinzas e joguei no mar.

Gideon se vira para mim com surpresa em seus olhos, na mesma hora em que Easton diz:

— Não acredito.

— Pode acreditar — respondo, sem saber direito por que os dois estão me olhando.

— Nós espalhamos as cinzas da nossa mãe no Atlântico — diz Gideon, baixinho.

— Nosso pai ia enterrar, mas os gêmeos surtaram porque iam entrar minhocas no caixão. Eles viram algum especial do Discovery Channel ou alguma merda assim. Então, ele cedeu e aceitou a cremação. — Um sorriso genuíno se abre no rosto de Easton, não o sorriso falso e metido que ele abre o tempo todo, mas um delicado e honesto. — Nós pegamos a urna e esperamos o sol nascer, porque ela preferia as manhãs. No começo, não havia vento e a água parecia um espelho.

Gideon continua a história.

— Mas, assim que as cinzas bateram na água, um sopro forte surgiu do nada, e a maré foi tão longe que juro que conseguiria andar um quilômetro sem o nível do mar chegar nos meus joelhos.

Easton assente.

— Parecia que o mar a queria.

Ficamos em silêncio por um momento, pensando nas nossas perdas. A dor pela morte da minha mãe não parece tão forte hoje, quando estou sentada entre os ombros largos dos dois irmãos Royal.

— É uma lembrança linda — sussurro. Minha desconfiança de Gideon ser o assassino morre. Ele amava tanto a mãe. Seria mesmo capaz de matar uma mulher?

Easton dá um sorriso malicioso.

— Gosto de saber que nossas mães estão cuidando de nós de uma costa à outra.

Não consigo evitar um sorriso.

— Eu também.

Meu olhar vai até a primeira fileira, onde estão Steve e Dinah, e meu sorriso some quando reparo que Steve está com o braço passado nas costas da cadeira de Dinah. Ela está encostada nele, os ombros tremendo de leve. A dor dela me lembra por que estamos aqui. Não se trata de uma reunião social em um porão de igreja.

Estamos no funeral de uma mulher que era só dez anos mais velha do que eu. Brooke era jovem e, independentemente de seus defeitos, não merecia morrer, principalmente de forma tão violenta.

Talvez Dinah não seja a assassina. Ela é a única demonstrando dor de verdade aqui.

O pastor anda até o púlpito e pede que nos sentemos.

— Amigos e entes queridos, estamos reunidos aqui hoje para lamentar o falecimento de Brooke Anna Davidson. Vamos ficar de pé, dar as mãos e orar — diz o homem grisalho.

Uma música começa a tocar quando nos levantamos. Os rapazes passam as mãos pela gravata. Eu sacudo o vestido para esticá-lo e seguro as mãos deles, desejando que Reed estivesse aqui. Depois de um curto momento de silêncio, a voz baixa do pastor recita uma escritura que diz que há tempo e época para tudo. Aparentemente, era a hora de Brooke morrer, aos vinte e sete anos. Ele não menciona o filho que Brooke carregava em seu ventre, o que faz com que eu me pergunte se a polícia está escondendo esse detalhe do público.

No final da oração, ele nos instrui a sentar, e Callum anda até o púlpito.

— Constrangedor — murmura Easton.

Se Callum também acha isso, não dá para perceber. Ele fala calmamente do trabalho de caridade de Brooke, da dedicação dela aos amigos e do amor pelo mar, terminando com uma declaração de que fará muita falta. É um discurso curto, mas surpreendentemente tocante. Quando termina de falar, ele assente educadamente na direção de Dinah e volta para seu lugar. Dinah tem a decência de não surtar com ele de novo. Ela simplesmente assente em resposta.

De volta ao púlpito, o pastor pergunta se mais alguém tem uma lembrança que gostaria de compartilhar. Todo mundo parece se virar para Dinah, cuja única reação é chorar alto.

O pastor encerra com outra oração e convida todo mundo a ficar mais um pouco para uma pequena recepção com comidinhas na sala ao lado. No total, a cerimônia leva menos de dez minutos, e alguma coisa na rapidez e na falta de gente presente para homenagear Brooke me deixa emocionada.

— Você está chorando? — pergunta Easton com um tom de preocupação.

— Isso é horrível.

— O quê? O funeral como um todo ou meu pai ir lá falar?

— O funeral. Não tem quase ninguém aqui.

Ele observa o salão.

— Acho que ela não era uma pessoa muito legal.

Será que Brooke tinha família? Esforço-me para lembrar se ela já tinha me contado. Acho que nunca perguntei. A mãe dela morreu quando ela era nova, e isso é tudo que sei.

— Talvez, mas acho que não haveria mais gente no meu — eu admito. — Eu não conheço quase ninguém.

— Que nada, todos os puxa-sacos do estado estariam aqui para dar os pêsames a Callum. Seria enorme. Não tanto quanto o meu, mas de bom tamanho.

— Nada nunca é tão grande quanto o seu, né, East? — diz Gid secamente.

Meus olhos se arregalam de surpresa. Acho que nunca o ouvi fazer uma piada.

Easton ri.

— É isso mesmo, mano.

A gargalhada dele soa um pouco alta demais para Callum, que se vira para olhar para nós com raiva. Easton cala a boca na mesma hora, parecendo estar com um pouco de vergonha. Gideon, por outro lado, também olha com raiva para o pai. Ele cruza os braços no peito como se desafiando Callum a se aproximar e gritar conosco. Callum se vira para Steve com um suspiro de resignação.

— Pronta para falar? — pergunta Gideon.

Assentindo, sigo os garotos pelo corredor, e nós três saímos do salão. Todas as outras pessoas estão indo para a sala ao lado para aceitar a oferta de comidinhas feita pelo pastor, mas nós ficamos onde estávamos.

— Reed e eu estávamos conversando outro dia — digo, embora tecnicamente *eu* estivesse falando e Reed ficasse me dizendo que eu estava louca. — E nós achamos que devíamos investigar o passado da Brooke, descobrir se alguma outra pessoa poderia desejar que ela estivesse — eu digo em voz baixa — morta. Eu tinha esperanças de que você pudesse ajudar.

Ele parece levar um susto.

— Como exatamente *eu* posso ajudar? Eu nem conhecia a Brooke direito.

Mas Easton entende na mesma hora por que fui falar com Gideon sobre isso.

— É, mas você está trepando com a Dinah, e ela conhecia a Brooke melhor do que ninguém.

Gideon contrai o maxilar.

— Vocês estão falando sério? Estão sugerindo que eu pule de novo na cama com aquela... aquela... puta — sibila ele — só para tentar arrancar informações dela?

A raiva que toma seu rosto, deixando-o vermelho, faz com que eu dê um passo tímido para trás. É a primeira vez que vejo Gideon perder a calma. Ele sempre foi o mais controlado dos Royal.

— Não estou pedindo pra você transar com ela — protesto. — Só pra tentar arrancar alguns detalhes dela.

Ele parece incrédulo.

— Você é mesmo ingênua assim, Ella? Acha mesmo que eu consigo passar um segundo com aquela mulher sem ela tentar montar em mim?

Eu me encolho de constrangimento.

— Então, esqueçam — diz ele com rispidez. — Desde que a Brooke morreu, a Dinah está chateada demais até mesmo para pegar o telefone e me ligar. Enquanto ela não lembrar que eu existo, eu posso viver a porra da minha vida sem ter que aguentar essa mulher. Com sorte, agora que o Steve voltou, ela vai esquecer que eu existo.

— Desculpa — eu sussurro. — Foi uma ideia idiota.

Ao meu lado, Easton balança a cabeça em reprovação.

— Nossa, Gid. Que exagero. Você não quer ajudar o Reed?

O queixo do irmão dele cai.

— Não consigo acreditar que você disse isso. Claro que eu quero ajudar o Reed.

— É? Bom, nós dois sabemos que ele treparia com todas as lobas do estado se a *sua* cabeça estivesse em risco. O Reed faria tudo que fosse preciso para salvar você.

Não posso discordar disso. Reed é leal até a alma. Ele morreria pela família.

Porra, pode até ter matado por ela.

Para com isso!

Afasto o pensamento horrível e me concentro no Gideon.

— Olha, não precisa fazer nada se não se sentir à vontade. Só estou pedindo que, se por algum motivo você estiver perto dela, tente perguntar se tem alguém por aí que podia odiar a Brooke. Tipo, que tal alguma daquelas pessoas lá dentro?

Ele fica em silêncio por um momento.

— Tudo bem. Vou ver o que posso fazer.

— Obrig…

— Mas só se você fizer uma coisa por mim — interrompe ele.

Eu franzo a testa.

— O quê?

— Quando você vai morar com o Steve?

— O quê? — Fico ainda mais perplexa.

— Quando você vai morar com o Steve? — repete ele.

— Por que ela deveria ir morar com o Steve? — pergunta Easton.

— Porque ele é pai dela — responde Gideon com impaciência, antes de olhar para mim de novo. — A Dinah deve guardar todas as merdas que usa pra me chantagear em casa. Preciso que você encontre e pegue para mim.

Fecho a cara.

— Mesmo que eu fosse morar com o Steve — coisa que não quero fazer nunca —, eu não saberia onde olhar.

— Deve haver um cofre ou algo assim — insiste ele.

— Tudo bem. E quando eu encontrar esse cofre mítico, devo abri-lo usando o poder do meu cérebro ou o quê?

Gideon dá de ombros.

— Não tenho nada contra arrancar a porra da parede com um martelo. Podemos dizer para o Steve que você e o Reed brigaram.

Olho para ele, boquiaberta.

— É uma ideia terrível e não vou fazer isso.

Gideon segura meu braço.

— Eu não sou o único que você poderia salvar com isso. — A voz dele soa baixa, mortal. — A Savannah está metida nisso até os fios de cabelo. A Dinah tem o promotor no bolso. Ele me visitou na faculdade e me mostrou dois boletins de ocorrência, um contra a Sav e um contra mim. Iam nos acusar de coisas que eu nem sabia que eram ilegais.

Sou tomada de solidariedade enquanto olho para o rosto pálido. Uma gota de suor escorre do alto da testa dele.

— Não sei — digo lentamente.

— Pelo menos, pense no assunto — implora ele. Os dedos que apertam forte meu cotovelo parecem desesperados.

— Vou fazer o que puder — concordo, por fim. Posso não ser íntima do Gideon nem da Savannah, mas o que Dinah está fazendo com eles não é certo.

— Obrigado.

— Mas só se você retribuir o favor — respondo, levantando uma sobrancelha.

— Eu vou fazer o que puder — diz ele, me imitando.

— Então a Savannah pode mesmo se encrencar por ter mandado aquelas fotos pelada? — pergunta Easton ao irmão enquanto andamos para a saída.

— A Dinah e o promotor alegam que sim, mas eu não sei — admite Gideon. — Eu não queria correr o risco, então, terminei com ela. Tinha esperanças de que isso tirasse o dela da reta, mas… — Ele murmura um palavrão. — A Dinah nunca me deixa esquecer que a Sav está envolvida em tudo isso. É a ameaça favorita dela quando não estou cooperando.

Uau. Cada vez que acho que Dinah O'Halloran não pode piorar, a mulher prova que estou enganada.

Com as mãos nos bolsos, ele passa por nós a caminho do estacionamento. Com a mão na porta do carro, ele pausa e olha para trás, em nossa direção.

— Querem saber quem está aqui? — Ele indica a entrada com a cabeça. — Olhem o livro de visitas.

Easton e eu trocamos um olhar arregalado de surpresa por não termos pensado nisso antes.

— Eu tenho que ir — murmura Gideon. — O caminho até a faculdade é longo.

— Até mais, mano — diz Easton.

Gideon dá um aceno brusco antes de entrar no carro e sair dirigindo.

— Eu sinto pena dele – admito para Easton.

Os olhos azuis dele brilham com dor.

— É. Eu também.

— Vamos dar uma olhada no livro de visitas.

Eu me viro para voltar lá para dentro, mas dou de cara com Callum.

— Estão indo para casa? – pergunta ele. Steve está logo atrás dele. Dinah ainda deve estar lá dentro, onde o livro de visitas está.

Easton balança a chave.

— Em um segundo. Preciso ir ao banheiro.

O pai assente.

— Que bom. E eu prefiro que vocês fiquem em casa hoje. — Ele olha para Easton de forma ameaçadora. — Nada de festas loucas nem de brigas no porto. Estou falando sério.

— Nós vamos pedir comida e relaxar na piscina — promete Easton, surpreendentemente colaborativo. Ele inclina o celular para mim, indicando que vai tirar uma foto do livro de visitas enquanto enrolo os pais. — Já volto.

Assim que Easton sai de perto, Steve fala.

— Na verdade, eu gostaria que a Ella voltasse para casa comigo.

Meus olhos procuram os de Callum na mesma hora. Ele deve ver minha expressão de pânico, porque rapidamente nega o pedido de Steve.

— Não é uma boa ideia. Acho que a Ella não devia ficar perto de Dinah hoje.

Agradeço Callum silenciosamente, mas Steve não fica feliz com isso.

— Com todo respeito, Callum, Ella é minha filha, não sua. Eu tenho sido tolerante e deixado que ela fique com você... temporariamente. Mas vou ser sincero, não estou mais à vontade com ela morando na sua casa.

Callum franze a testa.

— E por que isso?

— Quantas vezes vamos precisar falar disso? — Steve parece impaciente. — Não é o ambiente ideal para ela, não com o Reed enfrentando uma acusação com sentença de prisão perpétua. Não com a polícia farejando por aí e falando com todo mundo na escola dela. Não com…

Callum o interrompe com irritação.

— Sua esposa atacou a Ella verbalmente antes da cerimônia. Você acha mesmo que a sua casa, a casa da *Dinah*, é um ambiente melhor para ela agora? Se você realmente acha isso, você está ficando louco.

Os olhos azuis de Steve escurecem a um tom de cobalto metálico.

— A Dinah pode ser instável, mas não foi acusada de assassinato, foi, Callum? E Ella é *minha* filha…

— A questão aqui não é você, Steve — rosna Callum. — Ao contrário do que você acredita, o mundo não gira à sua volta. Sou o tutor da Ella há meses. Eu a vesti, alimentei e cuidei para que todas as suas necessidades fossem supridas. No momento, *eu* sou a coisa mais próxima que essa garota tem de um pai.

Ele está certo. E, por algum motivo, fico um pouco emocionada com o discurso apaixonado de Callum. Ninguém mais além de minha mãe havia lutado por mim antes. Ninguém se importou que "minhas necessidades fossem supridas".

Engulo em seco e falo com voz baixa.

— Eu quero voltar com Easton.

Steve aperta os olhos para mim. Tem um brilho de quem foi traído ali, mas isso não faz com que eu me sinta culpada.

— Por favor — acrescento, encarando o olhar dele. — Você mesmo disse: a Dinah está superemotiva agora. Vai ser melhor para nós duas se eu não ficar perto dela, pelo menos por um tempinho. Além do mais, a casa dos Royal fica bem perto da padaria.

— Padaria? — diz ele, sem entender.

— O emprego dela — esclarece Callum em tom brusco.

— Eu trabalho todas as manhãs em uma padaria pertinho da escola — explico. — Se eu ficar na cidade com você, vão ser trinta minutos a mais de trajeto, e eu já tenho que acordar ao amanhecer. Então, é. Faz mais sentido para mim como está.

Prendo a respiração enquanto espero a resposta.

Depois de uma longa pausa, Steve balança a cabeça, assentindo.

— Tudo bem. Pode voltar para a casa do Callum. Mas não é permanente, Ella. — Um tom de aviso soa na voz dele. — Preciso que você se lembre disso.

Capítulo 12

ELLA

— Quer alguma coisa especial da padaria hoje? — eu pergunto ao Reed quando ele para no estacionamento em frente à French Twist.

Do banco do motorista, ele se vira para me olhar com cara feia.

— Você está tentando me subornar com comida?

Reviro os olhos.

— Não, só estou tentando ser uma namorada legal. E você pode parar de ficar emburrado? O funeral foi dois dias atrás. Não é possível que você ainda esteja com raiva de mim.

— Eu não estou com raiva. Estou decepcionado — diz ele solenemente.

Meu queixo cai.

— Ah, meu Deus! Não ouse vir com esse discurso de "não estou com raiva, estou decepcionado" para cima de mim. Eu já entendi, você não queria que eu fosse. Mas eu fui, e passou, e você precisa seguir em frente. Além do mais, nós temos a lista.

Se bem que o livro de visitas acabou sendo inútil, porque Callum disse que os investigadores já tinham pesquisado as seis pessoas que eu não conhecia no funeral. Todas tinham álibis para a noite da morte de Brooke.

Dizer que Easton e eu ficamos chateados é pouco.

— E foi um beco sem saída. — Reed passa a mão pelo cabelo escuro. — Não gostei de os investigadores terem aparecido lá — resmunga ele. — Isso quer dizer que estão de olho em todos nós.

A expressão de consternação em seu rosto faz meu coração doer.

— Nós sabíamos que eles estariam de olho — comento, chegando mais perto para apoiar o queixo no ombro dele. — Seu advogado nos avisou sobre isso.

— Eu sei. Mas isso não quer dizer que tenho que gostar. — A voz dele soa baixa e torturada. — Sinceramente? Está…

— Está o quê? — pergunto, quando ele não completa a frase.

A consternação do Reed vira pura tormenta.

— Está ficando mais difícil convencer a mim mesmo de que essa confusão toda vai passar. Primeiro foi a prova de DNA, depois a proposta corrupta do juiz Delacorte e a polícia entrevistando todo mundo que eu conheço. Tudo está começando a parecer… real demais.

Mordo o lábio inferior com força.

— É real. É isso que estou tentando dizer para você desde que você foi preso.

— Eu sei — diz ele de novo. — Mas eu tinha esperanças...

Desta vez, ele não precisa terminar, porque sei exatamente quais eram as esperanças dele. Que as acusações fossem sumir magicamente. Que a pessoa que matou Brooke fosse entrar na delegacia e confessar. Mas nada disso está acontecendo, e talvez seja hora de Reed entender o tamanho do problema em que está metido.

Pode ser que ele realmente seja *preso.*

Ainda assim, não consigo me fazer jogar outra dose de realidade em cima dele, então, só seguro o queixo dele e viro sua cabeça para a minha. Nossos lábios se encontram em um beijo suave e lento, e depois nos separamos, apoiando a testa uma na outra.

Pela primeira vez, ele não força um sorriso nem tenta me dizer que tudo vai acabar bem. Então, decido fazer isso por ele.

— Nós vamos superar isso — declaro com uma confiança que não sinto.

Ele só assente antes de indicar a janela da frente da padaria.

— Você tem que ir. Vai se atrasar para o trabalho.

— Não exagere com os pesos hoje, tá? — O médico liberou Reed para treinar essa semana, mas com algumas restrições. Apesar de o ferimento da facada estar cicatrizando bem, o médico disse que ele não devia forçar demais.

— Pode deixar — promete ele.

Dou outro beijo rápido nele, pulo do carro e corro para a French Twist.

Minha chefe está sovando massa quando entro na cozinha. O cinza da bancada de aço inoxidável quase não aparece embaixo da camada de farinha. Atrás dela, há uma pilha de tigelas que precisam ser lavadas.

Penduro o casaco e começo a dobrar minhas mangas quando ela de repente repara minha presença.

— Ella, você chegou. — Ela sopra uma mecha de cabelo da testa. O cacho cai de volta na mesma hora, obrigando-a a olhar para mim através da espiral.

— Cheguei — digo com alegria, apesar de perceber pelo tom dela que a declaração *você chegou* não foi um cumprimento, mas quase um aviso. — Vou começar lavando a louça, e você pode me dizer o que quer que eu faça em seguida.

Vou com pressa até a pia, como se o fato de minhas mãos estarem molhadas fosse impedi-la de despejar a notícia ruim.

Ela se empertiga e limpa as mãos no avental.

— Acho que é melhor a gente conversar.

Meus ombros ficam rígidos.

— É por causa do Reed? — Minha voz é tomada pelo pânico. — Não foi ele, Lucy. Eu juro.

Lucy suspira e passa as costas da mão embaixo do queixo. Os cachos em volta do rosto dão a ela a aparência de um anjo preocupado.

— Não é por causa do Reed, querida, embora eu não possa dizer que essa situação me agrade. Por que você não pega um café e um doce e a gente se senta?

— Não, estou bem. — Por que adiar o inevitável? Cafeína não vai tornar essa conversa menos desagradável.

Ela aperta os lábios com uma leve frustração, mas não estou com vontade de facilitar as coisas para ela. É verdade que eu a deixei na mão quando desapareci algumas semanas atrás, mas voltei e desde então não faltei nenhum dia. Eu nunca me atrasei, apesar de ter que acordar antes dos pássaros para chegar às cinco da manhã.

Cruzo os braços sobre o peito, encosto a bunda na pia e espero.

Lucy anda até a cafeteira e murmura baixinho alguma coisa sobre precisar de pelo menos três xícaras antes de se sentir humana. Em seguida, se vira para mim.

— Eu não sabia que seu pai tinha sido encontrado vivo. Deve ter sido um choque e tanto.

— Espera, isso tem a ver com o Steve? — digo, surpresa.

Ela assente, toma outro gole de coragem e diz:

— Ele veio falar comigo ontem à noite, antes de eu fechar.

— Veio? — Um sentimento de nervosismo flutua pelo meu estômago. Por que diabos Steve iria à padaria?

— Ele me disse que não quer que você trabalhe — continua Lucy. — Acha que você está perdendo atividades e socialização ao vir para cá tão cedo de manhã.

O quê?

— Ele não pode impedir você de me empregar — protesto. Isso vai além do ridículo. Por que Steve se importaria de eu trabalhar? Ele voltou há menos de uma semana e acha que pode ditar o que eu faço? Porra nenhuma.

Lucy estala a língua.

— Não sei se ele tem esse direito, mas não estou em posição de lutar contra. Advogados são caros... — Ela para de falar, e seus olhos imploram por compreensão.

Eu fico horrorizada.

— Ele ameaçou processar você?

— Não com essas palavras — admite ela.

— O que exatamente ele disse? — Insisto porque não posso deixar isso passar. Eu honestamente não consigo entender por que Steve protestaria contra o fato de eu ter um emprego. Quando mencionei para ele depois do funeral de Brooke, ele não disse nada que desse a entender que não concordava com isso.

— Ele só disse que não achava apropriado você trabalhar tantas horas e tirar o emprego de alguém que realmente precisa do dinheiro. Quer que você se concentre nos estudos. Ele foi muito gentil. — Lucy toma o resto do café e coloca a caneca na mesa. — Eu queria poder manter você aqui, Ella, mas não posso.

— Mas eu não estou tirando o emprego de ninguém! Você mesma disse que não havia ninguém que quisesse trabalhar no turno da manhã.

— Sinto muito, querida. — O tom dela soa definitivo.

Lucy já tinha tomado sua decisão independentemente do que eu dissesse. Já tinha se decidido antes mesmo de eu chegar.

Ela anda pela cozinha e pega uma caixa branca.

— Por que você não pega algumas coisas para os seus colegas? Seus, hã, irmãos adotivos gostam de bombas, não é?

Eu quase digo não porque estou com raiva, mas acabo decidindo que posso muito bem aceitar tudo que Lucy está oferecendo porque ela vai tirar meu emprego.

Coloco uns dez doces na caixa e pego meu casaco. Quando chego na porta, Lucy diz:

— Você é uma boa funcionária, Ella. Se as coisas mudarem, me avise.

Faço que sim de cara amarrada, irritada demais para dizer qualquer coisa além de *obrigada* e *tchau*. A caminhada até a escola não demora. Quando chego, Astor Park está quase vazia, mas o estacionamento está surpreendentemente cheio.

Está cedo demais para a maioria dos alunos ter chegado. Os únicos que chegam cedo são os jogadores de futebol americano. E, realmente, quando me aproximo da porta de entrada do prédio principal, ouço alguns gritos e assobios baixos vindos do campo. Eu poderia ir até lá ver Reed e Easton treinarem, mas isso me parece tão empolgante quanto ver tinta secar.

Então, entro na escola, coloco os doces no meu armário e mando uma mensagem de texto para Callum.

Por que o Steve está ditando onde eu trabalho?

Não há resposta imediata. Passa pela minha cabeça que Callum também não era fã da ideia de eu trabalhar na padaria. Reed foi outro que ficou com raiva quando soube, e disse que meu trabalho dava a entender para todo mundo que os Royal estavam tratando mal a tutelada. Expliquei para os dois que aceitei o emprego porque estava acostumada a trabalhar e queria meu próprio dinheiro. Não sei se eles entenderam, mas acabaram aceitando.

Será que Steve também vai acabar entendendo? Por algum motivo, não tenho muitas esperanças disso.

Por falta de coisa melhor para fazer, eu ando pelo corredor para procurar os donos de todos os carros que estão lá fora. Em um laboratório de computação, um grupo está amontoado em volta de uma tela. Perto do fim do corredor, ouço barulho de metal batendo em metal. Uma espiada pela janela revela dois alunos brandindo espadas um para o outro, avançando, recuando e atacando. Fico assistindo ao jogo de espadas por alguns minutos antes de seguir em frente. Do outro lado do corredor, um número enorme de adolescentes está envolvido silenciosamente em um tipo diferente de batalha. Essa envolve tabuleiros e peças de xadrez. Em quase todos os corredores, vejo pôsteres enormes do Baile de Inverno, assim como listas de inscrição em um milhão de clubes e organizações diferentes.

Ver tudo isso me faz perceber que não sei muita coisa sobre Astor Park. Supus que era como qualquer escola, com futebol americano no outono e beisebol na primavera, só que com alunos mais ricos. Não tinha prestado muita atenção aos eventos, às atividades e aos grupos extracurriculares porque não tinha tempo para isso.

Agora, parece que o que eu mais tenho é tempo.

Meu alerta de mensagem de texto toca. A resposta de Callum surge na tela.

Ele é seu pai. Sinto muito, Ella.

É sério? Dois dias atrás, Callum estava fazendo um discurso dizendo que *ele* se sente como se fosse meu pai. Agora, está recuando? O que mudou entre aquele dia e agora?

E o que dá a Steve o direito de fazer isso? Pais podem mesmo impedir filhos de trabalhar? Minha mãe não se importava com o que eu estava fazendo desde que eu pudesse garantir a ela que estava em segurança.

Furiosamente, digito a resposta: *Ele não tem direito!*

Callum responde com: *Escolha suas batalhas.*

É um bom conselho, eu acho, mas provoca uma dor no meu peito. Se minha mãe estivesse viva, eu não teria que lidar com Steve sozinha. Mas... será que eu conheceria Reed se ela estivesse viva? E Easton? E os gêmeos?

Muito provavelmente não. A vida é muito injusta, às vezes.

Eu paro na frente do ginásio principal. As portas duplas estão abertas e um hip-hop toca ao fundo. Vejo Jordan lá dentro, usando um shortinho de lycra e um top. Ela está de costas para mim enquanto curva um braço de forma elegante por cima da cabeça, depois gira em um pé, usando a outra perna para dar impulso de pirueta.

Esfrego um pé no outro. Minha mãe e eu dançávamos pela casa. Ela me dizia que queria ter sido dançarina profissional. De certa forma, ela era. Ela movia o corpo e era paga por isso tal qual uma dançarina. A única diferença era que ninguém na plateia queria ver uma pirueta e nem apreciava o arquear gracioso de um membro.

Além disso, ela tinha que tirar a roupa toda.

Não tenho treinamento clássico de verdade, não do tipo que desconfio que Jordan tenha. As poucas aulas que minha mãe pôde pagar eram mais uma mistura de sapateado e jazz. Balé era caro demais porque exigia sapatilhas e roupas especiais. Depois de ver o rosto desanimado da minha mãe quando foi ver o preço do material necessário, eu falei que balé era besteira, apesar de, na verdade, estar morrendo de vontade de experimentar.

As outras aulas de dança exigiam que eu fosse de meias ou descalça, e eu ficava feliz com isso, mas... não vou negar que às vezes ficava do lado de fora da sala de balé vendo as garotas dançarem vestindo *collants* cor pastel e sapatilhas de ponta.

Não consigo deixar de sobrepor essas imagens com a que estou vendo agora, até Jordan parar com o olhar disparando fogo em mim. Pena que não posso botar a culpa do assassinato nela.

— O que você quer? — diz ela com rispidez.

As mãos dela estão nos quadris e ela parece pronta para vir me dar uma surra. Felizmente, eu já sei que consigo encará-la. Nós literalmente caímos na porrada poucas semanas depois de as aulas começarem.

— Eu só queria saber quem você comeu no café da manhã — respondo docemente.

— Calouros, claro. — Ela dá um sorrisinho debochado. — Você não sabia? Eu gosto deles jovens e macios e fracos.

— Claro que gosta. Uma pessoa forte deixaria você apavorada. — E é por isso que Jordan não gosta de mim.

— Sabe o que me deixaria apavorada? Deitar na cama com um assassino. — Jogando o cabelo por cima do ombro, ela anda até a bolsa de academia e puxa uma garrafa de água. — Ou você ficou tão entediada de ter transado com tantos caras que não se excita mais com os normais?

— Você queria o Reed antes — lembro a ela.

— Ele é rico e gato e dizem que tem um pau bom. Por que eu não ia querer? — Jordan dá de ombros. — Mas, diferentemente de você, eu tenho padrões. E, diferentemente dos Royal, minha família é respeitada por aqui. Meu pai ganhou prêmios pela filantropia dele. Minha mãe é chefe de um monte de comitês de caridade.

Reviro os olhos.

— O que isso tem a ver com você querer o Reed?

Ela faz cara feia.

— Eu acabei de falar, não quero mais saber dele. Ele é ruim para a minha imagem.

Solto uma gargalhada.

— Você diz tudo isso como se houvesse a possibilidade de você ficar com o Reed, o que não existe. Ele não está interessado em você, Jordan. Nunca esteve, nunca vai estar. Desculpa por estourar sua bolha de ilusão.

As bochechas dela ficam vermelhas.

— A iludida é você. Você está trepando com um assassino, querida. Talvez fosse melhor ter cuidado. Se ele ficar com raiva, você pode ser a próxima em um caixão.

— Algum problema aqui?

O senhor Beringer, diretor da Astor Park, aparece do nada. Apesar de ele ser um embuste (eu já vi Callum pagar esse cara para resolver coisas mais de uma vez), não quero causar tensões.

— Nenhum — eu minto. — Eu estava admirando a boa forma da Jordan.

Ele me olha com desconfiança. Na última vez em que nos viu juntas, eu tinha colado a boca da Jordan com fita adesiva e a feito desfilar pela escola com o nariz sangrando.

— Entendi. Bom, talvez você possa fazer isso em outra ocasião — diz ele com a voz tensa. — Seu pai está aqui. Você está sendo dispensada da escola hoje.

— O quê? — falo de repente. — Mas eu tenho aulas.

— Seu pai? — diz Jordan, sem acreditar. — Ele não estava morto?

Merda. Eu esqueci que ela estava aqui.

— Não é da sua conta.

Jordan olha para Beringer e para mim e depois cai no chão do ginásio, rindo tanto que precisa apertar a barriga com as mãos.

— Ah, meu Deus! Que incrível — diz ela, ofegante entre as gargalhadas. — Mal posso esperar para ver o próximo episódio, com você grávida e nós não sabendo se o bebê é do Reed ou do Easton.

Eu olho para ela com desprezo.

— Cada vez que começo a pensar em você como ser humano, você dá um jeito de estragar tudo abrindo a boca.

O diretor lança um olhar irritado para a minha arqui-inimiga.

— Senhorita Carrington, esse comportamento é totalmente impróprio.

A reprimenda do diretor só a faz rir ainda mais.

Trincando os dentes, ele segura meu braço e me guia para longe da porta.

— Venha, senhorita Royal.

Eu não o corrijo quanto ao sobrenome, mas puxo o cotovelo da mão dele.

— Estou falando sério. Eu tenho aula.

Ele abre um sorriso bajulador para mim, do tipo que deve oferecer a senhoras de idade quando pede a elas doações para Astor Park. Como se ele estivesse me fazendo um favor.

— Isso já foi resolvido. Eu informei seus professores que você está dispensada. E você nem vai precisar recuperar a matéria.

Nossa. Ele acha mesmo que está me fazendo um favor.

— Que tipo de escola de merda você dirige se pode dispensar uma aluna de segundo ano das aulas sem ela ter que compensar a matéria perdida?

Os seus lábios, que já são finos, se contraem ainda mais em reprovação.

— Senhorita Royal. Não é porque seu pai voltou do reino dos mortos que você pode me desrespeitar assim.

— Me dê mil castigos, então — debocho. Ou talvez seja uma súplica. — Vou cumprir todos hoje.

Ele só dá um sorrisinho.

— Acho que não. Parece que você já está sendo punida.

Falando sério, eu odeio todo mundo dessa escola. São as *piores* pessoas. Eu me pergunto o que Beringer faria comigo se eu me recusasse a sair pelas portas. A polícia apareceria para me arrastar?

O diretor para no escritório e inclina a cabeça para o corredor que vai até o saguão.

— Seu pai está esperando. — Ele balança a cabeça de leve. — Não entendo por que você não está empolgada para passar um tempo com ele. Você é uma garota estranha, senhorita Royal.

Com isso, ele desaparece dentro do escritório, como se não quisesse passar nem mais um minuto com a garota estranha que não quer ver o pai.

Apoio a cabeça em um dos armários e me obrigo a enfrentar a verdade da qual estou fugindo desde que Steve apareceu.

Eu não quero passar tempo com ele porque estou com medo.

E se ele não gostar de mim? Afinal de contas, ele abandonou minha mãe. O que ela tinha não foi suficiente para segurá-lo, e Maggie Harper era um anjo: linda, doce e gentil.

Já eu... sou difícil e complicada de se relacionar, sem mencionar boca-suja e determinada do meu jeito, na flor da idade de dezessete anos. Tenho grandes chances de dizer alguma coisa que me constranja e o ofenda.

Mas, por mais que eu queira me esconder nestes corredores infestados de veneno, Steve está esperando, e eu tenho duas opções. Ficar e conhecê-lo ou fugir e perder Reed.

E se essas são minhas únicas opções, não há decisão a ser tomada.

Viro na direção do saguão e saio andando.

Capítulo 13

ELLA

Quando me aproximo, Steve está esperando no saguão com as mãos nos bolsos, lendo as notícias do quadro de avisos.

— Este lugar não mudou muito — ele me diz quando eu me aproximo.

Minha testa se franze de confusão.

— Você estudou aqui?

— Você não sabia?

— Não. Não achei que a Astor Park fosse tão antiga.

Um sorriso irônico surge no canto dos lábios dele.

— Você está me chamando de velho?

Minhas bochechas ficam quentes.

— Não. Eu só quis dizer…

— Estou provocando. Acho que a primeira turma se formou nos anos 1930. Então, este lugar é velho, sim. — Ele tira as mãos dos bolsos antes de me encarar. — Está pronta para ir?

Empertigo a coluna.

— Por quê?

— Por que o quê? — Steve parece confuso.

— Por que você está me tirando das aulas?

— Porque você não pode se esconder atrás do Beringer como faz com o Callum e os garotos dele.

Não consigo esconder a surpresa que surge no meu rosto. E Steve é perceptivo o suficiente para reparar.

Ele sorri.

— Achou que eu não tinha percebido que você estava me evitando?

— Eu não conheço você. — E tenho medo. Muitas coisas estão fugindo do meu controle nesse momento. Estou acostumada a estar no comando. Desde que me lembro, minha mãe contava comigo para pagar as contas, comprar comida e ir para a escola.

— É por isso que vou levar você para passear hoje. Vamos. — Desta vez, o sorriso dele é duro como aço.

Eu sou assim, eu percebo com um susto. Minha mãe era delicada. Já meu pai? Pelo visto, nem tanto.

Eu o sigo para fora porque percebo que não tenho como sair dessa. Junto ao meio-fio há um carro esporte baixo cheio de curvas. Eu nunca vi nada igual. Exceto pela cor. É do mesmo tom do meu carro, uma cor patenteada chamada azul royal, de acordo com Callum.

A surpresa deve ficar óbvia no meu rosto, porque Steve diz:

— Bugatti Chiron.

— Não tenho ideia do que você acabou de dizer — comento calmamente. — Parece uma marca de espaguete.

Com uma risada, ele abre a porta para mim.

— É um carro alemão. — Ele passa a mão pelo teto. — É o melhor do mundo.

Mesmo que ele estivesse inventando tudo aquilo, eu não teria como saber. Eu não entendo de carros. Gosto da independência de ter rodas, mas até eu consigo perceber que este carro é uma coisa especial. O couro é mais macio do que bumbum de bebê e os mostradores são de cromo brilhante.

— Isso é uma espaçonave ou um carro? — pergunto quando Steve se senta no banco do motorista.

— Talvez as duas coisas. Vai de zero a cem em dois segundos e meio e tem velocidade máxima de quatrocentos e vinte quilômetros por hora. — Ele dá um sorriso infantil para mim. — Você é das raras mulheres que também é entusiasmada por carros?

— Fico ofendida em nome do meu gênero. Aposto que existe um monte de mulheres fãs de carros por aí. — Coloco o cinto e dou um sorriso relutante para ele. — Mas eu não sou uma delas.

— Que pena. Eu poderia deixar você dirigir.

— Não, obrigada. Eu nem gosto tanto assim de dirigir.

Steve olha para mim com cara de deboche.

— Tem certeza de que você é minha filha?

Na verdade, não.

Em voz alta, digo:

— O DNA diz que eu sou.

— Diz mesmo — murmura ele.

Um silêncio constrangedor paira entre nós. Odeio isso. Só quero voltar para dentro da escola, assistir às aulas e dar uns beijos no Reed no horário de almoço. Caramba, eu preferia até estar trocando insultos com Jordan agora a estar sentada aqui com Steve.

Meu pai.

— O que vamos fazer hoje? — pergunta ele.

Brinco com a tira do cinto de segurança.

— Você não tem nada planejado? — *Então por que me tirou da escola?*, sinto vontade de gritar.

— Pensei em deixar por sua conta. A escolha é da dama.

Esta dama escolhe voltar para a aula.

Mas preciso lembrar a mim mesma que continuar evitando Steve não vai fazer esse constrangimento sumir. É melhor enfrentar de uma vez.

— Que tal o píer? — sugiro, citando o primeiro lugar que surge na minha cabeça. Estamos em novembro e com certeza vai estar frio demais para ficarmos sentados ao ar livre, mas talvez possamos dar uma caminhada rápida. Tenho quase certeza de que eu trouxe luvas.

— É uma ideia muito boa. — Ele liga o motor, e o carro todo vibra com a potência.

Enquanto Steve dirige pelo portão enorme da escola, meu olhar desvia para a direita, na direção da French Twist. De repente, meu corpo se contrai de novo com a lembrança do que ele fez voltando em minha mente com força e fúria total.

— Por que você me fez ser demitida do meu emprego? — pergunto, de repente.

Ele olha para mim com surpresa.

— Você está chateada com isso?

— Estou. — Cruzo os braços. — Eu amava aquele emprego.

Steve pisca algumas vezes, como se não conseguisse entender o que estou dizendo. Fico me perguntando se devia tentar falar em outra língua, mas ele sai do transe de repente.

— Caral... quer dizer, caramba. Achei que o Callum estava obrigando você a trabalhar. — Steve balança a cabeça com consternação. — Às vezes, ele faz coisas estranhas para ensinar responsabilidade para os filhos.

— Eu não vi nada disso — respondo com a voz tensa, me sentindo estranhamente na defensiva ao falar sobre Callum.

— Ah, ele ameaçava mandar os garotos para a escola militar o tempo todo.

Minha irritação cresce de novo.

— Trabalhar na padaria não é nem um pouco parecido com ir para a escola militar.

— Seu turno começa às cinco da manhã, Ella. Você tem o quê? Dezesseis anos? Não é possível que não prefira ficar em casa dormindo.

— Eu tenho dezessete anos e estou acostumada a trabalhar — respondo, mas me obrigo a suavizar meu tom. Minha mãe sempre dizia que é mais fácil pegar abelhas com mel do que com vinagre. — Mas você não sabia disso, então, entendo por que fez suposições. — Minha voz fica ainda mais suave. — Mas, agora que você sabe que eu amo meu trabalho, pode voltar lá e dizer para a Lucy que não tem problema eu trabalhar?

— Não vai rolar. — Ele balança a mão, descartando o que eu disse. — Minha filha não precisa trabalhar. Eu vou cuidar de você.

Steve aperta o acelerador e o carro dispara. Resisto à vontade de me segurar no painel, o medo pela minha vida superando a irritação provocada pelo comentário dele.

— Agora, me conte sobre você — diz ele enquanto dirige pela rua como um louco.

Eu mordo o lábio de frustração. Não gosto da forma como ele encerrou a conversa da padaria. *Você não vai trabalhar. Fim.* Ele precisa melhorar seus talentos como pai. Até Callum, que está longe de vencer qualquer prêmio de melhor pai, estava disposto a ter uma discussão longa sobre o meu trabalho.

— Você está no segundo ano, né? O que fazia antes de vir para cá?

Steve está completamente alheio à minha infelicidade. Os olhos azuis estão fixados no para-brisa, a mão mudando com destreza as marchas enquanto ele costura pelo trânsito.

Com uma mesquinharia incomum, respondo em tom adocicado:

— Callum não contou? Eu fazia striptease.

Ele quase joga o carro para fora da pista.

Merda. Talvez eu devesse ter ficado de boca calada. Acabo tendo que me segurar para proteger minha vida enquanto ele volta para a pista correta.

— Não — diz Steve. — Ele se esqueceu de mencionar isso.

— Bom, era o que eu fazia. — Eu olho para ele em desafio, esperando um sermão.

Ele não reage assim.

— Não posso dizer que fico animado em saber, mas, às vezes, é preciso fazer o necessário para sobreviver. — Steve faz uma pausa. — Você vivia sozinha antes do Callum encontrar você?

Faço que sim.

— E agora vive no templo de Maria. Estou surpreso de Brooke não ter mandado retirar aquele retrato.

Há um quadro gigantesco de Maria pendurado acima da lareira e, quando Callum e Brooke anunciaram o noivado, Brooke estava sentada embaixo com um sorriso arrogante. Os garotos ficaram com muita raiva do noivado, do jeito como foi anunciado, até do anel da Brooke, que era cópia do que Maria usava no retrato. A situação toda parecia um dedo do meio do tamanho de uma pessoa.

— Ela não teve tempo — murmuro.

— Imagino que não. Acho que a primeira coisa que ela faria seria redecorar aquela casa de cima a baixo. Tudo ali tem as digitais da Maria. — Ele balança a cabeça. — Aqueles garotos a idolatram. O Callum também, mas nenhuma pessoa viva é santa. — Ele inclina a cabeça de lado, lançando um olhar na minha direção. — Não é bom colocar uma mulher num pedestal. Sem querer ofender, querida.

É ressentimento o que percebo no seu tom de voz? Não consigo saber.

— Não me ofendi — murmuro.

Se Steve pretendia tornar a conversa entre nós ainda mais constrangedora, ele escolheu o assunto perfeito.

— Então, este carro é muito rápido — comento, em uma tentativa desesperada de distraí-lo do fluxo de pensamentos sobre Maria.

Um sorriso leve toca os cantos da boca dele.

— Entendi. Chega de perguntas sobre Maria. E sua mãe? Como ela era?

— Gentil, amorosa. — *O que você se lembra dela?*, tenho vontade de perguntar, mas, antes que consiga, ele já mudou de assunto.

— O que você está achando da escola? As notas estão boas?

Esse homem sofre de um caso sério de déficit de atenção. Não consegue se fixar em um assunto por mais de dois segundos.

— A escola vai bem, eu acho. Minhas notas estão boas.

— Que bom. É bom saber. — Ele me olha de lado de novo. — Você está namorando o Reed?

Minha boca se abre em choque.

— Eu… ah… estou — eu admito.

— Ele trata você bem?

— Trata.

— Você gosta de frutos do mar?

Luto contra uma vontade de esfregar meus olhos confusos. Não entendo esse homem. Só sei que ele dirige rápido demais e tem conversas-metralhadora que fazem minha cabeça girar.

Não consigo entendê-lo. Nem um pouco.

— Pior. Dia. Do. Mundo.

Horas depois, entro no quarto de Reed e me jogo na cama dele.

Reed se senta e se encosta na cabeceira.

— Ah, para com isso. Não pode ter sido tão ruim.

— Você não me ouviu? — resmungo. — Foi o pior.

— O que foi o pior? — pergunta Easton da porta, e entra no quarto.

— Cara, você precisa aprender a bater na porta — diz Reed para o irmão com exasperação. — E se a gente estivesse pelado?

— Estar pelado significa estar fazendo sexo. E nós todos sabemos que vocês não fazem.

Sufoco um suspiro. Eu devia estar acostumada ao jeito franco com que Easton discute minha vida sexual com Reed, mas não estou.

— Você não foi à aula de química — diz Easton, como se eu não estivesse ciente da minha própria ausência. — Você e a Val mataram aula?

— Não. — Eu trinco os dentes. — O Steve foi me buscar na escola para passarmos momentos de união entre pai e filha.

— Ah. Saquei. — Easton se senta na cama ao meu lado. — Não foi bom, né?

— Não — respondo com mau humor. — Eu não entendo aquele homem.

Easton dá de ombros.

— O que tem pra entender?

— *Ele*. — Eu passo a mão pelos cabelos com frustração. — Ele é um homem infantil. Nós tomamos café da manhã no píer, dirigimos pela costa e almoçamos em um restaurante no alto de um *penhasco*. Eu juro, ele só ficou falando de carros e do quanto adora pilotar aviões. Depois, me contou sobre todas as vezes em que quase morreu em viagens malucas cheias de aventura e o quanto queria ainda ser da marinha porque adora explodir coisas.

Reed e Easton dão risadinhas. Eles parariam de rir rapidinho se tivessem ouvido os comentários que Steve fez sobre Maria, mas não quero estragar a relação deles e, então, me concentro nas outras coisas estranhas. E foram muitas.

— Ele muda de assunto tão rápido que é impossível acompanhar — digo com impotência. — E nunca consigo saber o que ele está pensando. — Meus dentes afundam no lábio quando olho para Reed. — Ele sabe que nós estamos juntos.

Meu namorado assente.

— É, eu imaginei. Nós não estávamos exatamente tentando esconder.

— Eu sei, mas... — Engulo em seco. — Eu tive a sensação de que ele não gostou. E essa nem é a pior parte.

— Eu sou o único que acha que esse dia parece irado? — diz Easton. — Eu quero comer em um penhasco.

— Ele quer que eu vá morar com ele e a Dinah.

Isso faz Easton calar a boca. Ele e Reed se endireitam, a postura mais rígida do que a base da cama.

— Não vai rolar — diz Easton.

— De acordo com Steve, vai. — Dou um gemido infeliz e subo no colo de Reed. Os braços dele envolvem minha cintura, me ancorando. — Ele não insistiu no assunto de ficar no hotel com eles, mas disse que, assim que a polícia liberar a cobertura, ele espera que eu me mude. Perguntou se eu tinha alguma ideia para o decorador. Ele vai contratar uma pessoa para decorar meu quarto!

Reed prende uma mecha de cabelo atrás da minha orelha.

— Meu pai não vai deixar isso acontecer, gata.

— Seu pai não tem que deixar nada. — Minha garganta se aperta a ponto de eu sentir dor. — É o Steve quem decide, e ele quer que eu vá morar com ele.

Easton faz um som semelhante a um rosnado.

— Não importa o que o Steve quer. Seu lugar é com a gente.

Ele está certo. É mesmo. Infelizmente, Steve não concorda. No almoço, ele até me pediu para considerar mudar meu sobrenome legalmente de Harper para O'Halloran. Se eu fosse mudar para qualquer coisa, seria para Royal, mas não disse isso para ele. Só assenti e sorri e deixei que ele falasse por horas. Sinceramente, acho que ele gosta de ouvir o som da própria voz.

— Pare de se estressar — aconselha Reed, passando a mão pela minha lombar.

— Não posso. Eu não quero morar com ele e com aquela vaca. Não vou.

— Não vai nem chegar a isso — promete ele. — O negócio do Steve é que ele ladra, mas não morde.

Easton assente com veemência.

— É verdade. Você acertou na mosca quando falou que ele é um homem infantil. O tio Steve é um meninão.

— O Easton tem razão. O Steve vive cheio de ideias, mas nunca vai até o fim com nenhuma delas — admite Reed. — Ele se distrai.

— É, com o pau — diz Easton, e faço uma careta ao ouvir isso. — Ele pode estar no meio de uma reunião de comitê, mas, se você coloca uma gostosa na frente dele, já era.

Pois é. Meu pai parece incrível. Só que não.

— Por favor, não fale sobre o pênis do meu pai na minha frente. É nojento.

— Ele só está fascinado com essa história de ser pai — diz Easton, dando de ombros de novo. — Quando passar, ele provavelmente vai esquecer que você existe.

Eu sei que ele está tentando me tranquilizar, mas só consegue me chatear mais. Cada coisa nova que descubro sobre Steve cria um nó de ansiedade ainda maior em meu estômago.

E agora estou assustada de novo, mas dessa vez não com a ideia de que pode ser que Steve não goste de mim.

Me apavora a ideia de que pode ser que eu não goste *dele.*

Capítulo 14

ELLA

Como Val não tem carro e eu não tenho mais emprego, nada me impede de dar uma carona para ela depois da aula na sexta. Eu esperava que fossemos botar a conversa em dia durante o trajeto, mas ela está surpreendentemente quieta. E então, no próximo farol vermelho, eu olho para ela e falo na lata.

— Você está com raiva de mim, não está?

Ela olha para mim.

— O quê? Não! Claro que não.

— Tem certeza? — pergunto com ansiedade. — Porque eu fui uma amiga de merda nesta semana. Eu tenho consciência disso.

— Não, você foi uma amiga ocupada. — Ela dá um sorriso triste. — Eu entendo, Ella. Eu também estaria distraída se meu namorado estivesse sendo acusado de assassinato.

— Eu sinto muito mesmo. Não tenho sido presente. A vida... está um saco.

— Nem me fale.

Trocamos sorrisos tristes.

— O que está acontecendo entre você e o Wade? — pergunto, enquanto passo pelo cruzamento.

— Nada. — O tom dela é vago.

— Nada? Sério? — Os dois mal se olhavam no almoço e estiveram mal-humorados durante toda a semana. Isso não é *nada*.

Eu entro na rua de Val e desacelero na frente da mansão Carrington. Antes de ela poder fugir, eu fecho as trancas para ela não poder abrir a porta.

Val dá uma risadinha.

— Você sabe que esse é um carro conversível, né? Eu posso simplesmente pular para fora.

— Bom, você não vai fazer isso. — Eu a olho com severidade. — Pelo menos não até você me contar o que está rolando.

— Não tem nada rolando. — Ela parece exasperada. — O Wade é… o Wade. Nós não estamos juntos.

— Mas você *quer* estar? — insisto.

Ela dá um suspiro enorme e exagerado.

— Não, eu não quero.

Aperto os olhos.

— Mesmo?

— Sim... Não… Talvez. Eu não sei, tá?

Eu também dou um suspiro.

— Você está com raiva dele porque ele ficou com outra menina?

— Estou! — explode ela. — O que é muito idiota, porque não é como se a gente estivesse junto ou algo assim. Só ficamos algumas vezes no banheiro. Mas… eu estava me divertindo de novo, sabe? Não estava mais obcecada com o Tam.

Eu me solidarizo. O rompimento com Tam, o antigo namorado, foi muito difícil para Val. Fiquei muito feliz de vê-la finalmente superando.

— Aí, o Wade me chamou para sair um fim de semana — continua Val —, e eu estava ocupada, e ele disse que tudo bem, que podia ficar para outro dia. Aí, eu chego na escola na segunda e descubro que ele pegou a Samantha Kent no domingo no clube de golfe! Isso não foi *nem um pouco* legal. — A expressão dela se fecha. — Me lembrou Tam trepando por aí pelas minhas costas e... — Ela para de falar.

Estico a mão e aperto o braço dela com delicadeza.

— Eu entendi. Você se queimou e agora não quer se queimar de novo. Era boa demais para o Tam. E é boa demais para o Wade. — Eu hesito. — Mas, se adianta alguma coisa, o Wade parece se sentir mal por causa disso tudo.

— Não me interessa. Eu falei pra ele antes de a gente ficar que queria exclusividade. Se ele estiver comigo, mesmo sendo casual, tem que ficar *só* comigo. — Ela levanta o queixo com teimosia. — Ele quebrou as regras.

— Então, devo concluir que você não vai ao jogo de hoje?

— Não. Vou ficar em casa e depilar as pernas.

Dou uma gargalhada.

— Quer vir também? — pergunta ela. — Podemos fazer uma noite de beleza.

— Não posso — digo, chateada. — Ao contrário de você, eu não tenho escolha de ir ou não ao jogo. Callum disse ontem à noite que a família toda vai, sem exceção. Vai ser uma exibição de força.

Os lábios de Val tremem.

— Eu não sabia que estávamos em guerra.

— É como se estivéssemos. — Tiro uma mecha de cabelo da frente dos meus olhos. — Você ouviu os cochichos pelos corredores da escola. As pessoas estão dizendo coisas horríveis sobre o Reed e, aparentemente, alguns membros da diretoria da Atlantic Aviation estão pegando no pé do Callum também.

— Tem repórteres acampados na frente da mansão?

— Surpreendentemente, não. O Callum deve ter feito alguma coisa, porque em qualquer outra situação isso seria uma tempestade na imprensa. — Afundo no assento. — O advogado do Reed quer que a gente aja como se o Reed não tivesse feito nada de errado. Nós temos que ficar unidos como família e tal. — Só que eu não posso ficar perto demais. O Reed não me disse isso, mas o Callum me chamou de lado outro dia e sugeriu que pegássemos leve nas demonstrações públicas de afeto.

Ela revira os olhos.

— E ir a um jogo de futebol americano vai convencer as pessoas de que o Reed é inocente?

— Vai saber. — Dou de ombros. — Além do mais, Callum acha que é um bom momento para o Steve "se revelar" para as outras famílias. Ele espera que provoque agitação suficiente para desviar os olhares do Reed.

Os olhos escuros de Val avaliam meu rosto.

— E como está indo isso? Você e o Steve.

Um gemido escapa.

— Nada bem. Ele fica tentando passar tempo comigo.

Ela finge estar horrorizada.

— Como ele ousa!

Não consigo impedir uma risadinha.

— Tá, eu sei que parece loucura. Mas é esquisito, sabe? Ele é um completo estranho.

— É, e vai continuar sendo enquanto você evitá-lo. — Ela franze o nariz. — Você não *quer* conhecer melhor o Steve? Ele é seu pai.

— Eu sei. — Mordo o lábio inferior. — Eu tentei ser mente aberta quando ele apareceu na escola na segunda e insistiu para que passássemos o dia juntos, mas ele simplesmente passou o dia inteiro falando sobre si mesmo, durante horas. Era como se ele nem tivesse reparado que eu estava lá.

— Ele devia estar nervoso — sugere ela. — Aposto que é difícil pra ele também. Ele volta do mundo dos mortos e descobre que tem uma filha? Qualquer pessoa teria dificuldade com isso.

— Acho que é verdade. — Destranco as portas. — De qualquer modo, você pode sair agora, meu bem. Preciso voltar para casa e me preparar para o jogo — digo com voz cansada.

Val dá uma risadinha.

— Cuidado, garota. Seu entusiasmo é *tão* contagiante que é capaz de eu ir dando piruetas até a porta de casa. — Ela puxa a maçaneta e sai do carro, depois bate na porta e sorri para mim. — Boa sorte hoje.

— Obrigada — respondo.

Tenho a sensação de que vou precisar.

Há um oceano de espaço entre nós. Um *oceano*.

Durante toda a semana, vi alunos na escola sussurrando sobre Reed, mas não achei que esses sussurros fossem se estender até Callum. Callum Royal sempre me pareceu intocável, confiante e controlado, um capitão de indústria que todo mundo bajula. Na última vez que ele foi a um jogo, houve *muita* bajulação. A cada dois segundos, um pai ou mãe o parava para falar alguma coisa.

Nesta noite, tudo que Callum recebe é o silêncio de todos à volta. Nós todos, na verdade: eu, Steve e os gêmeos. Estamos na arquibancada na fileira logo atrás do banco do time da casa e todo mundo ao nosso redor está lançando olhares na nossa direção. Consigo sentir os olhares de acusação queimando minha nuca.

Por mais desconfortável que seja para mim, é um milhão de vezes pior para Reed. Ele não pode jogar hoje porque ainda está com pontos na facada que foi planejada por Daniel Delacorte. Tem que passar mais uma semana no banco, mas ainda precisa ficar nas laterais.

Eu queria que ele pudesse sentar na arquibancada com a gente. Odeio o quanto ele parece sozinho agora. E *odeio* o fato de as pessoas ficarem cochichando e apontando para ele.

— Aquele é o garoto Royal — uma mulher sussurra alto o bastante para todos nós ouvirmos. — Não consigo acreditar que deixaram que ele viesse aqui hoje.

— É uma vergonha — concorda outra mãe. — Não quero que ele chegue nem perto do meu Bradley!

— Alguém precisa falar com o Beringer sobre isso — diz uma voz masculina de forma ameaçadora.

Faço uma careta. Callum também. Ao meu lado, Steve parece totalmente despreocupado com toda a atenção negativa que estamos recebendo. Como sempre, está falando sem parar no meu ouvido, desta vez sobre uma viagem à Europa que está planejando para nós. Não sei se com *nós* ele quer dizer eu e ele ou se inclui Dinah também. Seja como for, não estou interessada em viajar com ele, mesmo ele sendo meu pai. Ele ainda me deixa muito nervosa.

O engraçado é que consigo ver por que minha mãe se sentiu atraída por ele. Desde que voltou, ele tem recuperado o peso. O rosto não está mais cadavérico, e as roupas estão começando a cair melhor em seu corpo magro e musculoso. Steve O'Halloran tem uma aparência decente (para um pai) e os olhos azuis sempre têm um brilho quase infantil. Minha mãe tinha uma quedinha pelos tipos brincalhões, e Steve certamente se encaixa nisso.

Mas, como filha, e não alguém romanticamente interessada nele, eu acho essa postura de garoto meio irritante. Ele é adulto. Por que não age como um?

— Você está emburrada — murmura Sawyer no meu ouvido.

Desperto dos meus pensamentos e me viro para o Royal mais novo.

— Não, eu não estou — eu minto, antes de olhar para além do ombro dele. — Cadê a Lauren? — Tecnicamente, Lauren é namorada do Sawyer, e costuma ser a acompanhante dele nessas coisas.

— De castigo — responde ele com um suspiro.

— Ah. Por quê?

— Ela foi pega fugindo para se encontrar comigo e… — Ele para quando repara que Steve estava ouvindo. — Comigo — termina ele. — Só comigo.

Disfarço um sorriso. Não entendo nem um pouco Lauren Donovan, mas acho corajoso ela estar saindo abertamente com dois garotos. Eu mal consigo lidar com um.

E por falar no meu *um*, Reed parece infeliz na lateral do campo. O olhar dele está grudado na zona de *touchdown*. Ou zona final? Não consigo lembrar o nome. Por mais que Reed e Easton tentem me ensinar como o jogo funciona, eu continuo não gostando e não me importando com futebol americano.

Consigo perceber que Reed está chateado por não estar com os colegas de time. A defesa está no campo, e só sei disso porque uma das camisas azuis e douradas lá embaixo tem o nome "ROYAL" atrás. Easton está em fila na frente de um oponente. Vejo a boca se movendo por trás da máscara, o que me diz que ele está fazendo algum comentário provocador.

É, está mesmo. Quando a jogada começa, o jogador à frente pula em cima de Easton com sangue nos olhos. Mas East é perigoso nisso: ele passa pelo oponente, que cai de joelhos, enquanto dois outros jogadores da Astor Park derrubam o *quarterback* da Marin High antes que ele consiga arremessar a bola.

— Isso foi um... — diz Sebastian com boa vontade, se inclinando na frente do irmão para explicar a jogada para mim.

— Nem quero saber — respondo.

Do meu outro lado, Steve ri.

— Não é fã de futebol americano?

— Não.

— Nós estamos trabalhando nisso — diz Callum do final da fileira. — Mas ainda não deu em nada.

— Tudo bem, Ella — diz Steve. — De todo modo, os O'Halloran são uma família de basquete.

Basta isso para eu ficar tensa de novo. Por que ele fica dizendo coisas assim? Eu não sou uma O'Halloran! E odeio basquete ainda mais do que odeio futebol americano.

Abro um sorriso e digo:

— Os Harper não gostam de esportes. De nenhum tipo.

A boca de Steve se curva em um sorrisinho.

— Não sei, não... se me lembro bem, sua mãe era muito... ahn... esportiva.

Eu fecho a boca. Ele fez algum tipo de insinuação nojenta em relação à minha mãe? Não tenho certeza, mas acho que foi, e não gostei nem um pouco. Ele não pode falar da minha mãe assim. Ele nem a conheceu. Não fora do sentido bíblico, pelo menos.

No campo, o ataque da Astor Park está se alinhando. Wade é nosso *quarterback*, e está gritando palavras ininteligíveis para os colegas de time. Acho que o ouço gritar "GOSTOSÃO!" em um determinado ponto, o que me faz cutucar Sawyer.

— Ele acabou de dizer "gostosão"?

Sawyer ri.

— Foi. O Peyton Manning tem "Omaha", o Wade tem "gostosão".

Ele poderia estar falando em outro idioma. Não sei o que é Peyton Manning e não me dou ao trabalho de perguntar. Só vejo Wade arremessar uma espiral perfeita na primeira jogada, que cai bem nas mãos habilidosas de um garoto da Astor que corria rapidamente perto da lateral.

Meu celular vibra na bolsa. Eu o pego e encontro uma mensagem de Val.

Argh! Ele não tem direito de jogar tão bem!

Na mesma hora, viro a cabeça para procurar pela torcida, mas minha melhor amiga não está em lugar nenhum.

Onde vc tá?, eu respondo.

Lanchonete. Não tem comida em casa, então, vim aqui comprar um cachorro-quente.

Dou uma risada alta. Os gêmeos olham para mim, mas descarto os olhares curiosos e mando outra mensagem para Val.

Peguei vc no FLAGRA. Vc veio ver o Wade!

NÃO. Eu tava com fome.

De Wade.

Odeio vc.

Admite q vc gosta dele.

Nunca.

Tá bom. Então, pelo menos vem sentar c/ a gente. Estou c/ sdds.

Um grito alto sacode a arquibancada. Olho para baixo e vejo o final de uma jogada, iniciada em outro passe perfeito do Wade. Não fico surpresa quando Val responde na mesma hora.

Não. Vou pra casa. Burrice vir aqui hj.

Sou tomada de solidariedade. Pobre Val. Sei que essa coisa com Wade começou como tapa-buraco para ela, ou talvez como forma de matar o tempo até ela estar pronta para namorar firme de novo depois do término, mas tenho certeza de que ela começou a gostar de verdade do cara. E acho que Wade gosta dela também. Eles só são teimosos demais para admitir.

Igual a você e o Reed?, provoca uma voz interior.

Tá, é verdade. Reed e eu de fato éramos assim no começo. Ele foi um babaca comigo, e eu passei semanas lutando contra meus sentimentos por ele. Mas agora estamos juntos e tem sido incrível, e eu quero que Val também experimente viver algo incrível assim.

— Pra quem você está mandando mensagem?

Eu instintivamente coloco a mão sobre a tela do celular quando percebo que Steve estava espiando. Por que ele está tentando ler minhas mensagens?

— Pra uma amiga — respondo vagamente.

Seu olhar apertado se gruda no banco de reservas, como se ele estivesse esperando ver Reed digitando no celular. Mas Reed está assistindo ao jogo com atenção, com as mãos apoiadas nos joelhos.

Não gosto da desconfiança nos olhos de Steve. Ele já sabe que estou com Reed. E, mesmo não gostando, não tem direito de palpitar sobre quem eu namoro.

— Bom, por que você não guarda o celular? — sugere ele, e há uma mordacidade no tom de sua voz. — Você está com a família. A pessoa com quem você está falando pode esperar.

Jogo o celular de volta na minha bolsa. Não porque ele mandou, mas porque eu acabaria jogando na cara dele se não guardasse. Callum nunca ligou se eu mandava mensagem para amigos durante os jogos de futebol americano. Na verdade, ficava feliz de eu ter amigos.

Ao meu lado, Steve assente em aprovação e volta a atenção ao jogo.

Tento fazer o mesmo, mas estou irritada de novo. Quero chamar a atenção de Reed e dizer para ele o quanto detesto Steve, mas sei que Reed vai me dizer para ignorá-lo, que Steve vai acabar "cansando" dessa coisa de ser pai.

Só que estou começando a pensar que isso não vai acontecer.

Capítulo 15

REED

Depois do jogo, meu pai e Steve insistem em nos levar para jantar em um restaurante francês na cidade. Não quero ir, mas não tenho escolha. Meu pai quer que sejamos vistos em público. Diz que não podemos ficar nos escondendo, temos que agir como se não houvesse nada de errado.

Mas está *tudo* errado. Todas aquelas pessoas encarando no jogo de hoje... porra, minhas costas e minhas orelhas ainda estão queimando por causa de todos os olhares de condenação e sussurros de desdém que me atingiram.

Fico sentado em silêncio absoluto durante o jantar, desejando estar em casa, preferivelmente com meus lábios e minhas mãos pelo corpo de Ella.

Ao meu lado, East devora sua comida como se não comesse há semanas, mas acredito que ele tenha conquistado o direito de comer que nem um porco hoje. A Astor Park deu uma surra na Marin High. Nós terminamos o quarto período com quatro *touchdowns* de vantagem, e todo mundo estava muito animado quando a partida terminou.

Bom, todo mundo menos eu. E talvez Wade, que, pela primeira vez desde que o conheci, não anunciou que ia comemorar a vitória com um boquete seguido de muito sexo. Ele estava de mau humor quando tirou o uniforme e saiu do vestiário batendo os pés. Acho que disse que ia para casa, o que, mais uma vez, não é muito a cara do Wade.

Do meu outro lado, Ella também está de cara fechada. Acho que Steve disse alguma coisa que a irritou durante o jogo, mas não vou perguntar enquanto não estivermos sozinhos. Steve anda numa onda de poder muito estranha desde que voltou do mundo dos mortos. Ele fica falando que tem uma filha agora e que, por isso, tem que dar um bom exemplo. Meu pai, claro, assente em aprovação toda vez que Steve diz umas merdas assim. Aos olhos de Callum Royal, Steve O'Halloran não erra nunca. É assim desde que consigo me lembrar.

Quando voltamos do jantar, meu pai e Steve correm para o escritório, onde provavelmente vão encher a cara de uísque e ficar falando dos dias na marinha. East e os gêmeos desaparecem na sala de jogos, e ficamos somente Ella e eu.

Finalmente.

— Lá em cima? — digo em voz baixa, e sei que ela não deixa passar em branco o brilho predatório nos meus olhos.

Ficar no banco hoje foi um saco. Não importa o fato de que todo mundo nas arquibancadas estava falando sobre mim, e que algum babaca tenha disfarçado com as mãos uma tosse em que disse a palavra "assassino" quando passou por mim. Não jogar foi mil vezes pior. Eu me sinto um saco de batatas inútil, sem mencionar toda a inveja que tive ao ter que assistir a meus amigos massacrarem o outro time.

Toda a agressividade que não gastei hoje está explodindo dentro de mim agora. Por sorte, Ella parece não se importar; dando um sorriso lindo em minha direção, ela me puxa para a escada.

Nós praticamente corremos para o quarto. Eu tranco a porta, depois a pego nos braços e ando até a cama. Ela dá gritinhos de prazer quando a jogo no colchão.

— Roupas — ordeno, lambendo os lábios.

— O que tem elas? — Ela brinca com a barra do suéter verde largo, toda inocente.

— Tire — sussurro.

Ela sorri de novo, e juro que meu coração voa até o céu. Acho que eu não teria conseguido sobreviver a essa semana se não tivesse Ella ao meu lado. Os cochichos na escola, os telefonemas do meu advogado, a investigação da polícia que segue a mil. Por mais que eu odiasse Brooke, não estou pulando de alegria por ela estar morta. Com certeza não sentirei a falta dela, mas ninguém merece morrer daquele jeito.

— Reed? — O humor de Ella muda quando ela vê meu rosto. — O que foi?

Engulo em seco.

— Nada. Eu só estava pensando em coisas que não devia estar pensando.

— Tipo o quê?

— Nada — digo de novo, e tento distraí-la tirando a camisa de mangas compridas.

Funciona. Assim que bate os olhos no meu peito nu, ela emite um som ofegante que parece ecoar diretamente no meu pau. Amo o fato de ela amar meu corpo. Não ligo se isso me torna um babaca metido e superficial. O jeito como os olhos dela se transformam de prazer e a língua aparece para lamber o lábio inferior é o maior estímulo do ego que um homem pode ter.

— Seus pontos — diz ela, como fez todas as vezes em que demos uns amassos durante essa semana.

— Estão cicatrizando lindamente — respondo, como também fiz todas as vezes em que nos pegamos durante essa semana. — Agora, tire suas roupas antes que eu mesmo faça isso.

Ela parece intrigada, como se estivesse se perguntando se devia bancar a difícil só para eu ter que cumprir a ameaça, mas acho que está com tanto tesão quanto eu, porque as roupas começam a ser retiradas no momento seguinte.

Minha boca fica completamente seca quando o sutiã rosa com calcinha combinando são revelados. Ella não faz ideia do quanto é linda. Todas as garotas da Astor Park morreriam para ter aquelas curvas, aquele cabelo dourado, aqueles traços impecáveis. Ela é pura e total perfeição. E, porra, ela é toda minha.

Ainda de calça, subo na cama e aperto o corpo contra o dela, a boca encontrando a dela de novo. Ficamos nos agarrando por uma eternidade, nos beijando, passando mãos e rolando por toda a cama, até eu não aguentar mais. A calcinha dela é arrancada. Minha calça está aberta. Ela está com uma das mãos em mim e minha mão está entre as pernas dela, e está tão bom que não consigo nem pensar direito.

— Deita de costas — murmura ela.

Puta merda, ela está inclinada por cima de mim agora, e a boca está fazendo coisas que me deixam simplesmente louco.

O cabelo dela cai sobre minhas coxas. Enfio os dedos nas mechas macias e a guio por cima de mim.

— Mais rápido — sussurro.

— Assim?

— É. Assim.

Os lábios e a língua dela me levam ao extremo e, apesar de provavelmente ser o maior clichê do mundo, quando meu corpo se acalma, eu a puxo e digo que a amo.

— Quanto? — Ela me dá um sorriso provocante.

— Muito — declaro com voz rouca. — Uma quantidade absurda.

— Que bom. — Ela dá um beijo nos meus lábios. — Eu também amo você em uma quantidade absurda.

Ela se deita ao meu lado e acaricia meu abdome enquanto esfrega a parte de baixo do corpo no meu quadril. Isso me deixa pronto para outra na mesma hora. Eu posso ter gozado, mas ela ainda não. Eu adoro provocá-la até levá-la ao clímax. Ela faz os barulhos mais gostosos quando chega lá.

— Minha vez — digo com voz grossa enquanto desço pelo corpo dela.

Ela está tão pronta para mim que mal consigo acreditar. Fico duro de novo, porque o pensamento de ser o primeiro a entrar em seu corpo receptivo é excitante e quente o suficiente para derreter todo o continente da Antártida. Mas não posso. Não hoje. Não enquanto não tiver certeza de que não vou ser preso por um crime que não cometi.

Mas posso fazer *isso*. Torturá-la com a minha boca e meus dedos e fazê-la gemer e suplicar…

— Ella — diz uma voz forte atrás da porta. — Abra.

Ela empurra minha cabeça e dá um pulo como se a cama estivesse pegando fogo.

— Ai, meu Deus, é o Steve — sussurra ela.

Eu me sento e lanço um olhar cauteloso para a porta. Ela está trancada, não está? Por favor, diga que eu tranquei…

A maçaneta é sacudida, mas a tranca nem se mexe. Dou um suspiro de alívio.

— Ella — grita Steve de novo. — Abra a porta. Agora.

— Um segundo — grita ela, o tom apressado em sua voz e os olhos desesperados de pânico.

Vestimos as roupas correndo, mas acho que não fazemos um bom trabalho de parecer comportados, porque, quando ela deixa Steve entrar, o olhar dele vira tempestade.

— Que *diabos* vocês dois estão fazendo aqui dentro?

Arqueio uma sobrancelha ao ouvir a raiva na voz dele e ver o tom vermelho das bochechas. Entendo que ele é pai de Ella, mas nós dois não estávamos filmando pornografia aqui dentro nem nada. Só estávamos ficando.

— Nós estávamos… vendo TV — murmura ela.

Steve e eu nos viramos para a tela preta do outro lado do quarto. Ele cerra os punhos antes de se virar para a filha.

— Sua porta estava trancada. — Ele praticamente rosna.

— Eu tenho dezessete anos — diz ela, com rigidez na voz. — Não posso ter privacidade?

— Não tanta privacidade! — Steve balança a cabeça. — O Callum está ficando louco?

— Por que você não pergunta diretamente para ele? — diz a voz seca do meu pai.

Steve se vira para a porta, onde meu pai está de braços cruzados.

— O que está acontecendo aqui? — pergunta meu pai calmamente.

— Seu filho estava com as mãos na minha filha! — responde Steve.

A boca, na verdade. Mas fico quieto. A veia na testa do Steve já parece prestes a explodir. Não faz sentido acelerar o processo.

— Isso é inaceitável para mim — continua ele, o tom mais frio do que gelo. — Não ligo para que tipo de papel de pai você decidiu assumir para você. Seus filhos podem trepar por aí o quanto quiserem, mas minha filha *não* é um dos brinquedos sexuais do Reed.

Meus ombros se contraem. Quem ele pensa que é para dizer isso?

— A Ella é minha namorada — respondo friamente. — Não um brinquedo sexual.

Ele aponta para o edredom bagunçado.

— E por isso não tem problema você se aproveitar dela assim? — O olhar gelado dele se desvia para o meu pai. — E você! Que tipo de pai dá tanta liberdade a dois adolescentes? Só falta você me dizer que eles dormem no mesmo quarto!

A expressão de culpa de Ella não passa despercebida por ninguém. Quando Steve percebe isso, seu rosto fica ainda mais vermelho.

Ele respira fundo, relaxa as mãos lentamente e diz:

— Faça as malas, Ella.

Há um momento de silêncio, seguido por três exclamações incrédulas.

— O quê? — Ella.

— De jeito nenhum. — Eu.

— Steve, isso não é necessário. — Meu pai.

O pai de Ella só responde ao último comentário.

— Na verdade, acho muito necessário. Ella é minha filha. Não quero ela vivendo neste tipo de ambiente.

— Você está dizendo que a minha casa não é um bom ambiente para uma criança? — O tom do meu pai fica ríspido. — Eu criei cinco filhos aqui, e todos estão ótimos.

Uma gargalhada alta sai da garganta de Steve.

— Estão *ótimos*? Um dos seus filhos foi acusado de assassinato, Callum! Me desculpe ser a pessoa que irá te revelar isso, mas o Reed não é um bom menino.

A fúria me atinge com tudo.

— Não sou um bom menino o caralho.

— Ele é má influência — continua Steve como se eu não tivesse falado. — Todos são. — Ele olha para a Ella de novo. — Faça suas malas. Estou falando sério.

Ela levanta o queixo.

— Não.

— A Ella acabou de se ajustar a uma rotina aqui — diz meu pai em outra tentativa de acalmar Steve. — Não tire a menina do lugar que ela considera sua casa.

— A casa dela é comigo — retruca Steve. — Você não é pai dela. Eu sou. E não quero minha filha de intimidades com seu filho. Estou cagando se isso me torna antiquado ou irracional ou como você quiser chamar. Ela vem comigo. Quer brigar comigo por causa disso? Tudo bem. Vejo sua família no tribunal. Mas, agora, você não pode me impedir de tirá-la desta casa.

O olhar de pânico de Ella vai para o meu pai, mas a expressão nos olhos dele diz tudo: derrota.

Ela vira o olhar para Steve, implorando.

— Eu quero ficar aqui.

Ele não se deixa sensibilizar por sua súplica.

— Me desculpe, mas isso não é opção. Portanto, estou repetindo. Faça as malas. — Vendo que ela não sai do meu lado, ele bate palmas como se ela fosse uma foca treinada. — *Agora.*

Ella fecha as mãos nas laterais do corpo enquanto espera meu pai se envolver. Como ele fica em silêncio, ela sai batendo pés com raiva.

Estou prestes a ir atrás dela quando Steve me para.

— Reed. Um minuto do seu tempo — diz ele brevemente.

Não é uma pergunta. É uma ordem.

Os dois homens trocam olhares. O rosto do meu pai se contrai e ele sai do quarto, me deixando sozinho com Steve.

— O quê? — digo com amargura. — Você vai me dizer de novo como sou má influência?

Ele anda até a cama e olha para o edredom bagunçado antes de se voltar para mim. Luto contra a vontade de desviar o olhar. Nada do que Ella e eu estávamos fazendo aqui era errado.

— Eu já tive a sua idade.

— Aham. — Droga. Acho que sei aonde ele quer chegar.

— Eu sei como eu tratava as garotas, e, quando me lembro disso, me arrependo um pouco. — Steve passa a mão pela beirada da cama. — A Ella está certa: eu não estive por perto durante boa parte da vida dela. Mas estou aqui agora. Ela teve uma infância difícil, e esse tipo de garota costuma procurar afeição nos lugares errados.

— E eu sou um desses lugares errados? — Enfio as mãos nos bolsos e me encosto na cômoda. É meio irônico que uma das garotas mais caretas que já conheci, que teve uma das piores criações do mundo, tenha um pai ausente que agora acha que pode me dar um sermão sobre fazer o certo com sua filha. Durante os nove meses que namorei Abby, todas as conversas do pai dela comigo foram sobre o time de futebol americano da Astor Park.

— Reed. — Steve alivia o tom. — Eu amo você como se fosse meu próprio filho, mas você tem que admitir que está em uma situação desafiadora aqui. Está óbvio que a Ella é muito ligada a esta família, mas espero que você não se aproveite da solidão dela.

— Eu não estou me aproveitando da Ella de forma nenhuma, senhor.

— Mas está transando com ela — acusa Steve.

Se ele esperava que eu ficasse constrangido ou envergonhado, não sabe nada de mim. Amar a Ella é uma das melhores coisas que já fiz na minha curta vida.

— Eu estou fazendo a Ella feliz — respondo simplesmente. Não tenho intenção nenhuma de falar sobre nossa vida sexual. A Ella morreria de vergonha.

Steve aperta os lábios em uma linha fina. Ele não fica satisfeito com essa resposta.

— Você é um sujeito físico, Reed. Gosta de brigar porque gosta do impacto do seu punho na pele de outra pessoa. Gosta do choque de força contra força. Seguindo essa lógica, é fácil concluir que você não deve conseguir ficar sem transar com outras por aí. Não estou julgando você, porque, caramba, eu sou igual. Não acredito muito em fidelidade. Se uma garota está disponível, quem sou eu para dizer não, certo? — Ele sorri, me convidando a fazer parte desse estilo de vida baixo.

— Eu já disse não muitas vezes — falo para ele.

Steve ri sem acreditar.

— Certo, vamos supor que sim. Mas, em se tratando da Ella, se você realmente a ama, não vai tentar arrancar as roupas dela o tempo todo. Eu vejo como você olha para ela, garoto, com a barriga cheia de desejo e não muito mais do que isso. — Ele diminui a distância entre nós e coloca a mão pesada no meu ombro. — Não é errado. Não estou esperando que você mude seu jeito de ser. Só estou dizendo que ela não é a garota certa para manter sexo casual. Trate a Ella como ia querer que sua própria irmã fosse tratada.

— Ela não é minha irmã — respondo com mordacidade. — E eu trato a Ella com respeito.

— Há uma acusação de assassinato sobre a sua cabeça. Você pode ir para a prisão por muito tempo. Como a Ella vai ficar quando você estiver lá? Você quer que ela fique esperando?

Falo por entre dentes:

— Não fui eu.

Steve não responde.

Esse homem, que está na minha vida desde que consigo lembrar, realmente acredita que sou capaz de matar alguém?

Com amargura, observo a expressão de Steve.

— Você realmente acha que fui eu?

Depois de um segundo, ele aperta meu ombro com força.

— Não, claro que não. Mas estou pensando na Ella. Estou tentando colocá-la em primeiro lugar. — Aqueles olhos azuis vívidos, os mesmos de Ella, me encaram com desafio. — Você acha que pode dizer sinceramente que está fazendo o mesmo?

Capítulo 16

ELLA

— Sabe, o motivo de não ter décimo terceiro andar no hotel é porque muitos clientes são secretamente supersticiosos. Dizem que Hallow Oaks foi construído sobre um antigo cemitério da Confederação. Pode haver fantasmas aqui.

Como o fantasma do seu cadáver, penso com azedume.

Steve move o cartão magnético na frente de um sensor e aperta o botão da cobertura. Ele está todo sorrisos agora, como se não tivesse acabado de me arrancar de casa para me levar para a porcaria do hotel.

— Então você decidiu que não vai falar comigo? — pergunta Steve.

Continuo olhando para a frente. Não vou ficar de conversinha com esse sujeito. Ele acha que pode simplesmente invadir minha vida depois de dezessete anos e ficar me dando ordens? *Bem-vindo à paternidade, Steve. A viagem vai ser turbulenta.*

— Ella, você não pode sinceramente achar que eu permitiria que você continuasse morando com os Royal com seu namorado estando no mesmo corredor.

Pode ser infantilidade, mas continuo dando gelo em Steve. Além do mais, se eu abrir a boca, vou acabar falando alguma coisa muito ruim, como: *Onde você estava quando a minha mãe estava morrendo de câncer? Ah, é mesmo, estava pulando de asa-delta com sua esposa demoníaca.*

Ele suspira, e terminamos o caminho até a cobertura em silêncio. As portas se abrem, revelando um amplo corredor. Steve me leva por ele, puxando minha mala. Encosta o cartão na porta no final do corredor.

Lá dentro, vejo uma sala de estar, uma sala de jantar e uma escadaria. Passei muito tempo em quartos de hotel vagabundos e baratos, e a escadaria nunca ficava *dentro* de um quarto. Tento não parecer admirada, mas é difícil.

Steve pega uma pasta de couro na mesa.

— Antes de eu levar você ao seu quarto, por que você não dá uma olhada? Vamos pedir serviço de quarto enquanto você se acomoda.

— Nós comemos uma hora atrás — digo para ele, sem conseguir acreditar.

Ele dá de ombros.

— Eu estou com fome de novo. Peço uma salada para você, Dinah? — grita ele.

Dinah aparece no topo da escada.

— Está ótimo.

— Por que você não pede enquanto mostro o apartamento para a Ella? — Ele balança o cardápio e o coloca de volta na mesa. Sem esperar resposta, coloca a mão nas minhas costas e me empurra. — Eu quero uma bisteca. Mal passada, por favor.

Depois da sala de jantar tem outra porta. Steve a abre e faz sinal para que eu entre.

— Este é seu quarto. Tem uma porta externa que leva ao corredor. Você vai precisar da sua chave para subir até este andar. — Ele me dá um cartão de plástico, que guardo com relutância. — Tem alguém que vem diariamente arrumar a cobertura, e o serviço de quarto está disponível vinte e quatro horas. Fique à vontade para pedir o que quiser. Eu posso pagar.

— Ele pisca. Estou ocupada demais olhando ao redor para responder. — Quer que eu mande alguém aqui para desfazer suas malas? — continua ele. — Dinah pode ajudar se você quiser.

Dinah provavelmente preferiria beber um frasco de água sanitária a me ajudar.

Consigo dizer um "Não, obrigada", o que gera mais um grande sorriso em Steve. Aparentemente, ele pensa que estamos nos dando muito bem. Estou me perguntando se consigo convencer a recepção a criar um novo cartão magnético para Reed. Porta externa? Talvez eu não odeie tanto este lugar.

— Tudo bem. Se você precisar de qualquer coisa, grite. O local é apertado aqui, eu sei, mas vai ser só por algumas poucas semanas. — Ele bate no alto da mala antes de sair.

Apertado? Tudo bem que o quarto é menor do que o que tenho na casa dos Royal, mas mesmo assim é maior do que qualquer outro lugar que eu tenha morado. Definitivamente maior do que qualquer quarto de hotel em que eu já tenha ficado. Eu nem sabia que faziam quartos de hotel grandes assim.

Ignorando minha mala, eu me jogo na cama e mando uma mensagem para Reed.

Tem uma porta externa no meu quarto.

Ele responde imediatamente: *Estou a caminho.*

Quem dera.

Consigo chegar em...

Steve ia surtar.

Ñ sei o que deu nele. Ele já pegou mais mulher q um cantor de rock.

Que pensamento fofo. Pf para com os comentários sobre como meu pai é um canalha. Me dá nojo.

Hahah. Virgem. Como estão as coisas?

Sou virgem pq vc ñ libera.

Eu vou liberar, gata. Vc sabe que eu tô morrendo de vontade. Espera até estar tudo esclarecido.

Eu ñ vou visitar vc na prisão, só pra informar.

Eu ñ vou pra prisão.

Deixa pra lá. O que vc tá fazendo?

Em resposta, recebo uma foto dele e dos irmãos sentados no meu quarto.

Pq?

Pq o quê? Pq estamos no seu quarto? O jogo começou.

Vc tem uma sala de TV.

A gente gosta daqui. E o E disse q seu quarto dá sorte.

Dou um gemido. Easton tem problemas com jogatina. Um agenciador de apostas já nos atacou em frente a uma boate e eu precisei pagar uma grana a ele.

O E apostou em alguma coisa?

Se apostou, tá ganhando, pq ñ tá nervoso com o placar. Vou ficar de olho no seu Eastzinho, pode deixar.

Rá. Brigada. Saudades de vcs.

Uma batida soa na porta.

— O que foi? — Não fico feliz com a interrupção e não faço esforço nenhum para esconder a irritação na minha voz.

— É a Dinah — a resposta vem igualmente irritada. — Estamos prontos para comer.

— Eu não vou comer — respondo.

Ela ri cruelmente por trás da porta.

— E não devia mesmo. Você está precisando perder alguns quilos. Mas seu *pai* pediu sua presença, princesa.

Eu trinco os dentes.

— Tá bom. Já vou.

Tenho q ir. Vou comer com a Dinah e o S. 8-)

Tiro a mala do caminho e entro na sala. Um homem de uniforme está empurrando um carrinho. Steve se senta na ponta da mesa enquanto o homem coloca cuidadosamente tudo na mesa de jantar.

— Sente-se. Sente-se. — Ele balança a mão, ignorando completamente o homem gentil que está removendo as tampas de prata dos pratos. — Pedi um hambúrguer para você, Ella. — Ele suspira quando eu não respondo. — Tudo bem, não coma, então. Mas pedi caso você mude de ideia.

O garçom levanta o domo prateado do meu prato e revela um enorme hambúrguer em uma cama de alface. Dou um sorriso constrangido e o agradeço, porque ele não merece minha grosseria. Mas é inútil, porque ele nem ao menos olha pra mim.

Com um suspiro, eu me sento. Dinah se senta em uma cadeira do outro lado da mesa.

— Que agradável — anuncia Steve. Ele abre um guardanapo e coloca no colo. — Ah, droga. Esqueci minha bebida na mesa de centro. Pode pegar para mim, Dinah?

Ela se levanta na mesma hora, pega o copo e entrega para Steve.

Ele beija a bochecha dela.

— Obrigado, querida.

— De nada. — Ela se senta na cadeira.

Forço o olhar para o meu prato para que ninguém possa perceber minha surpresa. Esta Dinah é completamente diferente da que conheci antes. Caramba, ela é diferente até da Dinah que me chamou para jantar alguns minutos atrás.

Só tive dois outros encontros com ela, e os dois foram ruins. Ela estava agressiva na leitura do testamento. Depois, na casa do Callum, eu a peguei fazendo sexo com Gideon no banheiro.

Hoje, Dinah está quieta, quase tímida, e observá-la é quase como ver uma cobra enrolada escondida embaixo de uma grande folha de bananeira.

Alheio, Steve toma um gole.

— Está quente.

Há um longo momento de silêncio. Quando afasto o olhar da mesa, vejo Steve olhando diretamente para Dinah.

Ela dá um leve sorriso.

— Vou pegar um pouco de gelo.

— Obrigado, querida. — Ele se vira para mim. — Você quer água?

A interação entre esses dois é tão estranha que esqueço que estou dando gelo nele.

— Quero.

Em vez de servir, ele grita para a área da cozinha.

— Dinah, traga um copo d'água para a Ella. — Em seguida, ele começa a cortar a carne. — Eu falei com a promotoria hoje de manhã. Devemos poder voltar ao apartamento logo. Vai ser bom para todos nós.

Tenho certeza de que não vai ser bom para *nenhum* de nós.

Dinah volta com dois copos: um cheio de gelo e o outro cheio de água. Ela coloca o copo de água na minha frente com força suficiente para um pouco do líquido derramar pela borda e molhar minha manga.

— Ah, desculpa por isso, princesa — diz ela, com voz doce.

Steve franze a testa.

— Tudo bem — murmuro.

Steve coloca dois cubos de gelo na bebida, agita e toma um gole. Dinah acaba de pegar o garfo quando Steve faz uma careta.

— Aguado demais — declara ele.

Ela hesita, os nós dos dedos ficando brancos ao redor do cabo do garfo. Fico pensando se ela vai furar Steve, mas ela simplesmente apoia o garfo na mesa de forma lenta e deliberada. Grudando um sorriso no rosto, ela se levanta pela terceira vez e vai até o bar, onde garrafas grandes estão enfileiradas como soldados.

Do jeito que as coisas estão, é capaz de eu começar a beber delas.

— Ella, eu falei com seu diretor hoje — diz Steve.

Afasto o olhar das costas rígidas de Dinah.

— Por que você faria isso?

— Eu só queria saber sobre seu progresso na Astor Park. O Beringer me informou que você não tem atividades extracurriculares. — Ele inclina a cabeça. — Você falou que gosta de dançar. Por que não entra na equipe de dança da escola?

— Eu, ahn, estava trabalhando na época. — Não estou com vontade de falar da minha briga com Jordan. Parece idiota quando mencionada em voz alta.

— O jornal da escola, talvez?

Tento não fazer uma careta. Escrever artigos parece ainda mais dolorido do que estar ali naquele jantar. Na verdade, retiro o que disse. Este jantar está tão constrangedor que eu preferia estar brigando com Jordan Carrington, então, o jornal da escola seria uma distração bem-vinda.

— O que você fazia como eletivas? — pergunto. Talvez, se conseguir que ele admita que era relaxado no ensino médio, ele pegue menos no meu pé.

— Eu jogava futebol americano, basquete e beisebol.

Que ótimo. Ele é um desses.

Mas Callum não tinha dado a entender que Steve não estava interessado em cuidar de uma empresa e preferia só se divertir? Por que ele não pode deixar que eu me divirta?

— Pode ser que eu faça testes para, hum… — Penso freneticamente em algum esporte de garotas. — Para o time de futebol.

Steve dá um sorriso encorajador.

— Seria bom. Podemos conversar com o Beringer sobre isso.

Argh. Acho que posso fazer o teste e, quando perceberem o quanto eu sou péssima, vão me expulsar do campo e me pedir para nunca mais voltar. Não é um plano ruim, na verdade.

Dou uma mordida no meu hambúrguer, apesar de não estar com nem um pouco de fome. Ao menos assim minhas mãos ficam ocupadas e minha boca fia cheia, o que me poupa de ter que conversar mais.

Enquanto mastigo, tento bolar a melhor estratégia para conseguir me livrar de Steve. Preciso fingir que estou cumprindo as exigências dele enquanto, na verdade, faço o que quiser: sair com Val, ficar com Reed e me divertir com East e os gêmeos. Além do mais, cuidar de Reed e Easton é um trabalho de tempo integral. Enquanto isso, posso investigar possíveis suspeitos. Acho que devo ser a única interessada em encontrar o verdadeiro criminoso.

Quando estou com isso perfeitamente organizado na cabeça, Dinah volta com o novo drinque do Steve.

— O que *você* fazia no ensino médio? — pergunto para ela, tentando ser educada.

— Eu tinha dois empregos para sustentar minha família. — Ela sorri. — Nenhum deles exigia que eu tirasse a roupa.

Eu tusso no meio de um gole de água.

Steve franze a testa de novo.

— Você sabia que a Ella fazia striptease quando foi encontrada pelo Callum? — Dinah pergunta ao marido. O tom dela é mais doce do que açúcar. — Que tristeza.

— Pelo que me lembro, você nunca teve problemas para tirar a roupa em público — responde ele com alegria. — E ninguém precisou nem ao menos pagar para que você fizesse isso.

Essa resposta a faz calar a boca.

O telefone do hotel toca. Steve o ignora, e ele fica tocando até Dinah finalmente se levantar para atender. O olhar dele a segue até a sala. Quando ela vira as costas para nós, Steve desvia a atenção para mim.

— Você acha que eu estou sendo cruel com ela, não acha? — murmura ele.

Tendo a escolha de mentir ou de tentar o que raios estava acontecendo ali, opto por falar a verdade.

— É, mais ou menos.

— Bom, tente não se sentir mal por ela. — Ele dá de ombros. — Acho que ela alterou intencionalmente meu equipamento e tentou me matar.

Meu queixo cai. Sem palavras, fico olhando-o cortar a carne e comer um pedaço enorme.

Depois de engolir, ele limpa a boca e continua.

— Não posso provar isso com o guia estando desaparecido, mas posso atormentá-la. Não se preocupe. Você está em segurança, Ella. Sou eu que ela não suporta.

Errado. Ainda me lembro das ameaças que ela fez para mim quando descobriu que eu era a herdeira da fortuna de Steve. Além do mais, já vi especiais do Discovery Channel sobre cobras. Elas ficam mais perigosas quando se sentem ameaçadas, mas duvido que Steve vá ouvir qualquer aviso meu. Ele vai fazer o que quiser.

Mas, agora, Dinah foi voando para o topo da minha lista de suspeitos. Talvez ir morar com eles seja uma boa ideia. Posso encontrar não só coisas de Gideon, mas provas de que ela matou Brooke.

Mas o bom senso volta com tudo. Se a polícia, isso sem mencionar os investigadores de Callum, não conseguiu encontrar nada que apontasse para outra pessoa além de Reed, como eu poderia encontrar?

Com desânimo, empurro a alface pelo prato.

— Acho que você não devia cutucar um urso. Por que você simplesmente não se divorcia dela e segue com a vida?

— Porque a Dinah sempre tem um plano na manga, e quero ver qual é. Além do mais, eu não tenho prova. — Ele estica a mão para tocar na minha. — E talvez seja besteira minha meter você nessa confusão, mas você é minha filha e não quero perder mais nem um dia da sua vida. Já perdi muitos. Sei que você não gosta das decisões que estou tomando. E porra, talvez elas estejam de fato todas erradas. Em minha defesa, eu nunca tive uma filha. Você pode pelo menos me dar uma chance?

Eu suspiro. É difícil ser dura depois disso.

— Vou tentar — eu falo.

— Obrigado. É tudo que eu peço. — Ele aperta minha mão antes de puxar a dele de volta e voltar a comer. Um momento depois, Dinah se junta a nós na mesa.

— Era da loja de móveis. A polícia não está permitindo que a cama nova que você comprou seja entregue. — O rosto dela está vermelho, e ela parece estar engasgada.

Steve se inclina na minha direção com um sorriso feroz.

— A Dinah estava usando nossa cama atual para transar com um cara que não é marido dela, então mandei substituir.

Uau.

Só... *uau*.

Ele se vira para a esposa.

— Mande o prédio guardar, então, até nos mudarmos para lá.

Com essa declaração, o resto do jantar fica tenso e constrangedor. Dinah sai para seguir as instruções de Steve e, quando volta, recebe ordens despudoradamente. Ela obedece a todas, mas ainda consegue fazer um comentário sarcástico aqui e ali. E cada vez que Steve vira a cabeça, ela me lança um sorriso cruel, que é uma ótima comprovação para a minha teoria sobre porque não devemos confiar em cobras.

— Posso ir? — pergunto a Steve quando ele termina a refeição. Tem um limite para o quanto sou capaz de aguentar e, depois de trinta minutos, preciso de um descanso. — Eu tenho dever de casa.

— Claro. — Quando passo pela cadeira dele, ele segura meu pulso e me puxa para dar um beijo na minha bochecha. — Sinto que formamos mesmo uma família hoje, não é?

Hum. Não.

Mas não posso diagnosticar o que está acontecendo dentro de mim. O beijo na bochecha dado pelo meu pai é esquisito. Ele é um estranho para mim em tudo o que importa, e a vontade de fugir surge com força.

Quando entro correndo no quarto, a visão da mala cara de couro me parece uma tentação. Eu poderia pegá-la e ir embora. Deixar essa família estranha para trás e não ter que enfrentar as emoções que a existência de Steve gera em mim.

Mas só guardo a mala no armário, pego meu dever de casa e tento me concentrar. Lá fora, ouço a televisão ser ligada e desligada. O telefone toca. Há outros sinais de vida, mas não pretendo sair do quarto.

Finalmente, por volta das nove, eu grito avisando que vou dormir. Steve me deseja boa noite. Dinah, não.

Depois de escovar os dentes e colocar uma das camisetas velhas de Reed, subo na cama e ligo para ele.

Ele atende no segundo toque.

— Oi, como estão as coisas aí?

— Bizarras.

— Como assim?

— O Steve trata a Dinah muito mal. Ele disse que acha que ela pode ter mexido no equipamento dele, então, a vingança é fazer da vida dela um inferno. Ele está se saindo muito bem.

Reed ri, sem sentir nenhuma solidariedade por Dinah.

— Ella, ela é uma grande FDP.

— Ai, não usa essa palavra.

— Eu não usei. Só usei três letras. Você quem escolhe como vai interpretá-las.

— O jantar foi constrangedor. Pior do que na noite em que Brooke anunciou a gravidez.

Reed assovia.

— Ruim assim, é? Quer que eu vá aí? Você disse que tem seu quarto.

— Tenho, mas é melhor não. Steve é tão... não consigo entendê-lo. Tenho medo do que ele faria se pegasse você aqui hoje.

— Tudo bem. Mas é só você pedir que eu apareço aí.

Entro mais fundo embaixo das cobertas.

— Você acha que foi a Dinah?

— Eu adoraria botar a culpa nela, mas os investigadores do meu pai dizem que ela estava em um voo internacional vindo de Paris quando a Brooke morreu.

— Droga. — Não tem como, então. — E se ela contratou alguém? Da mesma forma que Daniel contratou uma pessoa para esfaquear você.

— Eu sei. — Ele respira fundo. — Mas tem quatro conjuntos de câmeras de segurança no prédio. Só eu apareço nas do saguão e do elevador.

— E nas outras?

— As câmeras da escada não mostram nada. O quarto conjunto fica nos elevadores de serviço. Funcionários, pessoal de mudança e entregadores usam esses. Estavam desligadas para manutenção naquela noite e, por isso, não tem nenhum registro.

Meu coração bate um pouco mais rápido.

— Então alguém pode ter subido pelo elevador de serviço.

— Pode. Mas o DNA aponta para mim. — Ele parece infeliz. — E, além do mais, Dinah e Brooke eram amigas, então qual seria o motivo dela? A Brooke teve uma infância difícil, fez amizade com a Dinah na adolescência. As duas deram um jeito de se enfiar em um círculo de homens ricos na esperança de fisgar um deles. A Dinah teve sorte com o Steve alguns anos atrás, e a Brooke ficou de olho no meu pai. Mas ele não estava disposto a colocar uma aliança no dedo dela.

— Você acha que seu pai... — Fico relutante em dizer, mas... Callum também podia ter contratado alguém.

— Não — diz Reed incisivamente. — Ninguém da minha família apagou Brooke. Podemos falar de outra coisa? Onde você está?

Não quero falar de qualquer outro assunto que não seja esse, mas deixo pra lá porque já tive conflito demais por uma noite. Desse jeito eu nunca vou conseguir dormir.

— No meu quarto. E você?

— No seu. — Eu o ouço inspirar. — Tem o seu cheiro. Você está com a minha camiseta?

— Estou.

— E?

— Eu não vou fazer sexo pelo telefone com você antes do sexo de verdade — respondo com sarcasmo.

— Ah, pobre Ella. Vou fazer você se sentir bem na escola na segunda.

A promessa feita em voz baixa me deixa formigando, mas, como a segunda está a quarenta e oito horas de distância, não faz sentido ter essa conversa. Mudo o assunto para o jogo e conversamos por muito tempo sobre nada e tudo, e só de ouvir a voz dele eu já me sinto melhor.

— Boa noite, Reed.

— Boa noite, gata. Não se esqueça da segunda-feira. — Ele ri baixinho quando desliga.

Xingando-o, eu coloco o celular na mesa de cabeceira e estou indo apagar a luz quando minha porta se abre sem aviso.

— Que porra é essa! — Eu me levanto e olho com irritação para Dinah, que está entrando como se o quarto fosse dela. — Eu tranquei a porta!

Ela balança o cartão magnético dela.

— Essas belezinhas abrem qualquer porta da suíte.

Ah, meu Deus. É sério? Eu tinha reparado na abertura para o cartão magnético embaixo da maçaneta, mas achei que só o *meu* cartão a abria.

— Não abra essa porta novamente — digo com frieza. — Se eu quiser que você entre, eu convido você. — O que nunca vai acontecer, porque eu nunca vou querer que ela entre. Nunca.

Ela ignora meu comentário e joga o longo cabelo louro por cima do ombro.

— Vamos deixar uma coisa clara, queridinha. Não importa se estamos em um hotel ou na cobertura. Ainda é a *minha* casa. Você não passa de hóspede aqui.

Levanto a sobrancelha.

— A casa não é do Steve?

Dinah me olha de cara feia.

— Eu sou esposa dele. O que é dele é meu.

— E ele é meu pai. Que, aliás, deixou tudo pra *mim* quando morreu. Não pra você. — Dou um sorriso doce. — Lembra?

Seus olhos verdes brilham, me deixando arrependida de provocá-la. Eu avisei a Steve para não cutucar um urso, e aqui estou eu, fazendo a mesma coisa. Acho que sou filha do meu pai, mesmo.

— Bom, ele não está mais morto, né? — Os lábios dela formam um sorriso arrogante. — Então, acho que você voltou a ter o que está acostumada: nada.

Hesito, porque ela está certa. Não me importei muito com o dinheiro que Steve me deixou em testamento, mas, agora que isso passou, eu realmente não tenho nada. Não, não é verdade. Tenho os dez mil dólares que Callum me deu quando voltei para Bayview depois de fugir.

Faço uma nota mental de esconder esse dinheiro na primeira oportunidade que tiver.

— Você também não tem nada — observo. — O Steve controla tudo aqui, e não pareceu que ele estava muito feliz com você no jantar. O que você fez para ele ficar tão irritado? — Finjo estar pensando. — Já sei. Talvez você tenha matado a Brooke.

O queixo dela cai de ultraje.

— Cuidado com a boca, garotinha.

— O quê? Toquei num ponto fraco? — Aperto os olhos para ela. — Estou chegando perto da verdade?

— Você quer a verdade? A Brooke era minha melhor amiga, *essa* é a verdade. Eu mataria você antes de matá-la. Além do mais, eu aprendi que acidentes não são a melhor forma de se livrar de pessoas. — Ela dá um sorriso selvagem. — Eu tenho uma arma e não tenho medo de usar.

Olho para ela, espantada.

— Você acabou de confessar que tentou matar o Steve? — Ah, cara. Onde está o gravador quando a gente precisa dele?

Ela levanta o queixo como se sentisse orgulho das ações.

— Tome cuidado, princesa. Quando o assunto é filhos, eu acredito em *quanto mais quietos, melhor.* Se você ficar fora do meu caminho, eu fico fora do seu.

Não acredito nela nem por um segundo. Ela vai ter muito prazer em me torturar agora que eu moro debaixo do teto dela. E aquele comentário sobre a arma foi uma ameaça? Puta *merda.*

— Tome cuidado — diz Dinah de novo, e sai do meu quarto e fecha a porta.

Eu fico na cama. Não faz sentido me levantar e trancar a porta sabendo que qualquer cartão magnético pode abrir aquela porcaria.

Respiro fundo, apago a luz e fecho os olhos. Visões de Dinah botando uma arma na minha cara surgem, junto com outras de Reed atrás das grades.

O sono foge de mim.

Não perca a calma com o S. Não vale a pena. Ele vai mudar de ideia.

Essa é a mensagem que Reed me manda antes de sair para o treino na manhã de segunda, e é a mesma coisa que ele ficou dizendo durante todo o final de semana.

Esse fim de semana longo, terrível, longo, frustrante, *longo*.

Mudar de ideia, meu cu.

Steve já me fez ser demitida do emprego e decidiu que vou tentar entrar em um time da escola. Era de se pensar que isso seria suficiente. Mas não, não é.

Na noite de ontem, ele veio me informar que eu teria hora para estar em casa. Tenho que voltar no máximo às dez todas as noites, e tenho que ligar o localizador do meu celular para ele ficar de olho em mim. Eu já decidi que, no futuro, vou deixar o celular em casa. Não vou facilitar as coisas para ele me encontrar.

O problema é que o primeiro jogo eliminatório é na sexta. Reed foi liberado para jogar, e eu quero desesperadamente ir, porque decidi que não quero mais saber da relutância dele. Cada dia em que ele é o principal suspeito no caso de Brooke é um dia que abala minha sensação de segurança. Se temos que agir com normalidade, se temos que pelo menos fingir que está tudo bem na nossa vida, a distância entre nós não devia existir.

Está na hora de fazermos sexo. Não ligo se tiver que jogar sujo para fazer com que aconteça. Então, decidi seduzi-lo. O jogo fora é o lugar perfeito, e tem um parque de diversões a trinta minutos aonde um bando de gente está falando em ir. O plano é (ou era) usar isso como desculpa para passar a noite.

Só que agora, com o horário idiota imposto por Steve, não sei como vou conseguir fazer. Com sorte, Val pode me ajudar a descobrir hoje. Mas eu vou nessa viagem de uma forma ou de outra.

Termino de pentear o cabelo, enfio a camisa na saia e pego a mochila.

Na sala, Steve está recostado no sofá, folheando um jornal. Ele não trabalha nunca?

Dinah está à mesa de jantar, tomando uma taça de suco de laranja. Pode ser que seja um mimosa, porque acho que ninguém usa taças chiques para suco de laranja.

Ela me olha por cima da borda, um sorrisinho irônico surgindo nos lábios carnudos.

— Essa saia está meio curta para a escola, você não acha?

Há um barulho de papel quando Steve abaixa o jornal. Ele franze a testa enquanto examina meu uniforme.

Olho para minha camisa branca, para o blazer azul-marinho e para a saia de pregas tão horrível.

— É meu uniforme.

Dinah olha para o marido.

— Eu não sabia que o diretor da Astor Park encorajava as alunas a se vestirem como putas.

Meu queixo cai. Primeiro de tudo, a saia vai até meus *joelhos*. Além do mais, quem diz coisas assim?

Steve continua a observar minha saia. Em seguida, fecha o jornal ao lado do corpo e me olha de cara feia.

— Volte para o quarto e troque de roupa.

Eu olho de cara feia para ele.

— Este é meu uniforme — repito. — Se não gostou, pode ir falar com Beringer.

Ele aponta para as minhas pernas.

— Você pode ir de calça. Tenho certeza de que, atualmente, essa é uma opção para o uniforme escolar.

Por achar essa conversa toda muito idiota, caminho em direção à porta.

— Eu não tenho calça. — Na verdade, eu até tenho. Mas as monstruosidades cáqui são horrorosas, por mais que custem trezentos dólares. Eu não vou botar aquilo no corpo.

— Claro que ela tem calça — diz Dinah, rindo com alegria. — Mas todo mundo sabe por que ela prefere não usar. O acesso é mais fácil com saia.

Outra ruga surge na testa de Steve.

— Ela tem razão — diz ele para mim. — Eu tive minha cota de diversão com garotas de saia. São fáceis mesmo. É isso que você quer ser? A Ella fácil?

Dinah ri.

Seguro a alça da mochila e giro a maçaneta. Se tivesse uma arma, talvez atirasse em Dinah com ela.

— Estou indo para a aula — anuncio com rigidez. — Já perdi um dia inteiro de aula para que você pudesse ficar dirigindo comigo por Bayview. Não vou me atrasar porque você tem problema com o meu uniforme.

Steve se aproxima e coloca a mão na porta.

— Eu estou tentando ajudar. Garotas fáceis são descartáveis. Não quero isso para você.

Abro a porta com um puxão.

— Garotas assim são garotas que querem fazer sexo. Não tem nada de imoral nisso. Nem de nojento. Nem de anormal. Se eu decidir fazer sexo, é isso que vai acontecer. O corpo é meu.

— Não enquanto você morar na minha casa — troveja ele, correndo atrás de mim no corredor. A gargalhada de Dinah nos acompanha até o elevador.

Aperto o botão *descer*.

— Então eu vou me mudar.

— E eu vou arrastar você de volta para cá. É isso que você quer? — Ao ouvir meu silêncio, ele suspira de frustração. Com tom mais suave, ele diz: — Eu não estou tentando ser o vilão, Ella, mas você é minha filha. Que tipo de pai eu seria se deixasse você sair por aí e dormir com o seu namorado?

— Meu namorado é filho do seu melhor amigo — eu o lembro. Fico desejando que o elevador chegue mais rápido, mas parece que ele está subindo todos os quarenta e quatro andares levando um segundo excruciante para cada um deles.

— Eu sei. Por que você acha que estou tão agoniado com o fato de você estar namorando com ele? Os filhos do Callum são incontroláveis. São *experientes*. Não é o que eu quero para você.

— Você está sendo meio hipócrita aqui, não está?

— Estou. — Ele levanta os braços. — Não nego. A última coisa que quero para você nesse mundo é que você namore com o tipo de cara que eu fui durante a minha adolescência. Eu não tinha respeito por garotas. Só queria tirar a calcinha delas ou meter a mão embaixo da saia. — Ele lança um olhar para a barra da minha. — E quando eu conseguia, abandonava as meninas depois.

— O Reed não é assim.

Steve me olha com pena.

— Querida, eu também falei para todas as garotas com quem quis transar que elas eram especiais e as únicas para mim. Já usei todas essas falas antes. Eu teria dito qualquer coisa para fazer uma garota dizer sim. — Eu abro a boca para protestar, mas Steve continua falando. — E, antes que você diga que Reed é diferente, quero observar que conheço esse garoto há dezoito anos e você conhece há poucos meses. Quem tem a perspectiva mais informada?

— Ele não é assim — eu insisto. — É ele que está se segurando comigo. Não o contrário.

Steve ri abruptamente. Balançando a cabeça, ele diz:

— Caramba, o menino tem jogadas nas quais eu nem tinha pensado. Tenho que admitir isso.

Eu pisco sem entender.

— Fingir relutância e forçar você a agir? Ele deve estar adorando. — Steve fica sério de novo. — Não, Ella, você vai ter que acreditar em mim nisso. Reed rodou tanto por aí que deve ter uma vala cavada por onde ele passou. Deve haver outros caras legais na Astor para você namorar. Por que você não encontra um e podemos repetir essa conversa?

Não consigo esconder minha surpresa.

— Eu não sou assim. Não descarto as pessoas dessa forma. O Reed não é descartável na minha vida. — *Eu não sou como você.*

— Vamos ver quanto tempo o amor dele vai durar agora que ele não vai ter acesso a você. Não seja tão fácil, Ella. Não é atraente.

Se eu fosse a criança que Steve pensa que eu sou, teria gritado um xingamento em resposta. Um insulto em especial arde no fundo da minha garganta, com a vontade de dizer que ele precisa parar de me avaliar com seus próprios padrões desprezíveis. Mas não vou chegar a lugar algum enfrentando Steve. Felizmente, o elevador chega, enfim.

— Eu preciso ir para a escola — informo-o quando entro.

— As aulas acabam às três e quarenta. Espero você aqui às quatro.

A porta do elevador se fecha.

Uma dor de cabeça de tensão lateja nas minhas têmporas quando saio acelerando da garagem subterrânea três minutos depois. O latejar incessante de frustração não passa até eu chegar à Astor Park.

Que ironia que o lugar que eu já odiei agora pareça um refúgio.

Capítulo 17

REED

Pior fim de semana da minha vida. Sem exagero.

Passei o sábado todo com Halston Grier revendo os detalhes do meu caso. Meu advogado sustenta que o DNA encontrado embaixo das unhas de Brooke, o meu DNA, é a prova mais forte que a policia tem. Ele admitiu que a minha explicação sobre Brooke me arranhar por raiva pode não sensibilizar um júri se o caso for a tribunal, principalmente junto com as imagens das câmeras.

Não consigo nem me lembrar de ela ter me arranhado. Minha memória do evento é de ela exigindo dinheiro, eu rindo dela, ela levantando a mão para bater na minha cara, mas errando. Ela oscilou. Eu a segurei e a empurrei. Ela deve ter me arranhado nessa hora.

E isso só torna a situação toda ainda mais absurda. Eu não matei aquela mulher. Não é porque as unhas dela não feriram minha pele que ela não me arranhou. Eu me ofereci para fazer o teste do detector de mentiras, mas Grier diz que, mesmo que eu passe com mérito, os resultados do polígrafo não são aceitos no tribunal. E, se eu não passar, ele avisou que a polícia pode encontrar uma forma de vazar o resultado para a imprensa, o que serviria para me crucificar de vez.

Meu domingo se resumiu a andar pela casa sentindo falta de Ella, e não porque quero trepar com ela, como Steve acha. Sinto falta da companhia dela, da gargalhada, das provocações inteligentes. Steve a manteve ocupada o fim de semana todo, e por isso só conseguimos trocar mensagens e falar ao telefone umas poucas vezes. Odeio o fato de ela não estar morando mais com a gente. O lugar dela é aqui. Até meu pai concorda, mas quando insisti para que ele falasse com Steve, ele deu de ombros e disse:

— Ele é pai dela, Reed. Vamos ver o que vai acontecer.

Quando a segunda-feira finalmente chega, estou praticamente morrendo de expectativa. Apesar de estar liberado para treinar, o treinador permitiu que eu fizesse apenas exercícios sem contato, e me disse que não há garantias de que eu vá jogar na sexta. Ele ainda está com raiva da minha briga com Ronnie semana passada.

Falando em Ronnie, o babaca fica andando perto do banco algumas vezes para me agredir verbalmente, me chamando de "assassino" baixinho para o treinador não ouvir.

Mas estou cagando para o que ele pensa de mim. As únicas opiniões que importam são as da minha família e de Ella, e nenhuma dessas pessoas acredita que sou assassino.

— Você está indo para o lado errado — diz East com um sorriso quando andamos pelo gramado sul depois do treino. — Não tem aula de biologia?

Eu tenho, mas não vou. Ella acabou de me mandar uma mensagem me pedindo para encontrá-la em frente ao armário dela. Fica na ala do segundo ano, na direção oposta do prédio dos formandos.

— Eu tenho que ir a um lugar — respondo, e meu irmão balança as sobrancelhas com malícia.

— Entendi. Diz para a maninha que mandei um oi.

Nós nos separamos na porta principal. East vai para a primeira aula e eu ando pelo corredor na direção dos armários do segundo ano. Várias garotas sorriem para mim, mas um número igual delas franze a testa. Sussurros furtivos soam às minhas costas quando passo. Ouço a palavra "polícia" e outra pessoa fala "namorada do pai".

Outros caras podem ficar vermelhos de constrangimento ou se esconder de vergonha, mas não ligo para nenhuma dessas pessoas. Meus ombros estão eretos e minha cabeça está erguida quando passo por elas.

O rosto todo de Ella se ilumina quando ela me vê. Ela pula em cima de mim, e eu a pego com facilidade, escondo o rosto no pescoço dela e inspiro o aroma doce de seu perfume.

— Oi.

— Oi — diz ela com um sorriso. — Senti saudade.

— Eu também. — Um gemido escapa. — Você nem imagina quanto.

Os olhos dela se enchem de solidariedade.

— Você ainda está chateado por causa da reunião com o advogado?

— Um pouco. Mas não quero falar disso agora. Eu quero fazer *isto*.

Eu a beijo, e ela faz um som delicioso nos meus lábios. É como um choramingo misturado com um gemido feliz. Coloco um pouco da língua só para ouvi-la fazer aquele barulho de novo. Ela faz, e meu corpo se contrai.

— Ra-ram.

Um pigarro alto nos separa.

Eu me viro e aceno educadamente para a professora de pé atrás de nós.

— Senhora Wallace. Bom dia.

— Bom dia, senhor Royal. — Ela contrai os lábios em uma linha fina. — Senhorita Harper. Acho que está na hora de vocês dois irem para a aula.

Eu faço que sim e seguro a mão de Ella.

— Estamos indo — garanto para a professora de cara feia. — Vou levar Ella lá agora.

Ella e eu corremos para longe do armário, mas eu não a levo para a sala de aula, como falei. Viro à esquerda no final do corredor. Quando saímos da linha de visão da senhora Wallace, puxo Ella para a primeira sala de aula vazia que encontro. É uma das salas de música do segundo ano, e está completamente escura porque as pesadas cortinas douradas estão fechadas.

— O que estamos fazendo? — sussurra Ella, mas está rindo.

— Terminando o que começamos lá fora — eu respondo, minhas mãos já pousando nos quadris estreitos dela. — Um beijo não foi suficiente.

Nada uma vez só é suficiente com essa garota. Não sei como consegui viver sem ela. Eu saí com outras garotas. Transei com algumas. Mas sempre fui seletivo. Ninguém nunca prendeu meu interesse por mais de uma ou duas semanas, às vezes no máximo um dia, uma hora.

Mas não Ella. Fiquei impregnado dela assim que a conheci, e ela ainda está aqui, no meu sangue, no meu coração.

Nossos lábios se encontram novamente, e o beijo é mais quente do que o primeiro. A língua dela está na minha boca, minhas mãos estão na bunda dela e, quando ela começa a esfregar a parte de baixo do corpo na minha virilha, eu perco a noção dos arredores.

— Vem cá — murmuro, e a puxo até a mesa do professor.

Ela pula em cima, e eu na mesma hora me aninho entre as coxas dela. Suas pernas envolvem minha cintura e, logo, estamos nos esfregando. É um tesão. Mais ainda porque estamos na escola e consigo ouvir passos para um lado e para o outro no corredor.

— Nós não devíamos estar fazendo isso aqui — diz ela, sem fôlego.

— Provavelmente, não deveríamos. Mas me mande parar. Eu desafio você. — Não vou transar com ela, mas não consigo afastar as mãos, e sei que consigo fazê-la se sentir bem. Eu estou colocando Ella em primeiro lugar, embora não do jeito que o pai dela queira. Mas Steve que se dane.

Ela ri de novo.

Enfio a mão embaixo da saia dela e pisco.

— Adoro esse acesso fácil.

Isso gera uma risadinha assustada.

— O quê? — pergunto, franzindo a testa.

— Deixa pra lá. — Ela abre um sorriso largo, e geme de prazer quando meus dedos a encontram.

Em vez de me empurrar, ela se aproxima da minha mão ávida. As dela estão igualmente ávidas, abrindo os botões da minha camisa.

— Preciso tocar em você — murmura ela.

Eu que não vou reclamar. A sensação de suas palmas pequenas e quentes no meu peito nu gera uma pontada de calor espinha acima. Nós nunca nos pegamos na escola, mas Steve está dificultando pra caralho a gente se ver fora dela. Ele não me deixou ir até o hotel desde que tirou Ella da mansão.

Nossos beijos ficam mais intensos, mais frenéticos. Eu enfio um dedo nela e dou um gemido durante o beijo. Quero que ela goze antes da aula para ficar pensando em mim o dia todo. Talvez eu repita no almoço, talvez a leve para o banheiro que Wade chamou de zona da ficada e…

A porta se abre e a sala é tomada de luz.

Ella e eu nos separamos, mas não rápido o suficiente. O professor de música alto e grisalho vê direitinho, parado na porta, o momento em que minha mão sai debaixo da saia de Ella. Vê também minha camisa aberta e nossos lábios inchados.

Ele sussurra em reprovação e diz:

— Ajeitem-se. Vocês vão ver o Beringer.

Merda.

O diretor chama nossos pais. Quando meu pai e Steve entram na sala de espera de Beringer estou furioso porque, porra, desde quando o diretor chama a artilharia completa por causa de dois adolescentes se pegando na escola? Acontece o tempo todo. Wade faz *sexo* aqui, porra.

Mas não demora para eu entender. Porque a primeira coisa que Steve faz quando entra é apertar a mão do Beringer e dizer:

— Obrigado por me ligar. Eu estava com medo que uma coisa assim pudesse acontecer.

Na cadeira ao meu lado, Ella está vermelha como uma beterraba. Ela está constrangida, mas tem fogo nos olhos também. Raiva. Como eu, ela sabe que Steve é responsável por isso. Ele deve ter avisado ao corpo docente para que ficassem de olho em nós dois.

— Levante-se — Steve diz para Ella. — Você vai para casa comigo.

Ela explode em um protesto.

— Não! Você não pode me tirar da escola de novo. Não vou perder mais aulas, Steve.

O tom dele é gelado.

— Você não teve problema em faltar a aula anterior. François diz que você se atrasou dez minutos para o primeiro tempo.

Ella fica em silêncio.

Meu pai fica estranhamente quieto também. Ele está me observando com uma expressão indescritível em seu rosto. Não parece reprovação nem decepção. Não consigo entender.

— Esse tipo de comportamento é inaceitável — diz Steve, furioso. — Este é um lugar de aprendizado.

— É mesmo — concorda Beringer friamente. — E eu garanto, senhor O'Halloran, esse tipo de coisa não vai ser tolerado.

Meu queixo cai.

— É sério? Mas deixar Jordan Carrington grudar uma caloura com fita adesiva na entrada da escola não tem problema?

— Reed — avisa meu pai.

Eu me viro para ele.

— O quê? Você sabe que eu estou certo. Jordan *agrediu* outra aluna, e ele — faço um gesto rude na direção do diretor — deixou passar em branco. Ella e eu somos pegos nos beijando como dois adolescentes normais e...

— Adolescentes normais? — repete Steve com uma risada cruel. — Você tem audiência criminal nesta semana, Reed! Está sendo acusado de homicídio.

Sou tomado de frustração. Cristo. Não preciso ser lembrado. Estou bem ciente do quanto estou ferrado agora.

E, então, me dou conta do que ele falou.

— Que audiência? — pergunto ao meu pai.

As feições dele ficam tensas.

— Vamos conversar sobre isso quando você chegar em casa.

— Pode discutir no caminho de casa — interrompe Beringer —, porque vou suspender Reed por dois dias.

— Mas que porra? — protesto com irritação.

— Olha a linguagem — diz o diretor. — E você me ouviu. Suspensão de dois dias. — Ele se vira para Steve. — Ella pode ficar na escola, se for aceitável para você.

Depois de um momento longo e tenso, Steve concorda.

— É aceitável. Se ele não estiver aqui, não vejo problema da Ella ficar.

Steve fala *ele* como se eu fosse portador de ebola, sei lá. Não entendo. Não mesmo. Steve e eu nunca tivemos problemas no passado. Não éramos próximos, mas não havia hostilidade entre nós. Agora, o ar está tão hostil que mal consigo respirar.

— Então, está decidido. — Beringer anda em volta da mesa. — Senhor Royal, estou entregando Reed aos seus cuidados. Ella, pode voltar para a aula.

Ela hesita, mas, quando Steve olha com rigidez, vai rapidamente até a porta. Logo antes de sair, ela me lança o olhar mais infeliz e frustrado do planeta. Tenho certeza de que estou com a mesma expressão.

Quando ela sai, Steve vira a cara feia para mim.

— Fique longe da minha filha, Reed.

— Ela é minha namorada — respondo por entre dentes.

— Não é mais. Eu pedi para você respeitá-la e, quando achei que você ia fazer isso, estava aberto à ideia de vocês namorarem. Depois do que aconteceu hoje, não aceito mais. — Ele fala com meu pai. — Nossos filhos terminaram, Callum. Se eu vir ou ouvir falar deles juntos de novo, você e eu vamos ter uma conversa.

Ele sai da sala e bate a porta.

Capítulo 18

ELLA

Pelo segundo dia seguido, vou para a escola com raiva. Ontem, Steve e Dinah caíram em cima de mim por causa da minha saia. Hoje, Reed está suspenso porque Steve acha que tem que bancar o pai protetor. A única coisa boa da raiva que sinto por Steve é que não tenho energia emocional para me preocupar com Dinah.

Não consigo acreditar que ele mandou Beringer dizer para todos os professores ficarem em cima da gente. Isso *não* foi legal. Ainda estou furiosa quando paro no estacionamento. Por sorte, vejo Val no gramado, o que me distrai da minha fúria.

— Oi, gatinha — grito pela janela.

O cabelo escuro e curto se vira, o dedo do meio pronto. Quando ela percebe que sou eu, vem correndo.

— Oi! Eu estava preocupada com você. Você teve que aguentar um sermão infinito quando chegou em casa ontem depois da escola?

Entro em uma vaga e desligo o carro.

— Você não tem nem ideia.

Ela já sabe da idiotice de ontem porque eu passei o almoço inteiro reclamando. Depois, concluí resmungando por uns dez minutos que não vou poder ir para o jogo fora da cidade e seduzir Reed. E fazer sexo pela primeira vez!

— O que aconteceu? — pergunta Val quando pego minha mochila e saio do carro.

— Houve muita discussão, gritos, insultos. Acabou com Steve me dizendo que eu precisava parar de ser tão fácil. Que os garotos não achavam atraente.

Val faz uma careta.

— Uau, que horror.

— Está ficando tão ruim que estou pensando que preciso passar mais tempo na escola.

— Não pode ser tão ruim assim — diz ela, conhecendo minha grande aversão a entrar em qualquer equipe da Astor. — Só parece ruim porque você não está acostumada a ter um pai que impõe regras e tal. Pelo que você me contou, sua mãe era a criança na sua casa, e o Callum deixa os garotos fazerem qualquer coisa que quiserem desde que não criem confusão demais.

— Então, você está dizendo que o comportamento do Steve é normal? — questiono em tom desafiador.

Val dá de ombros.

— Não é tão anormal. Acho que sua mãe e o Callum são mais lenientes do que os outros pais.

— Você faz festas em casa. E não tem hora para voltar.

Ela ri.

— Bom, claro que tenho. Eu tenho que estar em casa às dez durante a semana e à meia-noite no fim de semana, a não ser que eu fale com o tio Mark ou a tia Kathy primeiro. E eu não teria permissão de levar meu namorado para passar a noite comigo. Era fácil ficar com o Tam porque ele morava na mesma casa. — Tam é filho da governanta dos Carrington. — Acho que a maioria dos pais não deixa garotos dormirem com as filhas. Por que você acha que o Wade transa tanto na escola? A mãe dele é meio rigorosa em casa. — Ela me dá um tapinha no ombro. — O Steve pode estar exagerando, mas isso só quer dizer que ele se preocupa. Não leve para o lado pessoal.

Estaria ela certa? Eu quase não tenho experiência com pais normais, mas aqui está Valerie, que eu presumo que tenha, me dizendo que a reação de Steve é… bom, comum. Será que estou exagerando?

Pode ser. Mesmo assim, não me vejo aceitando bem todas aquelas regras e as merdas todas.

— Mesmo que seja normal, eu não quero viver assim — admito quando entramos no prédio.

— Aguenta mais um pouco — recomenda ela. — Vocês dois são muito novos nisso. Você é criança, e Steve está tentando ser o adulto. Vocês vão ter conflitos. Aposto que vão resolver logo.

— Eu não sou criança. Tenho dezessete anos.

— Rá. É aí que você está errada. Minha mãe sempre diz que, por mais velha que eu fique, sempre vou ser o bebê dela. Os pais são assim. — Ela me cutuca com o ombro. — Sinceramente, é bem legal ele ter aparecido. Você não está mais sozinha.

A questão é que eu não me *sentia* sozinha antes de Steve aparecer. E é essa a peça que está faltando para mim. Não é que ele tenha aparecido para preencher alguma coisa dentro de mim que estivesse vazia. Os Royal já estavam fazendo isso, e Steve está tentando empurrar uma pessoa para fora para abrir lugar para ele.

Acredito que Val tenha percebido o ceticismo no meu rosto.

— Não quebre a cabeça por isso. Você devia ir até ele com uma contraproposta.

— O que você quer dizer?

— O Steve não quer você andando com o Reed por quê?

— Ele diz que Reed é um cafajeste.

Val inclina a cabeça e olha para o céu, como se estivesse rezando para ter mais paciência.

— Querida, o Steve está bancando o pai.

Sinto a necessidade de defender Reed de novo. Parece que estou sempre o defendendo.

— Pode ser que o Reed fosse cafajeste antes, mas não é comigo. Além do mais, ele não é igual ao Easton. Não transa com qualquer uma. Ele é seletivo.

Val abre a boca para responder, mas antes de dizer qualquer coisa, o sinal toca.

— Guarde esse pensamento. Me encontre no banheiro sul no almoço. Vamos conversar mais.

— Banheiro sul? — Não tenho ideia do que ela está falando.

— É o que fica perto do vestiário masculino. O Wade sempre faz as coisas dele lá.

Com isso, ela vai embora e me deixa me perguntando se sou eu mesmo a irracional nessa história toda.

Assim que o sinal do almoço toca, passo no meu armário para guardar os livros e corro para o banheiro. Demoro uns dez minutos para encontrar porque a escola é absurdamente grande.

Abro a porta e paro de repente ao encontrar o banheiro cheio; tem umas seis garotas lá dentro. Val está passando batom na pia mais distante, e vou rapidamente até ela.

— Por que está tão cheio? — sussurro. — Achei que o Wade fizesse sexo aqui.

— No banheiro masculino. — Ela estala os lábios vermelho-cereja. — Este é o feminino.

— Claro. — Dã. Por algum motivo, achei que nossa reunião seria mais particular.

— A equipe de dança está fazendo ensaios extras para a apresentação no jogo fora daqui. Ao que parece, a Gibson High é a maior rival na competição estadual de dança — explica Val, guardando o batom na bolsa. — Eu andei pensando nisso tudo e acho que o que você precisa fazer é procurar o Callum. Pedir para ele trabalhar a seu favor.

— Acho que não vai fazer diferença. O Callum já disse para o Steve que eu devia morar com os Royal, e o Steve olhou para ele com morte no olhar e me arrastou pelo cabelo.

A boca de Val treme.

— Pelo cabelo?

— Tudo bem, talvez não pelo cabelo, mas pareceu.

— Eu estava brincando. Gosto de ver você ficar ansiosa para estar com o Reed. Às vezes, vocês parecem tão unidos que é intimidante. — Ela faz uma pausa. — Qual é a fraqueza do Steve?

Olho para o reflexo dela no espelho.

— O que você quer dizer?

— Minha tia gosta de ver algum sacrifício vindo da minha parte quando quero algo dela.Então, vamos dizer que eu queira ir a um show. Eu digo para ela que estou estudando à beça, fazendo coisas em casa, preparo o terreno mostrando o quanto sou incrível. *Depois*, eu peço os ingressos para o show.

— Ela sabe que você a está manipulando? — pergunto.

— Claro. É nosso jogo. Ela me vê sendo responsável e fica toda felizinha, e sou recompensada pelo meu sacrifício.

— Meu pai gosta quando escrevo uma redação justificando todos os motivos para querer alguma coisa — diz uma garota ao meu lado.

Faço cara feia para ela pelo espelho, mas ela nem se afeta. Ou talvez não consiga perceber que estou fazendo cara feia porque está passando rímel.

— Minha mãe precisa ouvir outras dez mães dizerem que não tem problema antes de dizer sim — conta outra garota perto da porta.

Olho com irritação para Val porque as outras garotas estão se metendo nos meus assuntos. Ela se limita a sorrir maliciosamente, com vibração em seu olhar.

— O que você quer? — pergunta a garota perto da porta. Acho que o nome dela é Hailey.

A loura ao meu lado sorri.

— Ela quer o Reed, não é?

Minha primeira reação é de puro desconforto. Não gosto de discutir minha vida pessoal com estranhos. Mas as duas garotas realmente parecem... simpáticas.

Então, suspiro e me encosto na pia.

— Eu quero ir ao jogo fora da cidade, mas meu... — É difícil dizer a palavra, mas eu a coloco para fora como se estivesse cuspindo. — Meu pai não me deixa.

— Ele está sendo superprotetor? — a loura tenta adivinhar.

— Compensando o tempo perdido, talvez — sugere Hailey.

— Ah, é! — exclama a loura. — Seu pai é o Steve O'Halloran. Eu tinha me esquecido da ressurreição dele.

Val ri.

— É, definitivamente, ele está compensando o tempo perdido — concorda a loura.

Val se inclina para perto de mim.

— Está vendo? — Ela me cutuca de leve. — É normal.

— Supernormal — concorda Hailey. — Meu pai surtou quando encontrou uma camisinha no meu carro. Minha mãe me levou para uma clínica no dia seguinte e me fez tomar uma pílula. Me disse para esconder aquela merda e tomar mais cuidado da próxima vez.

— Mas o corpo é seu — eu observo.

Ela se aproxima.

— Seu pai vai querer controlar você até os seus cinquenta anos. Minha irmã mais velha tem vinte e seis, é formada em Direito e, quando veio passar o Natal em casa com o namorado, meus pais o fizeram dormir no porão. Os pais são os piores quando o assunto é sexo.

— A Ella não tem mãe para interferir — a loura lembra a todo mundo.

Eu me mexo com desconforto de novo. É tão errado a forma como todo mundo nessa escola sabe tudo sobre minha vida.

Hailey bate no queixo.

— Katie Pruett não mora só com o pai?

— É, mora — diz uma morena de cabelo cacheado enquanto se encosta na porta da quarta cabine. — E ela está transando com o Colin Trenthorn. Eles estão nisso desde que ela era do primeiro ano.

— O pai dela sabe disso?

— Acho que ele finge que não sabe, mas ela toma pílula anticoncepcional, então ele minimamente deve imaginar.

— Minha mãe disse para o meu pai que a pílula era por causa do meu ciclo menstrual — diz Hailey. — Pode ser que Katie tenha usado a mesma desculpa.

— Eu não preciso de desculpa para tomar pílula — conto para elas. — Tomo desde os quinze anos. — De fato era porque eu tinha muitas cólicas, não somente porque minha mãe se preocupava com uma gravidez indesejada. — Preciso de uma desculpa para poder passar uma noite fora da cidade.

— Diz que vai ficar com uma amiga.

— E ter que se esconder no carro enquanto o jogo está rolando? Não vai dar certo — diz Val com impaciência. — Todo mundo conhece os Royal, e alguém vai acabar falando que viu a Ella no jogo.

Um murmúrio solidário se espalha pelo banheiro.

— Isso sem mencionar o fato de que o Callum estará lá e muito provavelmente me deduraria para Steve se me visse — eu as lembro. Não sei por que, mas de repente passo a achar aceitável que todas aquelas meninas estejam me dando conselhos. É estranhamente acolhedor.

Antes que alguém consiga chegar a uma solução viável, o sinal toca. Todo mundo levanta a cabeça e há uma agitação enquanto as garotas correm para poder terminar a maquiagem e guardar as coisas a tempo de voltar para a aula.

— Vamos pensar em alguma coisa — diz Hailey quando está saindo. Umas seis garotas saem atrás dela, todas me dando tchau.

— Isso foi… — Eu não termino a frase, os olhos confusos virados para Val.

— Divertido? Útil? Interessante? — Ela sorri. — Nem todo mundo aqui é horrível. Além do mais, agora você sabe que o comportamento do Steve é completamente normal. Você só precisa descobrir como dar um jeito nele.

Só consigo concordar, ainda que um pouco atordoada. Tudo bem, então. Acho que ele *está* sendo normal.

— Digo aos meus pais o que eles querem ouvir, mas depois faço o que eu quero — uma voz familiar diz friamente.

Eu me viro e vejo Jordan saindo de uma cabine.

— Você subiu pelo esgoto ou estava aí o tempo todo? — pergunto, acusadora.

— Xeretei o tempo todo — diz ela alegremente. — Então você quer ter umas férias sexuais com o Reed Royal, é?

Não respondo na mesma hora. Essa garota me detesta desde a primeira vez em que botei meus pés no terreno do sagrado colégio particular Astor Park. Quando me mandaram fazer um teste para a equipe de dança, ela deixou um uniforme de stripper para mim. Tenho certeza de que queria que eu ficasse constrangida demais para sair do vestiário, mas eu vesti a roupa, entrei no ginásio e dei um soco na cara dela.

— Talvez — eu finalmente digo.

— Então, você precisa da minha ajuda. — Ela empurra Val para passar e enfia a mão embaixo do dispensador automático de sabonete.

— Não. Eu pedi ajuda para a *Val*.

Jordan lava as mãos, balança para tirar o excesso de água e pega uma toalha de papel no cesto ao lado da pia.

— E a Val está aqui, e também estavam outras seis meninas da minha equipe de dança, e mesmo assim vocês não chegaram a uma solução — diz ela com arrogância. — Enquanto isso, eu tenho uma perfeita.

Eu duvido dela, mas o tom confiante deixa meus pés grudados no chão.

— Por que você me ajudaria? — Eu a observo com olhos apertados, mas não consigo ler nada no rosto dela. Caramba, ela seria uma adversária de pôquer impressionante.

Ela joga o papel no lixo.

— Porque você ia ficar me devendo.

Devendo a ela? Parece horrível. Mas... e se ela realmente tiver uma boa solução para o meu problema?

— O que você ia querer em troca? — pergunto com desconfiança.

— Um favor a ser pago depois. — Ela tira um potinho da bolsa e passa gloss brilhante nos lábios perfeitos.

Eu a observo, esperando a cauda da cascavel me picar.

— Que favor?

— Ainda não sei. Depende do que vou precisar de você.

— Me conte sua solução primeiro. — Espero que ela diga não, mas ela me surpreende.

— Claro. — Ela guarda o gloss. — Você é boa dançarina. Layla Hansell torceu o tornozelo outro dia brincando com a irmãzinha na cama elástica. Você pode ocupar o lugar da Layla na equipe.

— Caralho. — Quem diz isso é Val.

Caralho, mesmo. *É*, de fato, a solução perfeita. Steve quer que eu faça atividades extracurriculares. Dançar é a única coisa que sou capaz de fazer e que me interessa. A equipe de dança vai viajar para esse jogo, o que quer dizer que posso estar no campo e vender para Steve a ideia de passar tempo com os alunos da Astor Park.

Esse plano é diabólico de tão perfeito.

Jordan dá um sorrisinho.

— Me dê sua resposta até o final do dia. Pode mandar uma mensagem para a Val. Tchauzinho.

Ela sai do banheiro, o cabelo como uma fita preta atrás do corpo.

— Eu odeio a Jordan ainda mais — digo para Val.

— Não culpo você. — Minha amiga passa um braço pelos meus ombros. — Mas, caramba, é uma desculpa ótima.

— A melhor — concordo com desânimo. — A melhor de todas.

Capítulo 19

ELLA

— O que você está fazendo aqui? — pergunto quando encontro Reed encostado no meu carro depois da aula. — Você foi suspenso!

Ele revira os olhos.

— As aulas acabaram. O que vão fazer, me suspender de novo por ficar no estacionamento?

É verdade.

Ando até ele e dou um abraço, que ele transforma em um beijo que dura tempo suficiente para me deixar sem ar. Estou sorrindo como uma boba quando ele me solta.

— Você parece feliz. — Ele aperta os olhos com desconfiança. — O que houve?

Caio na gargalhada.

— Eu não posso ficar feliz?

Ele abre um sorriso.

— Claro que pode. É só que, na última vez que nos falamos, você estava ameaçando dar um soco na cara do Steve por causa das regras malucas.

— Eu acho que encontrei um jeito de contornar as regras.

— É? Como?

— Isso é problema meu e você vai ter que esperar para saber — digo de forma misteriosa, porque quero que tudo esteja resolvido antes de dar a notícia para ele. Não tenho certeza se Steve vai cair mesmo nessa, então, não quero Reed cheio de esperanças antes de saber que o plano daria certo. — A Val e eu estamos trabalhando em um projeto secreto.

— De que tipo?

— Eu acabei de falar. Secreto.

Reed apoia o cotovelo no capô do carro.

— Eu devo me preocupar?

Passo a mão pelo peito dele e paro no cinto. Não sei como, mas Reed consegue fazer uma calça cargo preta com um suéter azul ser tão sexy quanto se ele estivesse sem camisa.

— Você sempre deve se preocupar — provoco, dando um puxão no cinto dele. Estou cansada de estar estressada, com medo e infeliz o tempo todo. Vou apreciar Reed e meus momentos com ele. Que se dane o resto do mundo.

Ele encosta o corpo no meu até estarmos espremidos na lateral do carro. A mão desce pelo lado do meu corpo até chegar no limite da minha bunda. Meus lábios se abrem, esperando outro beijo, a mistura dos nossos hálitos, o momento em que nos fechamos do mundo todo...

— Olha esses dois — diz alguém ao passar. — O perfeito casal baixo nível.

Reed levanta a cabeça.

— Algum problema comigo, Fleming? Vem dizer na minha cara.

Vejo um garoto baixo de cabelo escuro ficar tenso e andar para longe rapidamente.

— Foi o que pensei — murmura Reed.

— Babaca — digo com irritação.

Reed segura meu queixo entre os dedos.

— Não se preocupe com isso, gata. Eles que falem. Não podem nos afetar.

Ele me belisca de leve antes de dar um beijo nos meus lábios. Estou tentada a ficar, mas, se ficar, vou me atrasar. Eu o empurro com arrependimento.

— Tenho que voltar para o hotel. Se não estiver lá às quatro horas, Steve é capaz de me trancar num calabouço.

Reed ri.

— Me liga mais tarde?

— Claro. — Ele se inclina para me dar um beijo final, e pela forma como a mão vai até minha bunda, sei que vai ser um daqueles longos e entorpecedores. Ah, caramba. Eu tenho que sair desse abraço antes de virar mingau.

— Tudo bem. Mando mensagem mais tarde.

Ele sai andando para onde o Rover está estacionado, e espero até ele se afastar para ligar para Val. Coloco o celular no viva-voz enquanto saio do estacionamento.

— Me diga o lado ruim do acordo — digo assim que ela atende. — Que tipos de favores Jordan pediria para mim? Eu não quero ter que grudar nenhuma garota com fita adesiva porque ela estava falando com o namorado da Jordan.

— Estou pensando nisso desde o almoço — responde Val.

— E?

— E eu acho que você não é obrigada a fazer nada para ela só porque ela pediu. Você deve a ela *algum* favor, não um favor específico.

— É verdade. — Aperto o acelerador, apesar de odiar dirigir rápido. Bom, eu odeio dirigir, ponto. Odeio mais ainda dirigir rápido. Mas, se não me apressar, vou me atrasar. — Gosto de como você está pensando.

— Vamos dizer que ela peça uma coisa que não deixa você à vontade. É só dizer para ela pedir outra coisa.

— Certo. Dessa forma, eu mantenho minha palavra se cumprir com o nosso acordo, mas está dentro do espírito do acordo vetar ações que eu considerar escrotas.

— Certo — confirma ela. — Então, você vai topar?

— Acho que vou.

A proposta da Jordan resolve mesmo todos os meus problemas. Steve quer que eu me envolva em atividades para que eu fique menos interessada em passar tempo com os Royal. Eu gosto de dançar. O único lado ruim é ter que passar tempo com Jordan.

— Essa coisa é só temporária, até aquela outra garota voltar — digo. — Eu vou mesmo ser só a substituta.

— Quer que eu informe para ela que você topa? — pergunta Val.

— Ela está aí com você agora? Pisque duas vezes se estiver em perigo — provoco, entrando no estacionamento do hotel.

Val ri.

— Não, ela está ensaiando. Na verdade, você vai gostar disso. A Jordan marcou os ensaios da equipe de dança nos mesmos horários dos treinos do time de futebol americano.

— Melhor ainda. — Eu dou um sorriso. — Tudo bem, diga que estou dentro, com pagamento para depois.

Val ri.

— Pode deixar. Vou passar a mensagem quando ela chegar em casa.

Os elevadores não entendem que estou cinco minutos atrasada e levam uma eternidade para me levar pelos mais de quarenta andares. No entanto, quando entro pela porta às quatro e dez, Steve não está em casa. Só Dinah.

— Ah, olha só — diz ela com desprezo, sentada no sofá de couro. — Você está surpreendentemente obediente. Como um cachorrinho que vem quando é chamado, que se senta quando mandam sentar e fica parado enquanto mandam ficar.

Na mão dela, há outra taça de cabo comprido, ou talvez seja a mesma da manhã que ela passou o dia enchendo.

Fico tentada a fazer um comentário ferino que é para ela arrumar um emprego, mas lembro a mim mesma que ela acabou de perder a melhor amiga e que Steve está sendo brutal com ela. Por outro lado, ele acha que ela tentou matá-lo, o que não me parece um delírio tão grande considerando a bruxa que ela é.

— Eu vou para o quarto — murmuro ao passar por ela. — Tenho dever de casa.

A voz provocadora soa às minhas costas.

— Seu pai trouxe um presente, princesa. Está na sua cama.

Pela forma como ela fala, sei que não vou gostar do que Steve comprou para mim.

E realmente, quando viro o conteúdo da sacola na cama, vejo três calças cáqui de algodão.

Pena que não tem lareira nesta suíte de hotel.

— Eu soube que tem jogo fora este fim de semana — diz Dinah.

Levanto o rosto e a vejo encostada no batente da porta. As pernas compridas estão cobertas por uma calça larga, e ela está com uma blusa florida fina. É um visual meio chique para ficar em casa, e me pergunto quem ela teria ido visitar.

— Como você sabe disso? Está chantageando algum pobre aluno do ensino médio também?

Ela dá um sorrisinho.

— É por isso que você acha que o Gideon vai para a minha cama? Querida, você é deliciosamente ingênua. Você já ouviu falar de algum Royal fazendo alguma coisa que não queira fazer? — Ela arrasta a mão pelo corpo e posiciona na cintura, enfatizando a finura dela. — O Gideon sempre quer mais de mim.

Seguro a vontade de vomitar.

— Eu sei que você está fazendo chantagem com ele — respondo friamente.

— É essa a desculpa que ele dá? — Ela projeta o queixo delicado. — Ele dorme comigo porque quer. Porque não consegue ficar longe.

Argh. Não preciso ouvir mais nada disso.

— Por que você ainda está casada com o Steve, então? Está óbvio que vocês não se amam. — Coloco as calças na sacola e deixo a sacola no chão.

— Ah, minha nossa. É por isso que você acha que as pessoas se casam? Porque se amam? — Ela começa a rir. — Eu estou aqui pelo dinheiro do Steve, e ele sabe muito bem disso. É por isso que me trata como merda. Mas não se preocupe, ele paga por cada palavra que diz para mim. — Ela balança a mão na frente da roupa. — Tipo isso. Custou três mil dólares dele. E cada dia que ele é escroto comigo, eu gasto um pouco mais. E, enquanto estou com ele, fico fantasiando com o Gideon.

— Isso é mais do que nojento. — Vou até a porta e a empurro para fora. Dinah é minha favorita para o papel de assassina, mas principalmente porque não a suporto. Encontrar provas contra ela é o problema. — Eu vou estudar agora.

Bato a porta na cara dela e pego uma folha de papel, na qual escrevo *Dinah*. Embaixo, escrevo *modo*, *motivo* e *oportunidade*.

Fico olhando para o papel por uma hora sem escrever nenhuma outra letra.

Ainda estou escondida no meu quarto, desenhando no papel de Dinah enquanto *Orange is the new black* passa no meu laptop, quando Steve bate na minha porta.

— Está vestida? — pergunta ele.

Enfio a folha de papel debaixo do laptop e me levanto.

— Estou.

— Como foi a escola? — pergunta ele, colocando a cabeça para dentro do quarto.

— Boa. Como foi o trabalho? — Pego um moletom na cadeira perto da janela e visto.

Steve olha para o moletom com uma cara de infelicidade, concluindo pelo tamanho que deveria ser de Reed e não meu.

— Foi bom. A equipe de pesquisa e desenvolvimento está chegando perto de terminar o protótipo de um veículo hipersônico.

Eu levanto uma sobrancelha.

— Isso parece perigoso.

Ele dá de ombros.

— É, antes de mais nada, um veículo de pesquisas, e seria pilotado remotamente como Vant. — Ao meu olhar de incompreensão, ele explica: — Um veículo aéreo não tripulado.

— Um drone?

Ele inclina a cabeça com uma expressão de consideração.

— Acho que sim, mas não exatamente. O conceito é similar, embora o nosso seja bem mais sofisticado. Essencialmente, o Vant é lançado como um foguete na atmosfera superior. Não é tão divertido quanto pilotar uma aeronave, mas, infelizmente, a maioria das aeronaves militares está direcionada para a pilotagem remota.

Há um tom de decepção em sua voz, o que me faz lembrar de quando Callum uma vez me contou o quanto Steve gostava de testar as máquinas em vez de criar, construir e vender.

— Parece mais seguro assim — comento casualmente.

— Provavelmente, é. — Um sorriso triste surge de um lado da boca. — Eu me entedio com facilidade. O Callum me expulsou da reunião porque eu ficava jogando aviões de papel pela sala.

Ele está entediado, é? É por isso que fica tão dedicado a essa coisa de ser pai? É novidade e ele está tentando encontrar alguma coisa que o interesse?

Acho que é isso que as garotas estavam tentando me dizer mais cedo, então, talvez elas estejam certas em relação a todo o resto. Só preciso aprender a contorná-lo. Quando eu fizer dezoito anos, volto ao controle de vez.

— Eu pensei no que você disse hoje de manhã — informo a ele.

— Ah, é? — Ele se encosta na mesa, os dedos roçando na lateral do meu laptop. Vejo o *D* de *Dinah* aparecendo. Com nervosismo, vou na direção da mesa.

— É. Eu vou entrar na equipe de dança. Dizem que é muito boa. — E não estou mentindo. De acordo com as faixas do lado de fora do ginásio, a Astor Park venceu a competição de dança estadual nos últimos oito anos, exceto por uma vez. Queria saber qual é a história por trás disso.

Steve se empertiga, uma expressão satisfeita no rosto.

— Excelente. — Ele atravessa a distância entre nós e puxa meu corpo tenso para um abraço. — O mais importante no ensino médio e na faculdade são as experiências, e não quero que você perca nenhuma.

Eu o deixo me abraçar por mais um segundo, apesar de esse tipo de contato me deixar desconfortável. As únicas atenções que já recebi de homens da idade do Steve não foram uma boa experiência para mim.

Dou um passo para trás e vou para a sala, para longe da lista vazia de anotações investigativas. Na mesa, pego o cardápio. No curto tempo que passei aqui, já estou me cansando do serviço de quarto.

— Quando você acha que vamos voltar para a cobertura? — pergunto a Steve. Se existe alguma prova que poderia limpar a barra do Reed, é lá que eu poderia encontrar.

— Por quê? Você está ficando maluca com o confinamento? — No bar, ele prepara uma bebida. — Eu falei com o investigador hoje. Acho que vamos poder voltar no final da semana.

Finjo ler o cardápio com mais atenção.

— Como está indo a investigação? — Reed e Callum estão mantendo em sigilo tudo o que acontece, e estou morrendo de vontade de ter mais detalhes. Na verdade, eu só queria que alguém me dissesse que a polícia não tem nada e que o caso vai ser arquivado a qualquer momento.

— Nada com que você deva se preocupar.

— Os, hum, resultados da autópsia da Brooke saíram?

— Ainda não. — Steve está de costas para mim, mas não preciso ver o rosto dele para saber que ele não está interessado em falar sobre esse assunto. — Me conte sobre essa equipe de dança.

— Bom, vai ter custo, porque vou precisar comprar uniforme. — Na verdade, não tenho ideia dos detalhes. Estou improvisando. — E nós viajamos.

— Isso não é problema.

— Significa ficar em hotéis só com a treinadora de dança como responsável — comento.

Ele balança a mão.

— Eu confio em você.

Agora é a hora perfeita para contar o resto. Se eu esperar, essa confiança vai desmoronar. Se é que há alguma confiança aqui. Ele pode estar mentindo. Por outro lado, o que estou planejando vai contra as regras dele, então, de certo modo, ele estaria certo de não confiar em mim.

Mas é Reed, e eu quero ficar com ele. Tenho medo de ele ir preso, e preciso aproveitar todo o tempo que puder com ele agora.

Afasto os pensamentos desesperadores para o fundo da mente, abro um sorriso largo e vou com tudo.

— Por uma questão de honestidade e tal, preciso dizer que a equipe de dança viaja com o time de futebol americano.

A bebida na mão dele para a caminho da boca.

— É mesmo? — diz ele, e sinto que ele consegue perceber toda a minha armação.

— É. Sei que isso me coloca perto do Reed, coisa que você não quer. — Eu me sinto ficar vermelha, porque sei que o que estou prestes a falar é informação demais para um pai. — Mas sabe aquilo com que você se preocupa? Eu nunca fiz nada. Com ninguém.

Steve coloca o copo na mesa.

— Você está falando sério?

Faço que sim, desejando o fim dessa conversa constrangedora.

— Eu posso ir de saia para a escola… — Eu dou um sorriso irônico. — Mas não sou fácil. Nunca tive o desejo de seguir por esse caminho, talvez por conta da minha mãe.

— Bem. — Ele parece sem palavras. — Bem — repete ele, e dá uma risadinha. — Eu falei merda mesmo naquele dia, né? Acho que deixei a Dinah me irritar com todos aqueles comentários sobre a sua saia.

Eu me obrigo a não me mostrar desconfortável, porque, apesar de ainda não ter perdido minha virgindade, eu fiz muita coisa, e tenho grandes planos para o fim de semana.

— Eu julguei você mal — diz Steve com pesar. — Desculpa por isso. Estou fazendo um monte de besteiras. Eu li um livro sobre paternidade, e dizia que eu devia ouvir mais. Vou tentar fazer isso — declara ele, lançando no ar outra promessa do mesmo modo que fez com os aviões de papel durante sua reunião.

— Então não tem problema eu viajar com a equipe? A gente nem passa muito tempo com os jogadores, e vamos em ônibus diferentes.

— Não deve ter problema.

Levanto o punho da vitória em pensamento. Agora, está na hora de dar o golpe matador.

— Além disso, eu estava conversando com algumas garotas e elas me disseram que todo mundo vai passar a noite em um hotel para a gente poder ir a um parque de diversões no dia seguinte. — Eu finjo uma careta. — Acho meio infantil, mas parece que a intenção dessa atividade é fazer com que a equipe seja mais unida. Eu convenci a Val a ir e me fazer companhia.

Ele aperta os olhos.

— Os jogadores de futebol americano também vão?

— Não, eles vão voltar de ônibus para Bayview na sexta à noite. — Menos metade dos *starters*, incluindo Reed e Easton, mas não menciono isso. Eu falei quase toda a verdade. Isso conta, não conta?

— Tudo bem. — Steve assente. — Por mim, tudo bem. — Ele levanta um dedo. — Espera. Já volto. Eu trouxe algumas coisas para você.

Fico cheia de apreensão quando vejo Steve correr até a escada. Ah, Deus. O que ele trouxe agora? Ouço uma gaveta sendo aberta e fechada, e ele reaparece um minuto depois com uma pasta de couro na mão.

— Umas coisinhas — diz ele. — Antes de mais nada, o Callum disse que ainda não tinha te dado um cartão de crédito, então, eu cuidei disso.

Ele me dá um cartão preto.

Aceito com cautela. O cartão é brilhante e pesado. Por um segundo, fico feliz por ter um cartão de crédito… até que meus olhos reparam no nome impresso em letras douradas.

ELLA O'HALLORAN.

Steve repara na minha cara, mas responde com um sorriso largo.

— Eu já providenciei a papelada para mudar legalmente seu sobrenome. Achei que você não fosse se importar.

Meu queixo cai. Ele está falando sério? Eu disse abertamente que queria ficar com o sobrenome da minha mãe. Eu sou Ella Harper, não O'Halloran.

Antes que eu possa protestar, ele se vira para a escada.

— Dinah, desça aqui — ordena ele. — Tenho uma coisa para você.

Dinah aparece, os olhos astutos voltados para Steve.

— O que é?

Ele faz sinal.

— Desça.

A cobra dentro dela parece pronta para dar o bote, mas ela consegue controlá-la, porque desce a escada e anda rigidamente até Steve.

Ele entrega um cartão para ela. É prateado, não preto.

— O que é? — Ela olha como se aquilo fosse explodir na mão dela caso ela tentasse tocar.

Steve sorri, mas é um sorriso frio e cruel.

— Andei olhando suas últimas faturas do cartão e todas me pareceram exorbitantes. Então, cancelei aqueles cartões. É este que você vai usar de agora em diante.

Um fogo brilha nos olhos dela.

— Mas é um cartão básico!

— É — concorda ele. — O limite é de cinco mil. Deve ser mais do que suficiente para você.

Ela abre a boca. E fecha. E abre. E fecha. Isso se prolonga por um tempo. Prendo a respiração enquanto examino o rosto dela, esperando ela perder o controle. Cinco mil pode ser uma fortuna para mim, mas sei que é migalha para Dinah. Não tem como ela aceitar isso bem.

Só que… ela aceita.

— Você está certo. Parece mais do que o suficiente — responde ela com voz doce.

Mas, quando Steve inclina a cabeça para pegar outra coisa na pasta de couro, Dinah me lança um olhar tão gelado e feroz que começo a tremer. Quando seu olhar se dirige ao cartão preto que estou segurando, realmente chego a temer que ela tente me bater.

— A última coisinha — anuncia Steve, me entregando uma folha de papel.

Eu olho e vejo passagens de avião impressas.

— O que é isso?

— Passagens para Londres — diz ele com alegria. — Nós vamos para lá nas festas de fim de ano.

Eu franzo a testa.

— Vamos?

Ele pega a bebida.

— Sim. Vamos ficar no Waldorf, visitar alguns castelos. Você devia fazer uma lista das coisas que quer ver — encoraja ele.

— Todos nós vamos? — Reed não me disse nada sobre os Royal irem para Londres no Natal. Será que ele não sabe?

— Não, só nós. Se você vai pedir jantar, eu quero salmão. — Ele inclina a cabeça para o cardápio que deixei em uma das mesinhas de canto.

— Londres é linda no inverno — comenta Dinah, a atitude dela ficando mais leve. Ela balança com ironia o cartão prateado no ar. — Acho que vou ter a oportunidade de usar isto.

— Na verdade, você vai ficar aqui. — Steve tem um sorriso de puro deboche estampado em seu rosto. Ele está adorando atormentá-la. — Vamos ser só eu e a Ella. Uma viagem de aproximação de pai e filha, digamos assim.

Eu franzo a testa mais ainda.

— E os Royal?

— O que tem eles?

— Eles também vão? — Devolvo o papel para ele, que o guarda na pasta e joga na bancada.

— Eu não faço ideia do que eles vão fazer nas festas. Mas o Reed não pode sair do país, lembra? Ele teve que entregar o passaporte para a promotoria.

Não consigo afastar a consternação do rosto. É verdade. Reed não pode sair da cidade.

Mas não consigo acreditar que Steve está planejando me tirar da cidade nas festas. Vou perder meu primeiro Natal com Reed? É muito injusto.

Steve estica a mão e bate com os nós dos dedos no meu queixo.

— Vai ser só uma semana. — Ele arqueia a sobrancelha. — Além do mais, depois de ver Reed em todos aqueles jogos, você vai precisar de um descanso, não acha? Posso até planejar para ficarmos mais tempo...

A mensagem é clara. Se eu não for para Londres com ele, não vou poder viajar com a equipe de dança. Esse não é um acordo perfeito, assim como também não é o acordo que fiz com Jordan, mas me obrigo a sorrir e concordar com ele porque, no final das contas, ainda vou conseguir o que quero.

— Não, uma semana está ótimo — reajo com alegria forçada. — Estou animada. Eu nunca saí do país.

Steve abre um sorriso.

— Você vai adorar.

Enquanto isso, Dinah está me olhando com o fogo de mil sóis.

— Querida, suba e se troque para o jantar — diz Steve para a esposa furiosa. — Vou pedir uma salada para você.

Quando ela sai, eu faço o pedido e fico ouvindo Steve tagarelar enquanto esperamos o jantar. Quando acaba, fujo para o quarto e mando uma mensagem para Reed.

Eu vou poder ir ao jogo! Se prepara. Leva uma caixa de camisinhas e come umas barrinhas energéticas. Vc vai precisar.

P/ o jogo?

O jogo é moleza em comparação ao trabalho q vou dar depois.

Vc quer q eu ande por aí de pau duro o tempo todo?

Quero.

A gente estava esperando.

Estou cansada de esperar. Se prepara.

Pontuo isso com uma carinha sorridente e guardo o celular para fazer o meu dever de casa.

Capítulo 20

ELLA

Por mais defeitos que ela possa ter, Jordan tem uma séria ética de trabalho. Durante o resto da semana, sou obrigada a enfrentar ensaios de dança duas vezes por dia: um de manhã e outro depois da aula. E, apesar de estarmos ensaiando no mesmo campo e no mesmo ginásio do time de futebol americano, eu mal tenho tempo de olhar para Reed, o que dirá falar com ele.

Para piorar ainda mais, só tenho três dias para aprender as coreografias que aquelas garotas fazem há meses. Jordan pega tão pesado comigo que meus membros parecem geleia quando chego em casa. Reed debocha de mim porque, cada vez que falamos ao telefone, estou colocando gelo em uma parte diferente do corpo. Mas Steve acha ótimo. Ele fica dizendo que está orgulhoso de me ver me dedicando tanto assim a atividades extracurriculares.

Se ele soubesse o verdadeiro motivo de eu estar me esforçando tanto, provavelmente teria um ataque cardíaco.

Na sexta de manhã, fazemos nosso último ensaio oficial antes do jogo da noite. Uma das garotas, Hailey, me puxa de lado quando terminamos e sussurra:

— Você dança *muito* bem. Espero que fique na equipe quando Layla melhorar.

O elogio me faz corar de orgulho... por dentro. Por fora, respondo dando de ombros.

— Duvido. Acho que a Jordan não vai aguentar ficar perto de mim mais do que o absolutamente necessário.

— Ah, a Jordan é uma idiota — murmura Hailey com um sorriso.

Eu tento sufocar uma risada, que acaba saindo de qualquer jeito. O som gera uma expressão de irritação em Rachel Cohen e Shea Montgomery, irmã mais velha da Savannah.

— O que vocês duas estão cochichando? — pergunta Shea com desconfiança.

Hailey só sorri e diz:

— Nada.

Legal, gostei dessa garota. Ela não é Val, mas é mais legal do que eu pensava. A maioria das outras garotas também. Nos últimos três dias, eu descobri que a postura de menina malvada que Jordan tenta impor só se aplica a Shea, Rachel e Abby, a ex-namorada de Reed. Abby não é da equipe, ainda bem, mas vai assistir aos ensaios às vezes, o que é superconstrangedor.

Eu não gosto da Abby, e não só pelo fato de ela ser ex do Reed. A garota é passiva demais. Anda de um lado para o outro se fazendo eternamente de vítima, com uma expressão triste de cervo encurralado, falando em sussurros. Às vezes, eu acho que é fingimento e que no fundo ela tem garras iguais às da Jordan.

No centro dos tatames azuis espalhados no chão, Jordan bate palmas, o som alto ecoando pelas paredes do ginásio.

— O ônibus sai às quatro — anuncia ela. — Se alguém se atrasar, vamos embora sem esperar — ela diz, olhando diretamente para mim.

Rá. Como se eu fosse me atrasar. Planejo estar lá mais cedo só para ter certeza de que o ônibus não vai embora sem eu estar dentro. Estou com certo medo de que essa exibição repentina de gentileza da parte da Jordan não seja real, de que ela não queira favor nenhum meu e esteja planejando uma humilhação horrível para esta noite.

Mas vou correr meus riscos. Com Steve sempre me controlando, essa é minha única oportunidade de ficar sozinha com Reed.

— Vejo você mais tarde — diz Hailey quando saímos do vestiário feminino dez minutos depois.

Dou um aceno e vou para o estacionamento, onde Reed está esperando perto do meu carro. O dele está estacionado ao lado. Eu gostaria de estar morando com os Royal para que pudéssemos ir para casa juntos, mas aceito os minutos que puder roubar com ele.

Ele me toma nos braços assim que me aproximo.

— Você estava tão gostosa lá — sussurra ele no meu ouvido. — Adoro aquele shortinho de dança.

Um tremor sobe pela minha coluna.

— Você também estava gostoso.

— Mentirosa. Você não olhou na minha direção nem uma vez. A Jordan estava em cima de você como um sargento.

— Eu estava olhando para você em espírito — respondo solenemente.

Ele ri e se inclina para me beijar.

— Ainda não consigo acreditar que o Steve vai deixar você passar a noite fora.

— Nem eu — admito. Uma pontada de preocupação me atinge. — O que você disse para o Callum sobre onde vai ficar hoje? Ele não desconfia que você vai ficar no hotel, né?

— Se desconfia, não disse nada. — Reed dá de ombros. — Eu disse que East e eu vamos dormir na casa do Wade porque não queremos voltar para casa dirigindo bêbados, e provavelmente vamos encher a cara na festa depois do jogo.

Franzo a testa.

— Ele não se importa de vocês saírem e beberem? Depois de todo aquele discurso sobre você se manter na linha?

Ele dá de ombros de novo.

— Desde que eu não brigue, acho que ele não liga para o que eu faço. Olha, sobre aquele papo de sexo...

Olho para ele com irritação.

— Você disse que estava esperando eu estar pronta. Bom, eu estou pronta. O único jeito de nós não transarmos é se você não quiser.

Ele devolve meu olhar de irritação com um de frustração.

— Você sabe que estou louco por isso.

— Que bom. A gente pensa igual. — Eu fico nas pontas dos pés e dou um beijo alegre nele.

Os braços do Reed me apertam, e sinto a tensão sumir de seu corpo de repente. Ele topou. Ah, graças a Deus. Eu estava esperando que ele resistisse mais, que tentasse ser honrado de novo.

Minha alegria falsa vira vibração verdadeira.

— Eu tenho que ir. Steve quer almoçar antes de o ônibus partir.

Reed bate na minha bunda quando contorno a lateral do carro.

— Vejo você mais tarde — diz ele.

Eu me viro para sorrir para ele.

— Com certeza.

O jogo de futebol americano é em uma cidade chamada Gibson, a duas horas de Bayview. Eu estava torcendo para poder ir com Val de carro, mas Jordan disse, sem muita simpatia em seu tom de voz:

— A equipe de dança viaja junta, sem exceções.

Então, Val vai com meu carro enquanto vou de ônibus com a equipe.

Mas, apesar de eu ter ficado com medo de passar duas horas presa em um ônibus com Jordan e as meninas dela, o trajeto acaba sendo surpreendentemente divertido.

— Ainda não consigo acreditar que você realmente era uma stripper — diz Hailey do assento da janela. Ela insistiu para irmos juntas, e eu não resisti muito. — Não consigo imaginar tirar toda a roupa na frente de estranhos. Sou tímida demais.

Minhas bochechas ficam quentes.

— Eu não tirava *tudo*. O clube onde eu trabalhava não era de nudez total. Eu ficava de fio-dental e protetor de mamilos.

— Mesmo assim. Eu ia ficar envergonhada demais. Era divertido?

Nem um pouco.

— Não era terrível. O dinheiro era razoável e as gorjetas eram ótimas.

Jordan faz um som de desdém do outro lado do corredor.

— É, tenho certeza de que todas aquelas notas de um dólar enfiadas na sua calcinha deviam somar o quê, uns vinte dólares?

Eu me irrito.

— Vinte dólares é muito dinheiro quando você trabalha para se sustentar — respondo.

Ela bate os cílios.

— Bom, pelo menos, agora você está rolando em dinheiro. Aposto que o Reed deve pagar uns cem dólares pelos seus serviços.

Mostro o dedo do meio para ela, mas não me dou ao trabalho de responder. Não vou deixar essa garota maldosa estragar meu bom humor. Eu finalmente saí de baixo do olhar vigilante de Steve e estou prestes a passar a noite com meu namorado. Jordan pode ir se foder.

Para minha surpresa, outra garota me defende.

— Rá! O Reed não paga um centavo — diz a menina morena sentada atrás de mim, que acredito se chamar Madeline.

— Aquele garoto está loucamente APAIXONADO, com letra maiúscula. Tem que ver o jeito como ele olha para a Ella durante o almoço.

Fico vermelha de novo. Eu achava que era a única que reparava que o olhar intenso do Reed está *sempre* em mim.

— Que fofo — diz Jordan secamente. — O assassino e a stripper se amam. Parece um filme de comédia romântica.

— O Reed não matou ninguém — diz outra garota, o tom tão seco quanto o de Jordan. — Nós todas sabemos disso.

Minha cabeça se vira para ela, em choque. Será que ela realmente acredita nisso ou está sendo sarcástica?

— É — concorda outra pessoa. — Não deve ter matado mesmo.

— E, mesmo que tivesse — continua a primeira, levantando a sobrancelha —, quem se importa? Meninos malvados são uma *delícia.*

— Assassinos são assassinos — diz Jordan com desprezo, mas reparo que parte da malícia sumiu de sua voz. A expressão dela é quase… pensativa.

Felizmente, a conversa termina porque chegamos no nosso destino. O ônibus para no estacionamento atrás da Gibson High School e nós saímos com nossas bolsas. Sou a única que também está carregando outra bolsa com roupas extras.

Dou um gritinho quando reparo em um carro familiar no estacionamento.

— Você chegou primeiro! — grito para Val, que pula do capô e me encontra na metade do caminho.

Ela joga os braços em volta de mim em um abraço.

— Seu carro foi feito para ser veloz, gata. Eu me diverti demais dirigindo na estrada. Você tem tempo pra dar um pulo no hotel antes do aquecimento? Tenho uma coisa para você.

— Espera aí. Vou perguntar pra Satanás.

Val ri quando corro até o grupo de garotas e dou um tapinha no ombro da Jordan. Tecnicamente, a treinadora Kelly é quem está responsável pela equipe, mas aprendi rapidamente que isso é só no papel. Jordan é quem realmente dita todas as ordens por aqui.

Ela se vira com expressão irritada.

— O quê? — diz ela com rispidez.

— Quando a gente faz o aquecimento? — eu pergunto. — A Val e eu vamos ficar na cidade hoje e queríamos deixar nossas coisas no hotel.

Jordan faz uma cena para olhar a hora no celular, mas acaba dando um suspiro.

— Tudo bem. Mas esteja aqui às sete e meia. O jogo começa às oito.

— Sim, senhor. — Bato uma continência debochada e volto até Val.

Só demoramos três minutos para ir da escola até o hotel. É um prédio amplo de três andares com pequenos pátios nos quartos do térreo e varandas nos dos outros andares. Parece limpo, e Val e eu pesquisamos on-line e determinamos que a área é totalmente segura.

Fazemos o check-in na recepção e subimos a escada para nosso quarto no terceiro andar, aonde deixamos as malas no tapete bege. Pego meu celular e encontro uma mensagem de Reed dizendo que o time chegou uma hora antes e vai começar o aquecimento.

— Eu tenho que voltar — digo com tristeza, vendo Val se deitar em uma das duas camas de casal.

— Ainda não. Primeiro, você tem que abrir isto!

Ela abre a mochila e pega uma sacola rosa listrada com as palavras *Victoria's Secret* na frente.

Um gemido escapa da minha boca.

— O que você fez? — digo, acusadora.

Ela abre um sorriso largo.

— O que uma boa parceira faz. Estou garantindo que minha amiga vai transar hoje.

A curiosidade me faz pegar a sacola. Eu mexo no papel de seda rosa e encontro um conjunto de calcinha e sutiã do meu tamanho, embora não faça ideia de como Val possa saber o tamanho certo do bojo do meu sutiã. O sutiã é da cor de marfim com alças finas, renda em leque e quase sem bojo. A calcinha é da mesma cor, e não passa de um pedacinho de renda marfim que me faz corar.

— Ah, meu Deus. Quando você comprou isso?

— Depois da aula hoje. Pedi para minha tia me deixar no shopping.

A ideia da senhora Carrington acompanhando Val para comprar lingerie para mim faz meu rosto ficar pálido.

Val me tranquiliza rapidamente.

— Não se preocupa, ela me deixou e foi embora. Eu voltei para casa de Uber. — Ela abre um sorriso para mim. — Gostou?

— Amei — confesso, passando os dedos na beirada de renda do sutiã. Minha garganta se aperta de repente. Eu nunca tive uma amiga de verdade, e agora parece que ganhei na loteria dos amigos. — Obrigada.

— Me agradece depois — diz ela com um sorriso. — O Reed vai perder a cabeça quando vir você usando isso.

Minhas bochechas ficam quentes de novo.

— Aliás, eu quero detalhes. Está no código das melhores amigas.

— Vou pensar no assunto. — Reviro os olhos e guardo a lingerie safada de volta na sacola. — Mas é uma via de mão dupla, sabe. Eu também quero detalhes.

— Detalhes de quê?

— Você e o Wade.

O sorriso dela some.

— Não existe isso de eu e o Wade.

— Ah, é? — Levanto uma sobrancelha. — Então, por que você dirigiu três horas para um jogo de futebol americano?

Ela bufa com irritação.

— Eu não vim por *ele*. Vim por você!

— Aham, mesmo eu nem vendo você hoje à noite porque vou estar com o Reed?

Val faz cara de desprezo.

— Alguém precisa te ajudar no jogo. E se Jordan tentar alguma coisa?

Meus lábios tremem.

— Nós duas sabemos que sou capaz de lidar com a Jordan. Então, por que você não admite? Você veio por causa do Wade.

— É a primeira partida das eliminatórias, um jogo fora de casa — resmunga ela. — A Astor Park precisa de toda a torcida que puder.

Eu caio na gargalhada.

— Ah, agora você tem espírito escolar? Deus, Val, você é uma péssima mentirosa.

Ela mostra o dedo do meio para mim.

— Quer saber? Não gosto mais de você nesse momento. — Mas ela está rindo quando fala.

— Tudo bem — respondo docemente. — Você pode preencher sua cota de afeição com o Wade, porque, bom, nós duas sabemos que você gosta dele.

Assim que falo isso recebo um travesseiro na cabeça. Eu pego com facilidade e jogo de volta para Val.

— Só estou provocando — garanto a ela. — Se você gosta do Wade, ótimo. Se não gosta, ótimo também. Eu apoio você em tudo que você fizer.

O tom dela se suaviza, e a voz dela falha quando ela diz:

— Obrigada.

Capítulo 21

ELLA

Ainda fico esperando por algum tipo de emboscada, mesmo quando estou no aquecimento com as outras garotas. Meu olhar cauteloso se desvia para Jordan depois de cada alongamento e exercício que completo, mas ela parece concentrada em fazer o alongamento. Será que é sério mesmo? Eu treinei com as garotas a semana toda e não tive nem sinal de que elas estavam tramando alguma coisa. Estou rezando para ninguém jogar um balde de sangue de porco em mim no meio da coreografia.

Quando Hailey e eu vamos para o banco para tomar água, ela se inclina e sussurra:

— Tem umas cem garotas olhando para você agora.

Eu franzo a testa e acompanho o olhar dela. Realmente, tem *muitos* olhos femininos em mim. Masculinos também, por causa do shortinho e da blusa curta que estou usando. Mas as garotas não estão olhando meu corpo. Estão me olhando com… inveja?

Não faz sentido para mim de cara, mas, quando passo por um grupo de garotas vestindo camisa de futebol americano na primeira fila, as peças de repente se encaixam.

— Aquela é a namorada dele! — sibila uma, alto o suficiente para eu ouvir.

— Ela é *tão* bonita! — responde a amiga, e há um tom de sinceridade em sua voz, não de ironia.

— Ela tem é sorte — responde a primeira. — Eu morreria para sair com o Reed Royal.

É por causa do Reed? Uau. Acho que aquela garota no ônibus estava certa: os meninos malvados são *mesmo* muito atraentes. Olho para o banco do time de fora, onde Reed está sentado com Easton, depois para a arquibancada, e percebo que tem um monte de garotas olhando com cobiça para Reed.

Jordan se aproxima de mim.

— Para de trepar com seu namorado com o olhar — murmura ela. — A gente já vai entrar.

Eu olho para ela.

— Tenho certeza de que todas as meninas deste estádio estão fazendo a mesma coisa. Será que toda garota fantasia ficar com um suspeito de assassinato?

Minha arqui-inimiga ri, achando graça, e imediatamente coloca a mão sobre a boca, como se tivesse percebido o que fez. Também fico surpresa, pois Jordan e eu não somos amigas dessas que fazem piadinhas uma pra outra. Nós nem ao menos somos amigas.

O diálogo não tóxico deve ter deixado Jordan nervosa, porque ela rosna de repente para mim:

— Seu short está subindo. Dá pra ver metade da sua bunda. Faça o favor de se ajeitar.

Seguro um sorriso quando ela sai andando, porque nós duas sabemos muito bem que a fita adesiva industrial colada na minha bunda não permite que meu short se mova nem um centímetro sequer. Talvez eu tenha abordado a situação do jeito errado: em vez de insultar e antagonizar Jordan, eu devia ser excessivamente doce e simpática. Isso a deixaria louca.

Eu me viro para a arquibancada de novo para procurar Val. Quando a vejo algumas fileiras atrás do banco do time visitante, dou um aceno alegre. Ela retribui e grita:

— Merda!

Sorrindo, eu me junto à equipe e me balanço um pouco nos calcanhares, me preparando mentalmente para a coreografia. Acho que sei de cor, mas espero não esquecer tudo assim que os holofotes estiverem em mim.

Como é o primeiro jogo eliminatório, o pré-show é absurdamente extravagante. Tem um desfile de tambores pontuado por tiros disparados por grandes pilares dos dois lados do campo e uma pequena exibição de fogos de artifício. As líderes de torcida da Gibson High fizeram uma coreografia com muitas bundas balançando e quadris rebolando, que fez todos os garotos das arquibancadas pularem de pé e assobiarem. E então chega a nossa vez. As garotas e eu corremos para o campo. Troco um olhar com Reed quando me posiciono ao lado de Hailey.

Ele faz sinal de positivo, que respondo com um sorriso largo.

A música começa, e nós também.

Todo o meu nervosismo desaparece assim que a batida entra no meu fluxo sanguíneo. Acerto cada giro e cada rodopio. A pequena série de acrobacias que faço ao lado de Hailey fica perfeita. Estou vibrando de adrenalina, meu coração disparando de empolgação enquanto a coreografia acelerada gera gritos ensurdecedores da plateia. A equipe se move com precisão perfeita e, quando terminamos, somos aplaudidas de pé.

Agora eu entendo por que a Astor Park venceu todos aqueles campeonatos estaduais. Essas garotas são *talentosas*. E apesar de isso ter começado como uma forma de eu ir àquele jogo, não posso mentir: estou um tanto orgulhosa de ter sido parte dessa apresentação.

Até Jordan está extasiada. As bochechas dela brilham quando ela abraça e bate na mão das colegas de equipe – incluindo eu. É, ela bate na minha mão mesmo, e é *genuíno*. Acho que o inferno deve estar congelado nesse momento.

Qualquer pensamento de assassinato e veredito e prisão são movidos para o fundo da minha cabeça. E mais ninguém parece incomodado por isso.

Depois que saímos do campo, há uma conversa com juízes e técnicos, uma moeda jogada para o alto, e a partida começa. O ataque dos Riders inicia, e meus olhos seguem Wade correndo pelo campo. Ele é alto, mas por algum motivo parece ainda maior de uniforme e capacete.

Na primeira jogada, Wade faz um passe curto para um receptador com o nome Blackwood na camisa. Blackwood pega a bola, mas há uma pausa longa e chata enquanto o juiz tenta decidir se ele percorreu metros suficientes para iniciar uma nova tentativa de descida. Hailey me ajudou com o vocabulário no trajeto de ônibus, quando ela percebeu que eu não entendia nada sobre o jogo. Um homenzinho aparece correndo e mede a distância da bola até a linha, depois levanta as mãos e faz um sinal que não entendo. Hailey e eu não chegamos a falar sobre gestos.

Os torcedores da Astor Park comemoram. Estou entediada pelo tempo que demorou para decidirem se nossos jogadores percorreram uns poucos metros. Procuro pela lateral até encontrar Reed. Pelo menos, eu acho que é Reed. Tem dois jogadores com o nome ROYAL bordado na camisa, e eles estão lado a lado, então, até onde eu sei, posso estar cobiçando a bunda do Easton e não a do Reed. Ele vira a cabeça e vejo o perfil. É, de fato, Reed.

Ele está mordendo o protetor bucal, e então, como se sentisse que estou olhando, vira a cabeça rapidamente. O protetor cai e ele sorri para mim. É um sorriso malicioso e particular, reservado só para mim.

A empolgação geral no estádio só fica mais intensa quando Gibson empata o placar logo antes do intervalo no meio do jogo. Em retaliação, Reed e Easton derrubam o *quarterback* da Gibson quando ele entra em campo, e o cara deixa a bola cair. Outra pessoa da defesa da Astor a pega e corre para fazer um *touchdown*.

Os torcedores da Astor Park estão indo à loucura. As vaias dos torcedores do time da casa são altas o suficiente para fazer a arquibancada sacudir. Alguns alunos da Gibson começam a cantar "assassino, assassino", mas logo são calados por alguns funcionários da escola. Os ataques verbais só parecem incendiar ainda mais a equipe da Astor Park.

No final, os Riders ganham o jogo, o que quer dizer que passaram para a rodada seguinte. Sorrio quando vejo o treinador Lewis bater na bunda dos jogadores depois da vitória. Futebol americano é muito estranho.

Os dois times formam filas e trocam apertos de mão. Alguns jogadores do time adversário não apertam a mão de Reed. Por um momento, fico pensando se isso geraria uma briga, mas Reed não parece se importar. Assim que eles acabam, Easton corre até mim. Ele me tira do chão, me carrega até o campo e me gira.

— Você viu aquela derrubada no segundo período? — diz ele.

Eu viro a cabeça para Val, que está descendo correndo pela arquibancada na nossa direção.

— Espera a Val! — grito, mas ele me leva pelas laterais e só me solta quando chegamos na entrada do túnel que leva ao vestiário.

Reed está lá, capacete na mão, o cabelo suado grudado na cabeça.

— Gostou do jogo? — pergunta ele antes de inclinar a cabeça e me beijar.

Uma Val às gargalhadas nos alcança, e ela e Easton começam a fazer sons de vômito conforme o beijo de Reed se prolonga.

— Vamos parar com isso? A gente está bem *aqui* — anuncia Val. — Royal, pare de atacar minha amiga com a boca pra a gente poder andar de volta para o hotel.

Eu interrompo o beijo.

— Você não veio de carro? — pergunto.

Ela balança a cabeça.

— Era uma caminhada de dez minutos, e eu achei que não teriam vagas para estacionar por aqui.

Reed me olha com severidade.

— Não quero vocês duas voltando a pé sozinhas para o hotel. Esperem a gente do lado de fora do estádio, e nós todos voltamos juntos.

Respondo com uma continência brusca.

— Sim, senhor.

Os lábios dele encontram os meus novamente. Desta vez, há algo de diferente no beijo. Está carregado de promessas. Quando ele se afasta, vejo um brilho familiar nos olhos azuis. Nós estamos longe da mansão Royal. Não há nenhum risco do Callum, do Steve, ou ninguém mais nos interromper. As reservas que Reed tinha de se preservar até depois da investigação acabaram quando deixamos Bayview para trás. Só tem um motivo para eu ter me juntado à equipe de dança da Jordan, e não foi para dormir de conchinha.

Nós dois sabemos o que vai acontecer hoje.

Reed e eu voltamos para o hotel com Easton, Valerie… e Wade. E não é preciso nem dizer que Val *não* fica feliz com esse desenrolar final.

Assim que chegamos ao estacionamento, ela firma os pés e cruza os braços.

— Por que *ele* está aqui? — O olhar de acusação está apontado para mim como laser. — Você disse que eram só Reed e Easton.

Levanto as mãos na defensiva.

— Eu não sabia.

Wade parece estranhamente magoado. Eu sempre achei que nada afetava aquele cara, mas a infelicidade óbvia de Val com a presença dele gera uma expressão triste em seu rosto.

— Para com isso, Val — diz ele com voz rouca. — Não seja assim.

Ela morde o lábio.

— Por favor — acrescenta ele. — A gente não pode sair para conversar?

— Você vai ficar com a gente mesmo — diz Easton —, então, vocês podem muito bem dar uma trégua antes de a festa do pijama começar.

Eu me viro para Val com surpresa.

— Você não vai ficar comigo?

Uma pontada de humor surge na expressão chateada.

— Eu não contei? O Reed e eu fizemos um acordo. Eu aceitei dormir com Easton.

Olho de Reed para Val com desconfiança. Quando eles decidiram *isso*?

O humor de Val some e a chateação surge novamente.

— Mas eu não concordei em dormir com *ele*.

Wade parece magoado novamente.

— Val…

— Wade — imita ela.

Easton dá um suspiro alto.

— Olha, estou cansado dessa briga de amantes. Vou para o bar do hotel enquanto vocês dois resolvem essa porra. — Ele sorri para Val. — E se vocês dois decidirem que querem ficar sozinhos hoje à noite, me avisem e eu arrumo um quarto para mim.

Com isso, ele entra e deixa nós quatro no estacionamento.

— Val? — digo.

Ela hesita por muito tempo. Mas acaba gemendo.

— Ah, tudo bem. Eu converso com ele. — Ela fala para mim e não para Wade, cujo rosto se acende ao ouvir as palavras dela. — Mas preciso subir e pegar minha bolsa.

Vamos para o terceiro andar, onde passo o cartão magnético para abrir a porta. Quando Val entra para pegar a mochila, Reed e eu ficamos na porta com Wade, que decide me oferecer um conselho não requisitado.

— Cuide para que meu rapaz aqui não se apresse nas preliminares. Isso é importante. Tem que aquecer esse seu corpo virginal direitinho.

Eu me viro para Reed.

— Você contou para ele que eu sou virgem?!

Wade responde por ele.

— Não, foi o East.

Maldito Easton. Aquele garoto não sabe mesmo ficar de boca calada.

— Além disso — acrescenta Wade solenemente —, não surte se você não tiver orgasmo da primeira vez. Você vai estar tensa e nervosa. Além do mais, o Reed não vai durar mais do que vinte segundos…

— Wade — diz Reed com exasperação.

— Deixa eles em paz — corta Val, pendurando a mochila no ombro. — Você devia era começar a se preocupar com a sua própria técnica. Pelo que vi naquele depósito na escola, você precisa de muito trabalho.

Ele coloca a mão no coração como se ela tivesse disparado uma flecha em sua direção.

— Como você ousa, Carrington. Eu sou um Romeu dos dias modernos.

— O Romeu morre — diz ela secamente.

Seguro um sorriso quando os dois desaparecem na direção da escada. Wade vai ter trabalho, isso é certo. Val não vai facilitar nada para ele.

Reed e eu trocamos um sorriso e entramos no quarto de hotel. Ele se senta na cama e faz sinal para eu me juntar a ele.

Minha barriga treme de nervoso.

— Hum… — Eu engulo em seco e limpo a garganta. — Me dá um segundo?

Corro para o banheiro antes que ele possa responder. Assim que fico sozinha, olho para o meu reflexo no espelho e reparo no rubor nas minhas bochechas. Eu me sinto idiota. Reed e eu já nos pegamos muitas vezes antes. Eu não devia estar nervosa, mas estou.

Eu respiro fundo e enfio a mão na sacola que guardei embaixo da pia, depois passo uma quantidade excessiva de tempo me arrumando. Ajeitando o cabelo, ajustando as tiras do sutiã para que fiquem perfeitamente paralelas. Olho no espelho de novo e não posso negar que estou gostosa.

Reed concorda, porque, assim que saio do banheiro, ele grunhe:

— Puta merda, gata.

— Pensei em vestir uma coisa um pouco menos confortável — digo com voz irônica.

Ele solta uma gargalhada. Ele tirou a camisa quando eu estava no banheiro, e agora está de pé, o peito nu e simplesmente lindo.

— Gostou? — pergunto timidamente.

— Mais do que gostei.

Ele avança para cima de mim como um animal faminto, os olhos azuis percorrendo meu corpo até cada centímetro estar quente e dolorido. Ele chega mais perto, e é tão mais alto do que eu, tão maior. Braços fortes me puxam. Os lábios dele encontram meu pescoço e me beijam lá.

— Só para você saber, tá? — murmura ele contra minha pele quente. — Você não precisa se arrumar para mim. Você é linda independentemente do que estiver vestindo. — Ele levanta a cabeça e me dá um sorriso malicioso. — É ainda mais linda quando não está usando nada.

— Não estrague isso — eu o repreendo. — Eu estou nervosa demais. Preciso me sentir bonita.

— Você *é* bonita. E não há motivo para ficar nervosa. Nós não temos que fazer nada que você não queira.

— Você está dando pra trás?

— De jeito nenhum. — Ele passa a mão pela lateral do meu corpo e para na minha cintura. — Nada nem ninguém me arrastaria daqui a essas alturas.

Eu quero tanto isso que mal consigo respirar. Nunca pensei muito sobre a minha primeira vez. Nunca fantasiei uma noite especial, com pétalas de rosas espalhadas pela cama e velas ao redor. Nunca nem pensei que seria com uma pessoa que eu amava, para ser sincera.

— Que bom, porque eu não quero esperar nem mais um minuto — digo para ele.

— Deita. — A voz dele soa rouca quando ele me empurra para a cama.

Sem dizer nada, eu me deito de costas com a cabeça no travesseiro.

Ele para na beira da cama. E tira a calça.

Meus pulmões param de funcionar quando Reed se deita ao meu lado. Ele leva a boca à minha e me beija de leve no começo, depois com mais urgência quando abro os lábios para ele.

Seu membro duro está pressionado contra a minha coxa, e os batimentos de desejo, que ecoaram em minha cabeça toda vez que eu pensava nesta noite durante essa semana, disparam na minha cabeça. A língua dele percorre meus lábios, a boca faz um caminho pela minha bochecha. Suas mãos percorrem meu corpo, mapeando vales e encostas com interesse igual.

Um polegar no meu mamilo desperta tremores no fundo do meu ser. Um beijo atrás da orelha faz meu corpo todo tremer de prazer.

Ficamos nos beijando e nos tocando pelo que parecem ser horas, até estarmos os dois sem fôlego e dolorosamente excitados.

Os lábios do Reed soltam os meus abruptamente.

— Eu amo você — murmura ele.

— Eu também amo você. — Aperto a boca na dele novamente e nós paramos de falar. Meu coração está disparado. O dele também. E suas mãos estão tremendo quando começam a descer lentamente.

Para a minha frustração, ele não me deixa tocar nele. Cada vez que tento, ele afasta a minha mão.

— O foco agora é você — sussurra ele depois da minha terceira tentativa. — Fecha os olhos e aproveita, caramba.

E, nossa, como eu aproveito. Aproveito cada segundo tortuoso. Não demora para que minha lingerie novinha seja jogada de lado. Não consigo me concentrar em nada além das sensações incríveis que ele está me proporcionando. Ele já me tocou antes no mesmo lugar, da mesma forma íntima, mas está diferente hoje. É o começo de uma coisa e não o final. Cada carícia da mão dele, cada toque dos lábios na minha pele são a promessa de mais por vir. E mal posso esperar.

Dois dedos ásperos deslizam pela minha barriga até ele estar lá, dentro de mim, e dou um gemido quando o prazer explode em uma onda ofuscante. As sensações me sacodem de dentro para fora. Ele abre a boca na minha, engolindo meus gemidos, me acariciando. Meus quadris se arqueiam nos dedos dele, e ele cavalga a onda comigo enquanto eu tremo no colchão.

Ele nem me dá tempo para me recuperar. Ainda estou tremendo muito quando ele recomeça, desta vez indo para o meio das minhas pernas e usando a boca para me fazer voar. Ele lambe e beija e provoca até eu não aguentar mais. É demais, é muito bom. Mas não o suficiente.

Um grunhido frustrado sai da minha boca.

— *Reed* — imploro, segurando os ombros largos para puxá-lo para cima.

O peso do corpo dele me espreme na cama.

— Está pronta? — diz ele. — De verdade?

Faço que sim sem falar nada.

Ele sai de perto de mim por um momento, para poder mexer no bolso da calça jeans. Volta com uma camisinha.

Meu coração para.

— Você está bem?

A voz dele me tranquiliza como um cobertor quente que me envolvesse.

— Estou. — Eu estico os braços para ele de novo. — Eu amo você.

Ele sussurra: "Eu também amo você", e me beija na mesma hora que me penetra.

Nós dois fazemos um som estrangulado, porque é impossivelmente apertado. A pressão deflagra um sentimento de dor, uma sensação estranha de vazio.

— Ella — sussurra ele, como se fosse ele quem estivesse sentindo aquela dor.

Quando ele hesita, enfio as unhas nos ombros dele e faço com que continue.

— Eu estou bem. Está tudo bem.

— Pode doer por um segundo.

Ele move os quadris para a frente.

A dor me assusta, apesar de eu estar esperando por ela. Reed para abruptamente, me avaliando com atenção com seus olhos. Tem gotas de suor na testa dele, e os braços sacodem enquanto ele fica imóvel até meu corpo aceitar a doce invasão.

Nós esperamos até a dor ter diminuído, o sentimento de vazio ter sumido e só ter sobrado um sentimento de preenchimento maravilhoso. Levanto os quadris para experimentar a sensação, e ele geme.

— É tão bom — diz ele.

É mesmo. É muito bom. Ele começa a se mexer, e só fica melhor. Só há uma leve dor quando ele se afasta, e eu passo as pernas em volta dele instintivamente. Nós gememos juntos. Ele se move mais rapidamente. Os músculos das costas dele se arqueiam sob as minhas mãos quando ele vai mais fundo em mim, sem parar.

Reed sussurra o quanto me ama. Eu o agarro com as duas mãos e ofego a cada penetração e afastamento.

Ele sabe exatamente do que preciso. Saindo de mim devagar, ele leva a mão até entre minhas pernas e pressiona o local que anseia por ele. Assim que faz isso, eu pego fogo.

Tudo deixa de existir. Tudo exceto Reed e o que ele me faz sentir.

— Meu Deus, Ella. — A voz rouca mal penetra no brilho eufórico que me cerca.

Uma última estocada e ele está tremendo em cima de mim, os lábios encostados nos meus, nossos corpos grudados.

Meu coração demora uma eternidade para voltar a bater em um ritmo regular. Reed já havia se afastado e descartado a camisinha quando isso aconteceu, e então ele volta e me puxa contra o peito. Ele também está respirando pesado. Quando meus membros estão fortes o suficiente para sustentar meu peso, eu me apoio em um cotovelo e sorrio ao ver a expressão de satisfação no rosto dele.

— Foi bom? — provoco.

Ele ri.

— Você precisa apagar a palavra *bom* do seu vocabulário, gata. Foi...

— Perfeito — digo, minha voz não passando de um sussurro feliz.

Ele me segura com mais força.

— Perfeito — concorda ele.

— Podemos fazer de novo? — pergunto, esperançosa.

A gargalhada dele faz cócegas no meu rosto.

— Eu acabei de criar um monstro?

— Acho que sim.

Nós dois estamos rindo quando ele rola para cima de mim para me beijar de novo, mas não começamos nada, ao menos não ainda. Só nos beijamos um pouco e nos aconchegamos, enquanto ele mexe no meu cabelo e eu faço carinho no peito dele.

— Você foi incrível — diz ele.

— Você quer dizer para uma virgem?

Reed ri.

— Não. *Isso* foi mais do que incrível. Eu estava falando da dança. Não consegui tirar os olhos de você.

— Foi divertido — confesso. — Mais do que achei que seria.

— Você acha que vai ficar na equipe? Se conseguir aguentar ficar perto da Jordan, talvez você devesse. Você pareceu tão feliz quando estava lá...

— Eu *estava* feliz. — Eu mordo o lábio inferior. — Dançar é... é emocionante. É minha coisa favorita no mundo todo. Eu sempre... — Paro, um pouco constrangida de revelar minhas esperanças bobas.

— Você sempre o quê? — pressiona ele.

Expiro.

— Eu sempre sonhei em um dia fazer aulas de verdade. Estudar pra valer.

— Tem faculdades de arte. Você devia se candidatar — diz Reed imediatamente.

Eu me apoio em um cotovelo de novo.

— Você acha mesmo?

— Acho. Você é tão talentosa, Ella. Tem um dom, e seria um desperdício se você não fizesse nada com esse dom.

Um calor se espalha no meu peito. Além da minha mãe, ninguém nunca havia me dito que eu tinha talento.

— Pode ser que eu faça isso — digo, sufocando o caroço de emoção na garganta. Em seguida, o beijo e pergunto: — E você?

— O que tem eu?

— Qual é seu sonho?

Ele faz uma careta de infelicidade.

— Agora? Meu sonho é não ir para a prisão.

E imediatamente o humor relaxado que havia se criado naquele quarto de hotel dá lugar à tensão. Merda. Eu não deveria ter falado nada. Mas, por um momento perfeito, eu havia esquecido completamente a morte de Brooke e a investigação policial e que o futuro de Reed é uma incerteza agora.

— Desculpa — sussurro. — Eu tinha me esquecido disso.

— É, eu também. — Ele passa a mão grande no meu quadril. — Eu acho... se eu não estivesse com essa acusação nas costas... Eu ia querer trabalhar na Atlantic Aviation.

Meu queixo cai.

— Sério?

Um brilho tímido surge nos olhos dele.

— Não ouse contar para o meu pai — ordena ele. — Ele provavelmente organizaria um desfile comemorativo.

Dou uma risada.

— Não tem problema agradar o Callum, sabe. Desde que você também esteja agradando a si mesmo, qual o problema? — Eu observo o rosto dele. — Mas você ia mesmo querer se envolver no negócio da família?

Reed assente.

— Eu acho meio fascinante. Não ia querer criar nada, mas seria legal me envolver no lado da administração. Acho que eu estudaria administração na faculdade. — As feições dele se contorcem de dor de novo. — Mas nada disso é opção. Não se…

Não se ele for considerado culpado de matar Brooke.

Não se ele for preso.

Eu me obrigo a afastar os pensamentos. Quero me concentrar nas coisas boas agora. Como, por exemplo, o quanto estou feliz de estar aqui com Reed e como foi incrível quando ele estava dentro de mim. Por isso, subo nele e termino a conversa com os lábios nos dele.

— Segunda rodada? — provoca ele com a boca na minha.

— Segunda rodada — eu confirmo.

E lá vamos nós.

Capítulo 22

REED

— Você parece estar de bom humor — comenta Easton na manhã de domingo.

Eu me junto a ele no terraço.

— Quer uma vitamina? — eu pergunto, mostrando a garrafa extra para ele. Quando ele faz que sim, eu a jogo para que ele pegue. — Não posso reclamar.

Eu tento não sorrir, mas não consigo, e o jeito que meu irmão revira os olhos me diz que ele consegue ver a satisfação no meu rosto. Mas estou cagando, porque entre a acusação de assassinato e a tentativa de Steve de obter o prêmio de Pai do Ano, as coisas andaram tensas entre mim e Ella. Depois do fim de semana, voltamos ao normal. Nada vai estragar meu bom humor hoje.

Se Steve perguntar, eu respeitei totalmente a filha dele. Três vezes.

— Moletom legal — eu digo para East. — De que lixeira você tirou?

Ele puxa o trapo para longe do peito.

— Usei isto pra pegar caranguejo três verões atrás.

— Foi naquela viagem em que o Gideon foi mordido nas bolas? — No verão antes da morte da minha mãe, nós fomos juntos para Outer Banks para pescar caranguejo.

Easton solta uma gargalhada.

— Porra, eu tinha esquecido completamente que isso tinha acontecido. Ele ficou andando com a mão na frente da virilha por um mês.

— Como foi que isso aconteceu mesmo? — Eu ainda não consigo entender como o caranguejo pulou do balde e foi parar no colo do Gid, mas o grito de dor dele fez todas as gaivotas a cem metros de distância saírem voando apavoradas.

— Sei lá. De repente, a Sav fez um vodu dele e o espetou. — East segura a barriga com uma das mãos e limpa lágrimas do rosto com a outra.

— Eles estavam começando a sair na época.

— Ele sempre foi babaca com ela.

— Verdade. — Gid e Sav nunca fizeram muito sentido, e a coisa toda explodiu de uma forma espetacular. Não posso culpar a garota por ser uma vaca com a gente.

— E aí, o Wade e a Val estão juntos de novo? — pergunta East com curiosidade.

— Bom, você quem pode me dizer, afinal você acabou tendo que pegar um quarto para dormir na sexta.

— Acho que estão.

— Por que você quer saber? Queria uma chance com ela?

Ele balança a cabeça.

— Que nada. Estou de olho em outra garota.

— É? — Isso me surpreende, porque Easton nunca sossegou. Ele parece querer pegar todas as meninas de Astor. — Quem é?

Ele dá de ombros, fingindo estar concentrado na bebida.

— Não vai nem ao menos me dar uma pista?

— Ainda estou debatendo quais são minhas opções.

O suspense nada característico dele só faz com que meu interesse aumente.

— Você é o Easton Royal. Tem todas as opções.

— Por mais chocante que possa parecer, tem gente que não segue essa teoria. Elas estão erradas, claro, mas o que se pode fazer? — Ele sorri e bebe o resto da vitamina.

— Vou mandar a Ella pra cima de você. Você não vai conseguir esconder nada dela.

Ele ri.

— Nem você.

— Quem ia querer?

Sua resposta foi interrompida pela chegada de meu pai, que aparece na porta.

— Oi, pai. — Levanto minha bebida. — Nós estamos tomando café da manhã... — quando vejo a expressão séria. — O que foi?

— O Halston está aqui e precisa falar com você. Agora.

Merda. Em um domingo de manhã?

Não olho para Easton, que deve estar de testa franzida. Fecho a cara e passo pelo espaço que meu pai deixa para mim.

— O que está rolando?

Prefiro saber o que vou enfrentar, mas meu pai só balança a cabeça.

— Não sei. Seja o que for, vamos resolver.

O que quer dizer que Grier não quis contar para ele. Que ótimo.

No escritório, Grier já está sentado no sofá. Tem uma pilha de papéis de uns cinco centímetros na frente dele.

— Oi, filho — diz ele.

É domingo e ele não está na igreja. Esse é meu primeiro aviso. Por aqui, todo mundo vai para a igreja no domingo, exceto o pior tipo de gente. Quando minha mãe estava viva, nós íamos regularmente. Depois que a enterramos, meu pai nunca mais nos obrigou a ir. Qual era o sentido? Deus não salvou a única Royal que merecia ser salva, então, não havia muita esperança de que o resto de nós passasse pelos portões perolados.

— Bom dia, senhor. Eu não sabia que advogados trabalham aos domingos.

— Eu fui ao escritório ontem à noite para ver algumas coisas e havia uma correspondência da promotoria. Passei a noite toda lendo e decidi que devia vir aqui logo cedo. É melhor você se sentar.

Ele abre um sorriso fraco e acena para uma poltrona à sua frente. Reparo que ele não está usando terno, somente uma calça cáqui e uma camisa de botão. Esse é o segundo aviso. Vem merda por aí.

Com rigidez, eu me sento.

— Suponho que não vou gostar do que você tem a dizer.

— Não, acho que não, mas vai ouvir cada palavra. — Ele aponta para a pilha de papéis. — Nas últimas duas semanas, a promotoria e a polícia de Bayview pegaram depoimentos de seus colegas de escola, amigos, conhecidos e inimigos.

Meus dedos coçam para pegar os papéis e jogar todos na lareira.

— Você tem cópia desses depoimentos? É normal isso? — Estico a mão para a pilha, mas ele balança a cabeça até eu me acomodar novamente.

— Sim, como parte dos seus direitos constitucionais, você tem acesso a todas as informações que eles obtêm, exceto alguns documentos que o tribunal considera produto do trabalho do advogado e por isso são isentos de divulgação obrigatória. As declarações das testemunhas são oferecidas para que possamos preparar uma defesa. A última coisa que a promotoria quer é que a gente consiga anular uma condenação porque não nos deram as provas apropriadas antes do julgamento.

Acima dos batimentos do meu coração, eu digo:

— Isso é bom, né?

Como se eu não tivesse falado nada, Grier continua:

— Também é um jeito de eles nos mostrarem se o caso que estão montando contra você é forte ou fraco.

Fecho os dedos sobre os joelhos.

— E, pela sua cara, estou concluindo que o caso contra mim é forte.

— Por que você não lê as declarações e tira suas próprias conclusões? Esta é de Rodney Harland Terceiro.

— Eu não faço ideia de quem seja. — Sentindo-me um pouco melhor, esfrego as mãos na calça de moletom.

— O apelido é Harvey.

— Continuo não sabendo. Talvez estejam entrevistando gente que nem ao menos me conhece. — Isso soa ridículo quando eu falo em voz alta.

Grier nem levanta o olhar do papel.

— Harvey Terceiro tem um metro e oitenta, mas gosta de se gabar que tem um e noventa. Ele é mais largo do que alto, mas, por causa do tamanho, ninguém duvida da alegação obviamente falsa. O nariz dele é quebrado e ele tem a língua presa.

— Espera, ele tem cabelo castanho cacheado? — Eu me lembro de um cara assim nas brigas do porto. Ele não entra muito no ringue, porque, apesar do tamanho, odeia levar porrada. Ele desvia e sai correndo.

Grier levanta o rosto do papel.

— Então você o conhece.

Faço que sim.

— O Harvey e eu brigamos algumas vezes, tempos atrás.

O que Harvey poderia dizer? Ele estava envolvido nisso até as orelhinhas.

— O Harvey diz que você brigava regularmente na região dos armazéns, normalmente entre as docas Oito e Nove. Que é seu lugar favorito porque o pai de um dos lutadores é o gerente da doca.

— O pai do Will Kendall é o capataz — confirmo, sentindo um pouco mais de confiança. Todo mundo lá briga porque quer. Brigas consentidas mutuamente não são ilegais. — Ele não se importa de usarmos o local.

Grier pega a caneta brilhante na mesa.

— Quando você começou a brigar?

— Dois anos atrás. — Antes de a minha mãe morrer, quando a depressão dela estava fora de controle e eu precisava de uma válvula de escape que não incluísse ficar puto da vida com ela.

Ele anota alguma coisa.

— Como ficou sabendo sobre as brigas?

— Não sei. Acho que no vestiário.

— E com que frequência você vai lá, hoje em dia?

Eu dou um suspiro e aperto o alto do nariz.

— Eu achei que já tínhamos falado disso. — A conversa sobre brigas aconteceu na primeira vez que Grier e eu nos reunimos depois dessa confusão de assassinato, da qual eu assumi erroneamente que escaparia porque não fiz nada.

— Então, você não vai se importar de repassar tudo — diz Grier de forma implacável. A caneta dele está pronta, me esperando.

Sem ânimo na voz, eu recito as respostas.

— Nós costumamos ir depois dos jogos de futebol americano. Nós brigamos e seguimos para uma festa.

— O Harvey diz que você era um dos participantes mais regulares. Que você lutava com dois ou três homens por noite. Essas brigas nunca duravam mais do que uns dez minutos cada. Normalmente, você ia com seu irmão Easton. "Easton é um babaca", de acordo com o Harvey. E você é um "escroto arrogante". — Grier puxa os óculos e espia por cima das lentes. — As palavras são dele, não minhas.

— O Harvey é um dedo-duro que chora se você olhar com cara feia na direção dele — comento vagamente.

Grier arqueia a sobrancelha por um segundo e reposiciona os óculos.

— Pergunta: "Como o senhor Royal parecia estar durante as brigas?". Resposta: "Normalmente, ele fingia estar calmo".

— Fingia? Eu *estava* calmo. Era uma briga no porto. Não tinha nada em jogo. Não tinha nada para me deixar nervoso.

Grier continua lendo.

— "Normalmente, ele fingia estar calmo, mas, se você dissesse qualquer coisa ruim sobre a mãe dele, ele surtava. Um ano atrás, um cara chamou a mãe dele de puta. Ele bateu tanto no garoto que o pobre coitado teve que ir parar no hospital. Royal foi banido depois disso. Ele quebrou o maxilar e a cavidade ocular do garoto." Pergunta: "Então, ele nunca mais brigou?". Resposta: "Não. Ele voltou umas seis semanas depois. Will Kendall controlava o acesso às docas e disse que Royal podia voltar. Nós todos aceitamos. Acho que ele deu uma grana para o Kendall".

Olho para os pés para que Grier não veja a culpa nos meus olhos. Eu de fato paguei o Kendall. O garoto queria um motor novo para o GTO dele, que custaria dois mil dólares. Eu dei o dinheiro para ele e assim consegui voltar às brigas.

— Nada a dizer? — pressiona Grier.

Engulo o caroço na garganta e tento dar de ombros.

— É, tudo isso aí é verdade.

Grier toma outra nota.

— Falando em brigas por causa da sua mãe… — Ele faz uma pausa e pega outro documento grampeado. — Quebrar maxilares parece ser um dos seus passatempos favoritos.

Contraio o maxilar e olho com expressão pétrea para o advogado. Eu sei o que vem agora.

— Austin McCord, dezenove anos, diz que ainda tem problemas no maxilar. Ele foi obrigado a comer apenas comidas pastosas durante seis meses, enquanto seu maxilar era mantido fechado para que curasse. Precisou de dois implantes dentários, e até agora ainda tem dificuldade para ingerir alimentos sólidos. Quando perguntaram sobre a causa do ferimento, o senhor McCord — Grier sacode um pouco o documento —, com o perdão do trocadilho, ficou de bico fechado. Mas ao menos um dos amigos do McCord explicou que ele teve uma altercação com Reed Royal, que resultou em ferimentos sérios no rosto do garoto.

— Por que você está lendo isso? Você fez aquele acordo com os McCord e disse que era confidencial. — Pelo acordo, meu pai criou um fundo para custear quatro anos do McCord na Universidade Duke. Um olhar na direção do meu pai revela a consternação dele. A boca está apertada e os olhos estão vermelhos, como se ele não dormisse há dias.

— A confidencialidade desses acordos não tem valor em um caso criminal. O testemunho de McCord pode ser submetido à corte e usado contra você.

As palavras do advogado voltam minha atenção para ele.

— Ele mereceu.

— Mais uma vez, por ter xingado a sua mãe.

Isso é baboseira. Como se Grier fosse aguentar ouvir a mãe dele sendo xingada.

— Você está me dizendo que um homem não pode defender as mulheres da família? Qualquer jurado perdoaria isso. — Nenhum homem sulista permitiria que esse tipo de insulto passasse em branco.

Esse foi um dos motivos para os McCord terem aceitado o acordo. Eles sabiam que entrar com um caso desses não daria em nada, principalmente contra a minha família. Não se pode chamar a mãe de alguém de vagabunda drogada e sair ileso.

O rosto de Grier se contrai.

— Se eu soubesse que você estava metido em atividades como essa desse jeito, eu não teria sugerido ao seu pai que resolvêssemos a questão por vias monetárias. Eu teria sugerido uma escola militar.

— Ah, foi ideia sua? Porque meu pai vive jogando essa ameaça sempre que não gosta do que a gente está fazendo. Acho que posso agradecer a você por isso — digo com sarcasmo.

— Reed — repreende meu pai de onde está, perto das estantes. É a primeira coisa que ele diz desde que entramos, mas estou de olho na expressão dele, que parece ficar cada vez mais desolada.

Grier me olha de cara feia.

— Nós estamos do mesmo lado, aqui. Não lute contra mim, garoto.

— Não me chame de *garoto*. — Faço cara feia para ele e apoio os braços sobre os joelhos.

— Por quê? Você vai quebrar meu maxilar também?

Ele baixa o olhar para as mãos que estão fechadas no meu colo.

— Aonde você quer chegar? — murmuro.

— Eu quero dizer...

Um toque baixo o interrompe.

— Só um momento. — Grier pega o celular moderno na mesa e olha para a tela. Em seguida, franze a testa. — Eu preciso atender. Com licença.

Meu pai e eu trocamos um olhar de cautela quando o advogado vai para o corredor. Como ele fecha a porta ao sair, nós não conseguimos ouvir o que ele diz.

— Essas declarações são ruins — digo secamente.

Meu pai assente com tristeza.

— É. São mesmo.

— Fazem com que eu pareça um maluco. — Uma sensação de impotência aperta minha garganta. — Isso é muita baboseira. E daí se eu gosto de brigar? Tem gente por aí que ganha a vida brigando. Tem boxe, MMA, luta livre… Ninguém acusa *esses caras* de serem maníacos com sede de sangue.

— Eu sei. — A voz do meu pai soa estranhamente gentil. — Mas não são só as brigas, Reed. Você tem gênio ruim. Você… — Ele para de falar quando a porta se abre e Grier aparece.

— Acabei de falar com o promotor assistente — diz Grier com um tom que não consigo decifrar. Estaria ele confuso, talvez? — Os resultados dos exames da autópsia da Brooke chegaram hoje cedo.

Meu pai e eu empertigamos os ombros.

— O exame de DNA do bebê? — pergunto lentamente.

Grier assente.

Respiro fundo.

— Quem é o pai?

De repente, sinto… medo. Sei que não há a menor chance de eu ser o pai do bebê, mas e se um técnico de laboratório corrupto tiver alterado o resultado? E se Grier abrir a boca e anunciar…

— Você.

Demoro um segundo para perceber que ele não está falando comigo.

Ele está falando com meu pai.

Capítulo 23

REED

O escritório é tomado pelo silêncio. Meu pai está olhando para o advogado de boca aberta. Eu estou olhando para o meu pai de boca aberta.

— Como assim é *meu*? — Os olhos torturados do meu pai estão grudados em Grier. — Não é possível. Eu fiz…

Vasectomia, completo em silêncio. Quando Brooke anunciou a gravidez, meu pai tinha certeza de que o bebê não podia ser dele porque ele operou depois que minha mãe teve os gêmeos. E eu tinha certeza de que não podia ser meu porque eu não transava com Brooke havia mais de seis meses.

Parece que só um de nós estava certo.

— O exame confirmou — responde Grier. — Você era o pai, Callum.

Meu pai engole em seco. O olhar fica meio vidrado.

— Pai? — digo com hesitação.

Ele olha para o teto, como se olhar para mim fosse sofrido demais. Um músculo na parte de trás do maxilar se contrai, e ele treme e solta o ar.

— Eu achei que ela estava mentindo para mim. Ela não sabia que eu tinha feito vasectomia, e eu achei… — Ele respira fundo novamente. — Eu achei que só podia ser de outra pessoa.

Pois é. Ele decidiu que era *meu*. Mas não posso culpá-lo por chegar a essa conclusão. Ele sabia sobre Brooke e eu, então, é claro que o pensamento passou pela cabeça dele. Acho que o outro pensamento, de que podia mesmo ser *dele*, nunca passou.

Sou tomado de solidariedade. Por mais que meu pai odiasse Brooke, ele teria sido um bom pai para o filho dela. Essa perda deve estar sendo terrível para ele.

Ele inspira fundo antes de finalmente olhar para mim.

— Eu… ah, você precisa de mim aqui ou pode ficar sozinho pelo resto da reunião?

— Eu posso ficar sozinho — respondo rapidamente, porque está na cara que ele não aguenta mais nada no momento.

Meu pai assente.

— Tudo bem. Gritem se precisarem de mim.

As pernas dele não parecem estar firmes quando ele sai da sala. Há um momento de silêncio, e Grier fala.

— Está pronto para continuar?

Faço que sim sem entusiasmo.

— Tudo bem. Vamos falar sobre Ella O'Halloran. — Ele remexe na pilha infinita de papéis malditos e pega outro conjunto. — Ella O'Halloran, anteriormente conhecida como Ella Harper, é uma fugitiva de dezessete anos que foi encontrada fingindo ter trinta e cinco e fazendo striptease no Tennessee apenas três meses atrás.

Faz apenas três meses? Parecia que Ella era parte da minha vida desde sempre. Uma raiva começa a latejar nas minhas têmporas.

— Não fale dela.

— Eu vou ter que falar dela. Ela é parte deste caso, quer você goste, ou não. Na verdade, o Harvey disse que você a levou a algumas brigas. Ela nem deu bola para o sangue.

— Aonde você quer chegar? — repito por entre dentes.

— Vamos olhar mais algumas declarações, está bem? — Ele pega um documento e aponta para ele. — Esta é de Jordan Carrington.

— A Jordan Carrington odeia a Ella.

Grier mais uma vez ignora meus comentários.

— "Nós convidamos a Ella para fazer teste para a equipe de dança. Ela apareceu de sutiã e tanguinha, andando pelo ginásio. Ela não tem vergonha nem moral. É um constrangimento. Mas, por algum motivo, Reed gosta disso. Ele nunca foi assim até ela aparecer. Ele era decente, mas ela desperta o pior dele. Sempre que ela está por perto, ele fica ainda mais cruel."

— Essa é a maior mentira que eu já ouvi. Jordan grudou uma caloura com fita adesiva na parede da Astor Park, e *eu* sou cruel? A Ella não me mudou nem um pouco.

— Então, você está dizendo que tinha tendências violentas mesmo antes de Ella chegar.

— Você está distorcendo as minhas palavras — respondo com desprezo.

Ele dá uma gargalhada cruel.

— Isso é moleza perto do que vai ser o julgamento. — Ele joga a declaração de Jordan de lado e pega outra. — Esta é da Abigail Wentworth. Aparentemente, vocês dois estavam namorando até você magoá-la. Pergunta: "O que você sente por Reed?" Resposta: "Ele me machucou. Me machucou muito".

— Eu nunca toquei nela — declaro com inflamação na voz.

— Pergunta: "Como ele machucou você?". Resposta: "Não consigo falar sobre isso. É doloroso demais".

Eu pulo da cadeira, mas Grier é implacável.

— "Entrevista interrompida porque a testemunha ficou consternada e não pôde ser acalmada. Vamos precisar retomar".

Seguro as costas da cadeira e aperto com força.

— Eu terminei com ela. Nós namoramos até eu não ter mais sentimentos por ela, e então eu terminei o relacionamento.

Eu não a machuquei fisicamente. Se feri os sentimentos dela, lamento muito, mas ela não deve estar tão triste, porque deu para o meu irmão mês passado.

Grier levanta a sobrancelha esquerda. Sinto vontade de segurá-lo e raspar aquela porra de sobrancelha.

— Que ótimo. O júri vai adorar ouvir sobre seus irmãos delinquentes.

— O que tem eles?

Ele balança mais papéis na minha direção.

— Eu tenho umas dez declarações que dizem que dois deles namoram uma mesma garota.

— O que isso tem a ver com a história?

— Mostra o tipo de lar em que você vive. Mostra que você é um garoto cheio de privilégios que vive encrencado. Seu pai limpa suas sujeiras com dinheiro.

—- Eu quebro maxilares, não mulheres.

— Você é a única pessoa nas imagens de segurança entrando no prédio na noite em que Brooke Davidson morreu. Isso é oportunidade. Ela estava grávida…

— E o bebê não era meu — protesto. — Era do meu pai.

— Sim, mas você ainda estava fazendo sexo com ela, como a Dinah O'Halloran irá declarar em testemunho. Isso é motivo. Seu DNA está embaixo das unhas dela, sugerindo que ela lutou para se defender de você. O curativo na lateral do seu corpo foi reaplicado naquela noite. Você tem histórico de violência física, particularmente quando uma mulher da sua vida é atacada verbalmente. Sua família, se posso citar a senhorita Carrington, não tem vergonha nem moral. Não é exagero você matar uma pessoa caso se sinta ameaçado. Isso é meio. E, finalmente, você não tem um álibi.

Quando eu tinha quatro ou cinco anos, Gideon me empurrou na piscina. Na época, eu ainda não sabia nadar direito, coisa perigosa quando se mora no litoral. Eu estava brigando com a minha mãe sobre entrar ou não entrar na água quando Gideon me jogou na piscina. A água cobriu minha cabeça e entrou nos meus ouvidos. Eu me debati de forma tão inútil e idiota quanto um peixe em terra firme, pensando que nunca chegaria à superfície. Acho que teria crescido com medo de água se Gideon não tivesse me tirado e me empurrado para baixo da superfície repetidas vezes, até eu aprender que a água não iria me matar. Mas ainda me lembro do medo que senti e me vem o gosto do desespero.

É exatamente assim que estou me sentindo agora. Com medo e desespero. Um suor frio surge no meu pescoço quando Grier pega a última página.

— Este é o acordo — diz ele baixinho, como se sentisse o quanto me abalou. — Trabalhei nele com o promotor hoje de manhã. Você vai alegar homicídio culposo. A sentença é de vinte anos.

Desta vez, quando agarro a cadeira, não é de raiva, mas de impotência.

— O promotor vai recomendar dez anos. E, se você for bem-comportado, sem brigas, sem nenhum tipo de incidente, pode sair em cinco.

Minha garganta fica seca e minha língua parece ter aumentado três vezes dentro da minha boca. Tenho que forçar as palavras a saírem.

— E se eu não me declarar culpado?

— Tem uns quinze estados na união que aboliram a pena de morte. — Ele faz uma pausa. — A Carolina do Norte não é um deles.

Capítulo 24

ELLA

Steve e eu estávamos acabando de jantar quando meu celular apita com uma mensagem de Reed. Preciso de toda a minha força de vontade para não pegar o telefone e ler o que diz, mas sei que não posso fazer isso na frente de Steve. Ele não faz ideia que passei a noite de sexta (e boa parte da tarde de sábado) na cama com Reed, e não vou fazê-lo desconfiar.

— Você não vai ver o que é? — pergunta Steve quando coloca o guardanapo na mesa. Não tem nenhum resto de comida no prato dele. Desde que fui morar com ele, descobri que Steve come vorazmente.

— Depois — digo, distraída. — Deve ser a Val.

Ele assente.

— Ela é uma boa garota.

Acho que ele e Val nunca trocaram mais do que dez palavras, mas, se ele a aprova, tudo bem. Deus sabe o quanto ele não aprova Reed.

Meu olhar se desvia para o celular de novo. Força de vontade. Eu preciso de força de vontade.

Mas estou *louca* para saber o que a mensagem diz. Não vi Reed na escola hoje, nem mesmo na hora do almoço. Sei que ele estava lá, porque a suspensão acabou e eu o vi de longe pela manhã, treinando no campo. Acho que ele pode estar me evitando, mas não tenho ideia do motivo. Quando perguntei a Easton, ele só deu de ombros e disse:

— Eliminatórias.

Como se isso explicasse por que Reed não ligou nem mandou mensagem desde sábado à noite. Entendo que o time está concentrado em ganhar o campeonato, mas Reed nunca deixou que o futebol o afastasse do nosso relacionamento.

Tem uma pequena parte de mim que se sente insegura e fica se perguntando se era possível que ele não tivesse gostado do sexo tanto quanto eu. Mas *não pode* ser isso. Eu sei quando um cara gosta de mim, e Reed estava gostando muito de mim no fim de semana.

Então, deve ser outra coisa. Só pode ser.

— Posso ir para o meu quarto? — peço de repente, mas me xingo mentalmente por falar com tanta ansiedade para me afastar.

Ultimamente, as coisas com Steve andam… bem. Ele ainda não quer que eu veja Reed, mas acho que está feliz de eu estar na equipe de dança agora, e tem sido legal comigo desde que voltei da Gibson. Não quero ameaçar a confiança frágil que estamos construindo ao revelar que estou mentindo para ele sobre Reed.

— Dever de casa? — pergunta ele, rindo.

— Um monte — minto. — Tudo para amanhã.

— Tudo bem, pode ir. Vou estar lá em cima caso você precise de mim.

Tento parecer o mais casual possível quando me afasto. Só quando chego no corredor é que saio correndo. No quarto, devoro a tela do telefone.

Posso ver vc hj à noite?

Minha pulsação dispara. Deus. Sim. Eu quero vê-lo hoje. Não só por estar com saudade, mas porque quero saber o motivo de ele andar me evitando.

Só que as regras de Steve são claras quando o assunto é Reed. O que quer dizer que não posso vê-lo fora da escola. Nunca.

Pode! Mas como? S não vai me deixar ir aí. E meu horário é 22h.

A resposta de Reed faz minhas sobrancelhas subirem.

Já resolvi. Diz pra ele q tem um encontro hj.

Confusa, corro para o banheiro e ligo todas as torneiras antes de discar o número de Reed. Com sorte, a água vai abafar minha voz caso Steve passe pelo meu quarto.

— Com quem eu tenho um encontro? — sussurro quando Reed atende.

— Com o Wade — responde ele. — Mas não se preocupe, não é de verdade.

Franzo a testa.

— Você quer que eu diga para o Steve que vou sair com o Wade hoje?

— É. Não pode ser problema, né? Ele disse que você não pode sair *comigo*. Não que não pode sair com *ninguém*.

Verdade.

— Tudo bem — digo lentamente. — Será que devo usar psicologia reversa?

Reed ri.

— Não, falando sério, é genial. Vou dizer que um cara me convidou para sair e que eu não quero ir porque ainda gosto de você e tal. — Abro um sorriso para o meu reflexo no espelho do banheiro. — Aposto que ele vai *me* implorar para sair com o Wade.

— Isso é do mal. Adorei. — Reed ri de novo. — Me mande uma mensagem se der certo. O Wade pode pegar você às sete. Ele vai trazer você pra cá e depois levar de volta para o hotel no horário combinado.

— O que o Wade ganha com isso? — pergunto com desconfiança. Como Reed hesita, sei que estou certa de desconfiar. — Ah, não. O que você prometeu pra ele?

— A Val — admite Reed. — Eu disse que você ia falar com ela sobre perdoar ele.

Sufoco um suspiro.

— Não sei se isso é possível.

— Eles ficaram no fim de semana — observa ele.

— É, e ela ficou puta da vida com ela mesma depois. — As palavras dela foram: *Eu sou uma idiota tão idiota!*. — Ela não quer ser uma das garotas descartáveis do Wade.

— Ela não é — garante ele. — Falando sério, eu *nunca* vi o Wade Carlisle se prestar a tantos problemas assim por causa de uma garota. Ele gosta mesmo dela.

— Você está dizendo isso só para a gente se ver hoje?

— Não, mesmo. Estou sendo sincero, gata. Eu nunca colocaria sua melhor amiga em uma situação em que ela vá se magoar. O Wade quer fazer a coisa certa. Ele se sente péssimo pela forma como tratou a Val.

Eu me encosto na bancada e prendo uma mecha de cabelo atrás da orelha.

— Vou ligar pra ela e ver se ela está disposta a falar com ele. Se ela disser não, temos que respeitar a vontade dela. — Mesmo que isso signifique que Wade possa desistir do plano de hoje. Mas tenho esperanças de que ele irá nos ajudar mesmo que Val não seja parte da equação.

O tom de Reed fica sério.

— Tenta fazer acontecer, gata. Eu… — Ele faz uma pausa. — Eu preciso muito ver você.

Uma sirene soa na minha cabeça quando desligamos. Ele vai terminar comigo?

Não, claro que não. Isso é loucura.

Mas por que ele pareceu tão chateado agora? E por que não foi atrás de mim na escola hoje?

Afasto os meus medos e ligo para Val.

Val aceita. Fico um pouco chocada com o quanto ela está disposta a falar com Wade, mas acho que talvez ela não esteja tão arrependida do fim de semana quanto deixou transparecer na escola mais cedo.

Agora, é só questão de convencer Steve, e não perco tempo em fazê-lo. Passo pelo quarto que ele usa como escritório, fingindo estar no telefone e andando propositalmente devagar.

— Eu não estou pronta pra isso! — digo alto. — Afff. Vou desligar agora. Tchau, Val.

E dou um suspiro enorme, exagerado.

É claro que o som irritado que emito atrai Steve para fora do escritório.

— Tudo bem? — pergunta ele, preocupado.

— Tudo — murmuro. — A Val está maluca.

Um sorriso surge nos lábios dele.

— E por que isso?

— Ela quer que eu… — Eu me interrompo deliberadamente. Em seguida, resmungo: — Não é nada. Deixa pra lá. Vou para a cozinha. Estou com sede.

Steve ri e me segue pela escada, agindo exatamente como eu queria que ele agisse.

— Você pode conversar comigo, sabe. Sou seu pai, tenho sabedoria a compartilhar. Muita.

Reviro os olhos.

— Agora você está falando que nem a Val. Ela estava tentando me oferecer a "sabedoria" dela também. — Faço aspas no ar.

— Entendi. Sobre o quê?

— É coisa de garotos, tá? — Vou até a geladeira e pego uma garrafa d'água. — Você não vai querer saber.

Ele aperta os olhos na mesma hora.

— Você não está mais com o Reed? — Ele fala como uma pergunta, mas nós dois sabemos que ele, na verdade, estava afirmando.

— Não. Isso acabou. — Contraio o maxilar. — Graças a você.

— Ella…

— Tanto faz, Steve. Eu já entendi. Você não quer que eu saia com o Reed. E não estou saindo. Você venceu, tá?

Ele solta um suspiro frustrado.

— Não é questão de vencer ou perder. Sou eu querendo proteger você. — Ele apoia as duas mãos na bancada de granito. — Esse garoto pode ser preso, Ella. É uma coisa que nenhum de nós dois pode ignorar.

— Não quero saber — murmuro de novo. Em seguida, empertigo os ombros e lanço um olhar desafiador para ele. — Mas e se eu saísse com o *quarterback* da escola? Aposto que você ia ficar babando, né? — Faço um ruído de nojo. — Claro que ia, porque não é o Reed.

Ele pisca.

— Não entendi.

— Wade Carlisle me chamou para ir ao cinema hoje — conto com voz sombria. — Era sobre isso que a Val e eu estávamos discutindo. Ela acha que eu devia ir, mas eu disse que não iria.

Steve franze profundamente a testa. Seu olhar passa de pensativo para astuto.

— Você disse não — repete ele.

— É, eu disse não! — Bato com a garrafa de água na bancada. — Eu ainda gosto do Reed, caso você não tenha percebido.

Aquele brilho calculado nos olhos dele aumenta.

— Às vezes, a melhor forma de esquecer alguém é saindo com outra pessoa.

— Que conselho ótimo. — Eu dou de ombros. — Pena que não vou fazer isso. Eu não estou interessada no Wade Carlisle.

— Por quê? Ele é de uma família boa. Está no time da escola. — Steve levanta a sobrancelha. — Não está sendo investigado por assassinato.

Ele é um galinha. Está a fim da minha melhor amiga. É melhor amigo do Reed.

Há um milhão de motivos pelos quais eu não *devia* sair com Wade, mas, para enganar Steve, eu finjo pensar.

— É verdade. Mas eu nem conheço ele direito.

— E não é esse o objetivo de um encontro? — diz ele. — Poder conhecer uma pessoa? — Steve junta as mãos e entrelaça os dedos. — Eu acho que você devia ir.

— Desde quando? — desafio. — Você não quer que eu namore, lembra?

— Não, eu não quero que você namore com o Reed — corrige ele. — Olha, Ella. Eu amo os garotos Royal. Poxa vida, eu sou o padrinho deles. Mas eles ficaram problemáticos desde que a mãe deles morreu. Eles não têm a cabeça boa, e acho que não são a melhor influência para você, tá?

Fico olhando para ele de forma desafiadora.

— E, apesar de achar que você não precisa estar em um relacionamento sério na sua idade, eu prefiro que você vivencie o que mais existe por aí antes de declarar amor eterno pelo Reed Royal — diz Steve secamente.

Eu continuo sem responder.

— Wade Carlisle… Ele quer levar você ao cinema, você disse?

Com relutância, faço que sim.

— Hoje?

Faço que sim de novo.

Steve também assente.

— Desde que você volte às onze, eu não me importo de você ir.

Ah, então agora é às onze? É engraçado como o horário era às *dez* quando eu estava com Reed. *Estou* com Reed. Nós ainda estamos juntos, caramba. Steve só não sabe disso.

— Não sei... — Finjo relutância novamente.

— Pense bem — encoraja ele quando se aproxima da porta. — Se você decidir ir, me avise.

Espero ele sair do aposento para abrir um sorriso. Preciso fazer um esforço enorme para reprimir uma dancinha de felicidade. Só puxo o celular do bolso e mando uma mensagem para Reed.

Vai rolar. Mande W estar aqui às 19h.

Capítulo 25

ELLA

Às sete em ponto, o *concierge* liga para nossa suíte para nos dizer que Wade Carlisle chegou.

— Mande ele subir — diz Steve ao telefone. Depois de desligar, ele avalia a roupa que escolhi para o meu "encontro".

Eu decidi apostar em um visual de garota certinha e, por isso, estou de calça jeans skinny, um suéter cinza largo e botas pretas sem salto. Meu cabelo está preso em um meio rabo com duas fivelas verdes. Estou irritantemente fofa.

Fica óbvio que Steve aprova.

— Você está linda.

— Obrigada. — Finjo nervosismo ao mexer na barra do suéter. — Não sei ainda sobre esse encontro.

— Você vai se divertir — diz ele com firmeza. — Vai ser bom para você.

Uma batida na porta faz com que nós dois andemos na direção dela. Steve chega primeiro e a abre, e vemos Wade com um sorriso educado em seu rosto bonito.

— Oi — ele diz para o meu pai. — Sou o Wade. Vim buscar a Ella.

— Steve O'Halloran.

Quando os dois apertam as mãos, consigo ver que Steve está impressionado pela aparência arrumada e a beleza clássica do Wade. Eles conversam sobre as eliminatórias por uns minutos e, quando Wade e eu saímos da suíte, Steve faz um sinal não tão discreto de positivo.

Assim que entramos no elevador, reviro os olhos.

— Ele está tentando muito ser um pai. — reclamo com um suspiro.

Wade ri.

— Ele *é* pai.

Quando descemos para o saguão, tomo o cuidado de deixar pelo menos um metro de distância entre mim e Wade. Por algum motivo idiota, tenho paranoia de Steve ter acesso às câmeras do elevador, então, não quero fazer nem dizer nada que possa ser considerado estranho.

Mas, quando estamos na segurança da Mercedes de Wade, a primeira coisa que faço é dar um abraço nele.

— *Muito* obrigada por fazer isso.

— Tudo bem — responde ele. Seu sorriso falha um pouco. — Você falou com a Val?

Faço que sim.

— Ela disse pra você ligar pra ela depois que me deixar lá.

A expressão dele se enche de esperanças.

— É mesmo?

— É. — Eu estico o braço e dou um tapinha no dele. — Não faça merda agora, Carlisle. A Val é gente boa.

— Eu sei. — Ele geme de frustração. — Antes de você começar a andar com ela, eu sempre a vi como a prima pobre da Jordan, sabe?

Meu queixo cai.

— Meu Deus. Que coisa terrível de se dizer!

— Mas é verdade. — Ele engrena o carro e sai dirigindo. — Ela só entrou no meu radar depois que você veio morar na cidade e começou a ficar com o Reed. De repente, ela estava almoçando com a gente, e… — Ele dá de ombros. — Ela é legal. E gata.

— Você gosta mesmo dela ou isso tudo é só um jogo pra você?

— Eu gosto dela — garante ele. — Pra valer.

— Que bom. Então, de novo, não faça merda.

O resto do trajeto passa rápido. Estou uma pilha de nervos quando Wade entra na propriedade dos Royal. Saio voando da Mercedes antes mesmo de ele parar, o que faz Wade cair na gargalhada.

— Cara, acho que nunca vi uma garota tão ansiosa pra trepar — diz ele quando se junta a mim na entrada do castelo Royal.

— Eu estou ansiosa pra ver meu namorado — respondo com orgulho. — Não tem nada a ver com trepar.

— Aham. Pode continuar se enganando.

A porta da frente se abre assim que chegamos lá e, de repente, estou nos braços de Reed, o rosto dele escondido no meu pescoço.

Eu me afasto e olho com nervosismo pelo saguão vazio.

— O Callum está em casa?

— Ele ligou e disse que vai trabalhar até tarde — responde Reed, me puxando para perto.

Nossas bocas se encontram, e o beijo que damos é quente o bastante para aumentar a temperatura da sala de estar. Atrás de nós, Wade dá um gemido infeliz.

— Pessoal! Parem com isso! Não consigo acreditar que logo eu vou ter que dizer isso, mas pega leve nos amassos.

Solto uma gargalhada com a boca encostada na de Reed e me viro para Wade.

— Achei que você era a favor de demonstrações públicas de afeto — provoco.

Ele faz beicinho.

— Como vocês não vão me deixar brincar, não é divertido.

Com o braço ainda na minha cintura, Reed estica o braço e bate na mão de Wade.

— Obrigado por fazer isso acontecer.

— De nada. Eu volto em umas duas horas. É o suficiente?

Não, mas vai ter que ser.

— É perfeito — digo para ele. — Agora, vai ligar para a Val.

Com uma saudação alegre, Wade sai correndo pela porta. Reed a tranca antes de me tomar nos seus braços.

— Para onde a gente vai? — pergunto, passando os braços pelo pescoço dele.

Ele sobe a escada dois degraus de cada vez.

— Pensei em vermos um filme com Easton.

— Sério? — Meu coração despenca. Eu tinha certeza de que estávamos nos vendo para termos uns momentos de diversão juntos.

— Hum, não — responde ele, rindo. — Era brincadeira.

Quando chegamos ao patamar, ele segue até o quarto dele em vez de parar no meu. Lá dentro, me coloca no chão. Espero que ele me abrace, tire minha blusa, tire a dele, mas nada acontece.

Olho ao redor com estranheza.

— Aconteceu alguma coisa?

— Eu queria falar com você sobre o caso. E, ah, outras coisas — admite ele, fechando a mão na nuca e me olhando com expressão infeliz.

— Nada de diversão? — digo com voz baixa e decepcionada. Não é que eu precise fazer sexo com ele, mas, quando estamos nos braços um do outro, nenhuma das coisas ruins que estão acontecendo na nossa vida podem nos atingir. Somos só nós.

— Ainda não. — Ele tenta abrir um sorriso, mas rapidamente ele some. Acho que ele sabe que sorrisos falsos não vão colar comigo. — Quer sentar?

Não há muitas opções para me sentar no quarto de Reed. Sua mobília é esparsa: uma cama do tamanho de um barco, uma cômoda e um sofazinho na frente da TV de tela grande. Eu me apoio na cama, desejando poder me esconder embaixo das cobertas até isso tudo passar.

— O exame de paternidade do bebê da Brooke saiu — começa ele.

Meu coração para. Ah, não. A expressão nos olhos dele me diz que a notícia não vai ser boa e, de repente, fico enjoada. Não tem como o bebê ser de Reed…

— Era do meu pai — termina ele.

Alívio e choque percorrem meu corpo ao mesmo tempo.

— O quê? É sério?

Reed assente.

— Acho que a vasectomia dele se reverteu.

— Isso é possível?

— Em alguns poucos casos, é. — Ele enfia as mãos nos bolsos. — Meu pai recebeu mal a notícia. Ele não queria estar com a Brooke, mas teria ficado ao lado da criança. Acho que está de luto pelo bebê, agora que sabe que era dele.

Coloco a mão no coração. Coitado.

— Me sinto tão mal por ele.

— Eu também. O mais triste é que, na verdade, não importa quem era o pai da criança, porque era *eu* quem estava sendo ameaçado pela Brooke por causa do bebê, e isso faz com que eu ainda seja a única pessoa que tem um motivo. E a única que aparece na câmera entrando na cobertura naquela noite.

Mordo o lábio.

— Quando os exames de paternidade chegaram?

— Ontem.

Faço cara feia para ele.

— E você só me contou agora?

— Eu estava esperando meu pai. Ele ainda nem contou para o East e os gêmeos. Eu disse, ele está muito mal por causa disso. Mas eu tinha que contar para você. Eu prometi que não guardaria mais segredo, lembra?

Um caroço se forma na minha garganta.

— Você me evitou hoje o dia todo na escola — falo em tom de acusação.

Reed solta o ar.

— É. Eu sei. Desculpa. Eu estava tentando pensar em como contar uma outra coisa para você.

Uma desconfiança sobe pela minha espinha.

— Que outra coisa?

— A data do meu julgamento está marcada para maio — confessa ele.

Fico de pé.

— É daqui a seis meses!

Ele dá um sorriso triste.

— O Grier diz que é meu direito constitucional ter um julgamento rápido.

Meu estômago salta.

— Me diga que o pessoal do Callum descobriu alguma coisa. Eles conseguiram *me* encontrar, caramba.

— Nada. — A expressão de Reed não denota esperança. — Eles voltaram de mãos vazias. — Ele faz uma pausa. — O Grier diz que é possível que eu não vença.

Estou começando a odiar todas as frases que começam com *O Grier diz*.

— E agora? — Quando lágrimas quentes enchem meus olhos, eu mantenho o olhar grudado no tapete. Não quero que minha tormenta se junte à angústia que ouço na voz dele.

— Ele quer que eu me declare culpado.

Não consigo segurar um gemido de sofrimento.

— Não.

— A sentença é de vinte anos, mas a promotoria vai recomendar dez. Por causa de superlotação, o Grier acha que eu devo sair em cinco. Acho que eu devia...

Eu voo até ele e cubro sua boca com a mão. Não quero que ele fale. Se ele disser que vai aceitar o acordo, que vai me deixar, não vou conseguir fazê-lo mudar de ideia. Então, puxo a cabeça dele e grudo meus lábios nos dele, fazendo-o se calar do único jeito que sei.

Os lábios dele se abrem, e eu o ataco... com a língua, com as mãos, tudo.

— Ella, para — grunhe ele na minha boca. Mas eu sei que sou a fraqueza de Reed, se ele de fato tem uma, e eu exploro essa vulnerabilidade sem misericórdia.

Minhas mãos estão dentro da calça dele. Então, me ajoelhando, eu coloco o volume todo na boca. Olhando para ele, eu o desafio a me fazer parar agora.

Ele não faz. Só faz movimentos, geme, me pega e me joga na cama.

As mãos dele me encontram carente e cheia de desejo.

— É isso que você quer? — geme ele.

— É — digo com segurança, envolvendo a cintura dele com as pernas. — Me mostre o quanto você me ama.

Os olhos dele são tomados de desejo. Pode ser que ele quisesse falar algo, mas tudo isso ficou em segundo plano agora.

Quando ele me penetra um momento depois, espero que o prazer afaste a tristeza, mas a dor não diminui. Está enchendo meu coração, nem a força do corpo dele, o peso reconfortante sobre mim, consegue afastá-la completamente.

Ele faz amor comigo com voracidade, quase desesperado, como se achasse que vai ser a última vez que estaremos juntos. O corpo martela o meu. Ele me preenche fundo e me deixa sem ar, mas eu estou igualmente enlouquecida. Enfio as unhas nos ombros dele. Minhas pernas se travam em volta de seus quadris. Em um canto pequeno do meu cérebro, que naquele momento está no controle de todas as minhas ações, eu sinto que se o amar com força suficiente, por tempo suficiente, vou fazer com que ele fique comigo para sempre.

E, quando o relâmpago explode no meu corpo, quando a satisfação finalmente se sobrepõe à dor, esqueço por que estava com raiva e deixo o prazer me sacudir.

Quando caio do clímax, suada e ainda não saciada, estico os braços para ele de novo, querendo ficar nessa euforia emocional onde só Reed e eu existimos. Mas, ao contrário da noite do jogo, ele se afasta.

— Ella — diz ele com voz suave, passando a mão pela blusa que eu mal havia me dado ao trabalho de tirar. — Nós não vamos resolver nada com sexo.

Magoada pelas palavras dele, respondo:

— Desculpa por querer ficar perto de você.

— Ella...

Eu me sento, ciente de como estou nua da cintura para baixo. Estico a mão para a lateral da cama, pego a calça jeans e visto.

— Se você está tão ansioso para ficar vinte anos trancado na cadeia, não deveríamos estar fazendo o máximo de sexo que pudermos agora? Depois disso, só vou ter lembranças para aquecer meu coração.

Reed morde o lábio.

— Você vai me esperar?

Olho para ele com expressão idiota.

— Claro. O que mais eu posso fazer? — De repente, me dou conta de que ele não havia pensado nisso direito. Ele ainda não se deu conta de todas as repercussões de se declarar culpado. Encorajada, eu o pressiono. — Isso mesmo. Nós vamos ficar separados por vinte anos.

— Cinco — corrige ele distraidamente.

— Cinco se a gente tiver sorte. Cinco se o sistema penitenciário ou sei lá quem quer que esteja no comando achar que você merece sair. A sentença é de vinte anos, você disse. Eu vou ter quase quarenta quando você for liberado.

Reed é a primeira pessoa que eu amo além da minha mãe. Antes de o conhecer, não havia homem no meu futuro. Minha experiência com os namorados da minha mãe me fez acreditar que eu ficaria melhor sem eles. Agora, não consigo imaginar um futuro sem Reed, mas a estrada à nossa frente é tão deprimente que a solidão esmagadora com que vivi nos meses seguintes à morte da minha mãe paira novamente sobre a minha cabeça.

Não sei como vou enfrentar a situação se eu perder Reed também.

Lutando contra uma explosão de pânico, eu me ajoelho ao lado dele na cama.

— Vamos, Reed. Agora. A gente pega a minha mochila e foge daqui.

Os olhos dele se enchem de decepção.

— Não posso. Eu amo você, Ella, mas já falei: fugir não vai fazer o problema sumir para nós. Vai ser pior se eu fugir. Nós nunca mais vamos ver a minha família. Vamos sempre viver com medo de sermos pegos. Eu amo você — repete ele —, mas a gente não pode fugir.

Capítulo 26

REED

Halston Grier está sentado na sala da frente quando chego em casa da escola no dia seguinte. O encontro com Ella na noite anterior foi muito tenso, mesmo depois do sexo, e agora eu sei por quê.

A sombra do caso vai continuar pairando sobre as nossas cabeças independente do que a gente faça. Ao menos até toda essa merda estar resolvida.

— Mais declarações de testemunhas? — Minha pergunta sai mais maldosa do que eu pretendia.

Grier e meu pai trocam um olhar calculado antes de meu pai se levantar. Ele segura meu ombro e me puxa para perto, quase como se sentisse a necessidade de me dar um abraço, mas para antes de completar o ato.

— O que você decidir, eu apoio — diz ele com voz rouca antes de sair.

Grier aponta para o sofá sem dizer nada. Ele espera até que eu esteja sentado para pegar as declarações impressas na pasta que tem aos pés.

Se eu nunca mais vir uma folha de papel impresso na minha vida, vou morrer um homem feliz.

O advogado estica a mão e me entrega a declaração.

— Você não vai ler esta para mim? — pergunto. Meus olhos percorrem o cabeçalho, que diz que é a declaração de uma Ruby Myers. — Nunca ouvi falar dela. É a mãe de alguém? — Reviro meu cérebro para tentar localizar o sobrenome. — Tem um Myers no primeiro ano. Acho que ele joga lacrosse...

— Só leia.

Eu me acomodo e passo os olhos pelas palavras impressas no papel.

Eu, Ruby Myers, declaro, sob pena de perjúrio, que o seguinte é um relato verdadeiro e preciso até onde eu sei:

1. Eu tenho mais de dezoito anos e estou apta a testemunhar por vontade própria.

2. Resido na 1501 8th Street, apt. 5B, Bayview, Carolina do Norte.

3. Fui chamada para servir comida em um evento particular em 12 Lakefront Road, Bayview, Carolina do Norte. Peguei carona com um amigo porque meu carro estava quebrado. Me disseram que era o alternador.

Esse é o meu endereço. Penso na última vez em que teve gente trabalhando aqui. Foi quando Brooke e Dinah vieram jantar. Mas não consigo pensar em nada que valha ser relatado naquela noite. East e Ella viram Gideon e Dinah transando no banheiro. É esse o assunto? Se for, o que tem a ver com o meu caso?

Abro a boca para perguntar, mas a linha seguinte prende minha atenção.

4. Depois do jantar, aproximadamente às 21h05, eu estava usando o banheiro do andar de cima. Fiquei curiosa com a casa porque era muito bonita e tive vontade de saber como era o resto.

O jantar tinha acabado e eu subi escondida, apesar de não dever. Ouvi duas pessoas conversando em um dos quartos e espiei lá dentro. Era o segundo mais velho, Reed, e a moça loura que agora está morta.

Não leio mais nenhuma palavra. Coloco o depoimento de duas páginas na mesa e falo com voz calma.

— Isso é mentira. Eu não estive com Brooke naquela noite. A única vez que ela esteve no meu quarto nos últimos seis meses foi na noite que Ella fugiu.

O advogado só mexe os ombros daquele jeito irritante e inútil dele.

— Ruby Myers é uma boa moça que tem dois empregos para sustentar os filhos. O marido a deixou cinco anos atrás. Todos os vizinhos dizem que não há no mundo uma mãe solteira melhor do que Ruby Myers.

— Uma mulher com valores e moral? — debocho, repetindo as acusações que Jordan Carrington fez na declaração dela. Começo a devolver os papéis, mas Grier não aceita.

— Continue lendo.

Com infelicidade, eu passo os olhos pelo resto dos parágrafos.

5. A moça loura, Brooke, disse que sentia saudade do garoto. Interpretei isso como querendo dizer que eles já tinham ficado juntos. Ele perguntou o que ela estava fazendo no quarto dele e a mandou sair. Ela fez beicinho e disse que ele nunca tinha reclamado disso antes.

— Ela fez beicinho? Quem escreveu essa merda?

— Nós encorajamos os depoimentos a serem escritos pelas próprias testemunhas. Faz parecer mais autêntico se for na voz da testemunha.

Acho que eu quebraria o maxilar de Grier se ele não estivesse ali para supostamente tentar me salvar.

6. Brooke alegou que estava grávida e que Reed era o pai. Ele disse que não era dele e desejou boa sorte com a vida dela. Ela disse que não precisava de sorte porque tinha ele. Ele ficou dizendo para a moça sair porque a garota dele estava chegando em casa.

— Qual é a penalidade por perjúrio? — questiono. — Porque nada disso aconteceu. Nós jantamos com a Brooke e a Dinah nessa época, mas eu nunca falei com nenhuma garçonete.

Grier dá de ombros de novo.

Eu continuo lendo.

7. A moça queria a ajuda dele para conseguir se casar com o pai dele. Reed se recusou e disse que ela só seria parte da família dele por cima do seu cadáver.

8. Eu ouvi um barulho e achei que podia ser pega, então, corri para o andar de baixo e ajudei a guardar os pratos e equipamentos. Depois, entrei na van. Meu amigo me deixou em casa.

— Isso é mentira. — Jogo os papéis na mesa de centro e passo a mão no rosto. — Eu nem conheço essa tal Myers. E a conversa que ela descreveu aconteceu entre mim e a Brooke na noite em que a Ella foi embora. Todas as outras pessoas estavam fora de casa. Não sei como ela sabe disso.

— Então, aconteceu?

— Eu nunca disse que ela só seria parte desta família por cima… — Pego o papel e leio as falsas palavras exatamente do jeito que foram escritas. — "... por cima do seu cadáver".

— Como ela soube que isso aconteceu então?

Tento engolir em seco, mas minha garganta está tão seca que chega a doer.

— Não sei. Ela devia conhecer a Brooke. Você não tem como rastrear os celulares das pessoas e descobrir se ela e a Brooke já tiveram contato antes? — Sei que estou indo longe, mas consigo sentir as paredes se fechando ao meu redor.

— Considerando isto… — Grier empurra a declaração na minha direção até estar quase caindo da mesa. — Aceite o acordo, Reed. Você vai estar na rua lá pelo seu vigésimo terceiro aniversário. — Ele tenta sorrir. — Pense nisso como um tipo diferente de educação pós-secundária. Você pode fazer cursos de faculdade lá dentro, pode até mesmo tirar um diploma. Nós vamos fazer de tudo para que sua vida seja confortável.

— Se você não consegue nem ao menos me livrar de uma acusação da qual eu sou inocente, — respondo — como posso confiar em qualquer coisa que você diga que vai fazer?

Ele estica a mão e pega a pasta, com uma expressão de decepção no rosto.

— Estou dando a você os melhores conselhos legais possíveis. Um advogado menos escrupuloso levaria isto a julgamento e cobraria uma fortuna do seu pai. Estou aconselhando você a aceitar o acordo porque sua defesa não é boa.

— Eu estou dizendo a verdade. Eu nunca menti para você. — Contraio o maxilar porque não posso contrair os punhos.

Grier me olha com pesar por cima dos óculos idiotas.

— Às vezes, pessoas inocentes são presas por muito tempo. Eu acredito em você, e acho até que a promotoria também acredita, e foi por isso que consegui o acordo. Homicídio culposo pode trazer uma sentença de vinte anos. Dez anos é generosidade. Esse é o melhor acordo.

— Meu pai sabe disso? — Indico a declaração de Ruby Myers.

Grier ajeita a pasta na mão.

— Sabe. Eu dei para ele ler antes de você chegar.

— Eu tenho que pensar sobre isso — digo, engasgado.

— O acordo do Delacorte já era. Tem provas demais aqui — acrescenta Grier, como se eu fosse considerar a opção do Delacorte. Ele já sabe que não vou deixar Daniel voltar e fazer mal a Ella.

O chão está se movendo sob meus pés. Eu tenho dezoito anos, e meu mundo antes ilimitado agora se estreitou a uma escolha de cinco anos na prisão ou jogar os dados e envelhecer em uma cela de cimento.

— Se eu… — Minha garganta dói, e consigo sentir lágrimas quentes e constrangedoras encherem meus olhos. Forço as palavras a saírem. — Se eu aceitar o acordo, quando começo a cumprir sentença?

Os ombros de Grier murcham com alívio.

— Eu recomendei, e a promotoria parece concordar, que você deve começar a cumprir a sentença depois de 1° de janeiro. Você poderia terminar o semestre e passar as festas com a família. — Ele se move para a frente, a voz se animando um pouco. — Acho que posso colocar você em um presídio de segurança mínima, que costuma receber condenados por crimes relacionados a drogas, crimes de colarinho branco e alguns crimes sexuais. É um grupo bem moderado. — Ele sorri, como se eu devesse recompensá-lo por esse grande presente.

— Mal posso esperar — murmuro. Estico a mão, me lembrando um pouco dos modos que minha mãe me ensinou. — Obrigado.

— De nada. — Nós apertamos as mãos, e ele se vira para sair, mas para na porta. — Sei que seu primeiro instinto é lutar, e essa é uma característica admirável. Mas esta é uma ocasião em que você precisa se render.

Dez minutos depois, meu pai me encontra no mesmo lugar, grudado no chão. A enormidade de tudo está ficando clara.

— Reed? — diz meu pai com voz baixa.

Levanto meus olhos abalados para ele. Meu pai e eu temos mais ou menos o mesmo tamanho. Sou um pouco mais forte do que ele porque levanto peso. Mas lembro que, quando eu era criança, subia nos ombros dele e achava que ele poderia me proteger para sempre.

— O que você acha que eu deveria fazer?

— Eu não quero que você seja preso, mas isso não é como ir a Vegas e apostar alguns milhões nos dados. Ir a julgamento quer dizer que vamos apostar a sua vida. — Ele parece tão velho e cansado e derrotado quanto eu estou me sentindo nesse momento.

— Não fui eu.— E, pela primeira vez, é importante para mim dizer isso, é importante que ele acredite.

— Eu sei. Sei que você nunca faria mal a ela. — A lateral da boca dele sobe. — Por mais que ela merecesse.

— É. — Enfio as mãos nos bolsos. — Eu quero falar com a Ella. Você acha que Steve vai criar caso por isso? — Se eu tenho pouco tempo, quero passar com as pessoas de quem mais gosto.

— Vou dar um jeito para que isso aconteça. — Ele enfia a mão no paletó para pegar o celular. — Você quer falar com seus irmãos? Não que precise. Ao menos não até que sua decisão seja tomada.

— Eles merecem saber. Mas só quero falar uma vez, então, vou esperar a Ella vir aqui.

Nós vamos para o corredor, e estou com o pé no primeiro degrau quando um pensamento me ocorre.

— Você vai contar isso tudo para o Steve? — Estico a mão na direção da sala, onde Grier largou uma bomba na minha vida.

Meu pai faz que não.

— Isso é informação para a família Royal, apenas. — Ele me dá outro meio-sorriso. — É por isso que a Ella precisa estar aqui.

— Verdade. — Subo dois degraus de cada vez e mando uma mensagem para Ella quando chego ao alto.

Meu pai vai dar um jeito pra vc vir aqui.

É mesmo? :) Eu sinto como se estivesse em prisão domiciliar. Ñ quero reclamar nem nada, mas Steve disse que essa suíte é pequena demais. Achei que ele tava louco, mas depois de passar três semanas aqui, parece que estou em uma caixinha.

Eu me pergunto qual é o tamanho de uma cela de presídio.

Respondo: *Eu te entendo.*

Minha mente dispara quando penso no acordo. Se eu aceitar, vou ser enfiado em um quarto de concreto por cinco anos. Quase dois mil dias. Será que eu consigo? Será que eu sobreviveria?

Meu coração fica tão disparado que me pergunto se vou ter um ataque cardíaco.

Obrigo meus dedos a trabalharem no celular.

Quando vcs vão poder voltar pra cobertura?

Logo, espero. G quer que eu procure coisas da chantagem. Vc acha que eu devia?

Devia. Se não ficar na cara.

Droga, eu quero acabar com o controle que Dinah e Brooke exercem sobre a minha família. Me livrar dessa acusação de assassinato é um passo para isso. Eu poderia lutar, mas qual é o sentido disso? Grier diz que meu caso não tem jeito.

Não quero forçar minha família a ter que passar por um julgamento. Não quero um desfile de testemunhas falando sobre as dificuldades do Easton com apostas, bebidas e drogas, nem sobre a vida particular dos gêmeos, nem contando histórias distorcidas sobre Gideon e Dinah, ou sobre mim, Brooke e meu pai. E tem o passado de Ella. Ela não precisa ser jogada na lama de novo.

Nossa família já passou por tanta coisa... os promotores vão revirar os detalhes da morte da minha mãe se eu for a julgamento. Tudo que lutamos tanto para deixar por trás das portas da mansão vai jorrar para fora.

Eu tenho a possibilidade de impedir que isso aconteça. O preço de guardar esses segredos é um pouco da minha liberdade. E nem é tanto tempo. Cinco anos. *Cinco se você tiver sorte*. Eu posso sobreviver a isso. É só uma fração da minha vida toda. Que importância tem em comparação com o trauma que o julgamento provocaria na minha família?

Nenhuma.

É, eu decidi. É a decisão certa. Eu sei que é.

Agora, preciso convencer Ella e meus irmãos.

Ella chega uma hora depois. Meu coração fica imediatamente mais leve quando a vejo passar pela porta. Mal tenho tempo de me preparar quando ela se joga em mim. Depois de me dar um beijo longo que deixaria qualquer um duro, ela sai dos meus braços.

— Caramba, você parece um bloco de gelo. — Ela belisca meu braço exposto. — Coloque umas roupas.

— Achei que você gostava de quando estou nu — respondo, forçando um tom leve na voz. — Acho que você disse uma vez que era crime eu usar camisa.

Ela franze o nariz, mas não nega.

— O que você acha que o Callum disse para o Steve? Ele me falou que eu podia vir na mesma hora e nem reclamou. Será que está mudando de ideia?

Ela está sorrindo muito, achando que tenho boas notícias para ela. Não quero contar, mas não tenho escolha. É o futuro dela também.

— Vem. — Pego a mão dela e a puxo pela escada. — Vamos para o seu quarto.

Passo pelos quartos dos meus irmãos. Bato nas portas e grito:

— A Ella está aqui.

Meus irmãos saem na mesma hora.

— Maninha!

Pontadas de ciúme surgem nas minhas entranhas quando vejo Easton envolver Ella em um abraço forte antes de passá-la para Sawyer e Seb. Mas a proximidade que todos têm com ela é uma coisa boa. Principalmente para East.

Eu me viro e entro no quarto de Ella, me obrigando a sufocar meus sentimentos negativos. Eles vão precisar uns dos outros quando eu me for. Eu não posso sentir raiva dessa proximidade.

Fui eu que me coloquei nessa situação quando decidi transar com Brooke. Fui tomando uma decisão idiota atrás da outra. Ficar pensando em todos os *e se* vai acabar me deixando louco na prisão. *E se* eu tivesse ido jantar em Washington com a minha família? *E se* eu não tivesse atendido a ligação de Brooke? *E se* eu não tivesse ido lá, achando que podia argumentar com ela?

Foi meu maldito orgulho que me meteu nisso.

Fico esperando todo mundo entrar para começar.

— Eu queria atualizar vocês sobre o caso.

Meus irmãos se animam. Eu sei que eles estão loucos por detalhes. Mas Ella… ela está me olhando de cara feia.

— É sobre o…? — Ela para de falar, olha para os meus irmãos e para mim. Ela não sabe se contei para eles sobre o acordo.

Faço que sim.

— É. E tem mais uma coisa.

Lentamente, falo sobre as declarações que li tantas vezes que sou capaz de recitar de cor. Ofereço só os pontos altos e deixo de fora as partes sobre Easton e sobre o relacionamento dos gêmeos com Lauren, me concentrando nas porcarias que a polícia compilou sobre mim e terminando com a declaração de Ruby Myers.

Ella vai ficando mais e mais pálida a cada minuto que passa.

— Isso é uma quantidade incrível de mentiras — declara Easton quando eu termino.

— Se a Brooke ainda estivesse viva, eu mesma a mataria — murmura Ella com uma voz sombria.

— Não diga isso — eu a repreendo.

— Nós devíamos fazer nossas próprias declarações — sugere ela.

— É — East assente. — Porque essa merda de história da garçonete é uma grande mentira.

Seb e Sawyer se juntam ao coro e juram que também vão testemunhar. Percebo que tenho que pôr um ponto final nisso antes de as decisões judiciais do quarto fugirem do controle.

— Eu vou aceitar o acordo — eu anuncio.

O queixo de Easton cai.

— Puta que pariu!

Ele e os gêmeos me olham como se eu tivesse ficado louco, mas não consigo tirar os olhos de Ella, cujo rosto está tomado de medo.

— Você não pode fazer isso — protesta ela. — E o acordo do Delacorte?

East se anima.

— O que é isso?

Ella começa a falar antes que eu consiga interrompê-la.

— O juiz Delacorte se ofereceu para sumir com as provas se o Daniel puder voltar da cadeia militar juvenil e se eu aceitar dizer que menti sobre ele ter me drogado. — Ela cruza os braços. — Eu acho que temos que fazer isso.

— É — concorda Seb. Sawyer assente com empolgação.

— Não vai rolar. Nunca. — Olho para os meus irmãos até que eles tornem seus olhares cheios de esperança para o chão.

Ella levanta as mãos, imitando a balança da justiça.

— Você, vinte e cinco anos preso ou eu tendo que conviver com o Daniel. — A mão esquerda despenca e os olhos ardem com raiva para mim. — Aceite o acordo do Delacorte.

— Mesmo que houvesse alguma chance remota de eu aceitar isso, e não aceito, são provas demais das quais ele teria que se livrar. Não existe mais o acordo do Delacorte — explico por entre os dentes. — Eles não têm a quem atribuir isso. Grier diz que eles me pegaram no meio, motivo e oportunidade, que é tudo de que precisam para me condenar por um crime.

— Você não vai se declarar culpado, Reed. — O tom dela é mais duro que aço.

Engulo em seco. Grudo o olhar no dela e digo:

— Vou, sim.

Capítulo 27

ELLA

Minhas emoções estão a mil nesse momento. Odeio Reed por achar que eu ficaria de boa com ele aceitando esse acordo idiota, mas o amo por querer acabar logo com o problema. Sei que é por isso que ele escolheu não lutar. Ele decidiu que precisa salvar a família de uma mancha na reputação.

Eu entendo, mas odeio.

— Para deixar registrado, eu não concordo com esse plano — diz Easton para todo mundo.

— Nem a gente — dizem os gêmeos ao mesmo tempo.

Reed assente para eles.

— Anotado. Mas vai acontecer, vocês gostando ou não.

Minha garganta é tomada pela amargura. Bom, acho que é o decreto Royal. E que se dane o que qualquer um acha, certo?

Uma batida na moldura da porta faz todo mundo olhar.

— Tudo bem aqui? — pergunta Callum, o tom estranhamente gentil.

Ninguém diz nada.

Ele suspira.

— Imagino que o Reed tenha contado sobre o acordo.

Easton franze a testa para o pai.

— E você está feliz com isso?

— Não, mas a decisão é do seu irmão. Vou apoiá-lo seja como for. — Os olhos severos de Callum dão a entender que devíamos fazer a mesma coisa e buscar apoiar Reed.

— Posso ter um momento sozinha com o Reed? — pergunto com voz tensa.

Ninguém se mexe em um primeiro momento, mas percebo todos reparando na expressão no meu rosto, e o que quer que eles tenham visto os faz agir.

— Venham, garotos, vamos para a cozinha improvisar o jantar — diz Callum para os filhos. Antes de sair do quarto, ele olha para mim. — Ah, Ella, combinei com o Steve que você pode passar a noite aqui. Vou mandar o Durand no seu hotel para pegar seu uniforme.

— Steve aceitou isso? — pergunto, surpresa.

— Eu não dei muita escolha a ele. — Com um sorriso irônico, Callum sai do quarto e fecha a porta.

Quando estou sozinha com Reed, torna-se impossível conter minha raiva.

— Isso é loucura! Você não a matou! Por que diria que matou?

Ele se senta ao meu lado.

— É a melhor opção, gata. Cinco anos na cadeia não é o fim do mundo. Mas a alternativa? Ser preso pelo resto da *vida*? Isso sim *é* o fim do mundo. Não posso correr esse risco.

— Mas você é inocente. Pode ir a julgamento e…

— Perder — termina ele secamente. — Eu vou perder.

— Você não sabe.

— A declaração da Ruby Myers é muito prejudicial. Ela vai dizer para um júri que eu ameacei matar a Brooke. — Ele parece frustrado. — Não sei por que aquela mulher está mentindo sobre mim, mas o testemunho dela vai me mandar para a prisão.

— Então vamos provar que ela está mentindo — sugiro com desespero.

— Como? — A voz dele está baixa, derrotada. — Ela assinou um testemunho oficial. — Reed segura minha mão e aperta com força. — Isso vai acontecer, Ella. Eu vou aceitar o acordo. Sei que você não gosta, mas preciso que me apoie nisso.

Nunca.

Me limito a soltar um gemido em voz alta.

— Eu não quero perder você.

— E não vai. São só cinco anos. Vão passar voando, você vai ver. — Ele hesita de repente e passa a mão pelo cabelo. — A menos que...

Eu aperto os olhos.

— A menos que o quê?

— A menos que você tenha mudado de ideia sobre me esperar — diz ele com tristeza.

Olho para ele, boquiaberta.

— Você está de sacanagem?

— Eu não culparia você. — Os dedos dele apertam os meus. — E não espero que você faça isso. Se você quiser terminar, eu vou entend...

Eu o interrompo com um beijo. É um beijo furioso e incrédulo.

— Eu não vou terminar com você — sussurro com irritação. — Então pode apagar esse pensamento idiota da sua cabeça, Reed Royal.

Em vez de responder, ele me puxa para perto de novo e gruda a boca na minha. O corpo largo me empurra na cama enquanto ele me beija tão intensamente que tira todo o ar dos meus pulmões.

As mãos dele estão dentro da minha calça. As minhas estão ocupadas puxando a camisa dele. Os lábios dele se separam dos meus tempo suficiente para que eu puxe a camiseta dele pela cabeça. Então, sua boca volta para a minha e sua mão alcança entre as minhas pernas. Roço a parte de baixo do meu corpo em seu membro duro e quente.

Nos afundamos no colchão, o corpo dele apertando o meu. Minha blusa é tirada. Uma coxa abre minhas pernas e a boca encontra meus seios, dedicando atenção aos bicos desejosos. Um puxão leve com os dentes me faz arquear o corpo e gritar o nome dele.

— Reed, por favor.

Ele lambe mais para baixo, afastando a pressão deliciosa para dar um tipo diferente de beijo, que me deixa louca de vontade até que eu me parta em mil pedaços diferentes. Em seguida, ele fica de joelhos e pega um preservativo na mesa de cabeceira. Em meu estado atordoado eu mal me lembrei disso, mas ele se lembrou. Reed não é destruidor. Ele nunca destruiu nada na vida; sempre foi protetor, mesmo neste momento em que batalha contra o próprio desejo por controle.

Estico a mão e o guio entre as minhas pernas. A cabeça larga penetra meu corpo, mas não sinto dor dessa vez. A testa dele está coberta de suor enquanto o corpo treme com o esforço de me deixar controlar o ritmo. De forma lenta, carinhosa, desesperada, ele penetra em mim repetidamente, até que a fricção cresce em uma bomba de prazer que explode novamente.

Depois, ele apoia a cabeça no meu pescoço.

— Eu amo você, gata. Amo tanto.

— Eu também amo você. — Fico feliz por ele não estar olhando para mim, porque eu não consigo segurar as lágrimas que enchem meus olhos. Eu o seguro perto de mim e me enrolo nele como se pudesse segurá-lo aqui, comigo para sempre, protegido.

Ele me acorda mais duas vezes durante a noite para me dizer com a boca e as mãos e o corpo o quanto me ama, como precisa desesperadamente de mim, como não consegue viver sem mim. Digo as mesmas coisas para ele, até estarmos exaustos demais para ficarmos de olhos abertos.

Mas não sei se algum de nós acredita de fato no que o outro está dizendo. Nós somos um emaranhado de emoções selvagens e sem esperança, procurando alcançar a paz por meio dos nossos corpos. Por mais que tentemos esquecer, não conseguimos.

Porque Reed vai ser preso, e a sensação é de morte.

De manhã, Reed e Easton me levam para a escola. Faço o treino de dança sem muito ânimo porque não consigo tirar minha atenção do outro lado do ginásio, onde os jogadores de futebol americano estão levantando peso. Olho para as costas de Reed até Jordan me dar uma bronca.

— Sei que seu namorado criminoso está lá, mas você pode tentar manter sua atenção na nossa equipe por um segundinho sequer?

— Por que eu estou aqui? — respondo com rispidez. — A Layla não está mais machucada. — Aponto para a aluna do terceiro ano, que está botando esparadrapo no tornozelo.

Jordan repuxa os lábios e apoia as mãos na cinturinha.

— Porque você aceitou entrar para a equipe, e não participar de um fim de semana em um jogo fora da cidade.

— Estou cagando e andando para a sua equipe!

Um grupo de garotas atrás de mim arfa, e lamento na mesma hora ter perdido a calma. A verdade é que eu *gosto* da equipe. Pode ter começado como um acordo com Satanás, mas eu amei cada segundo de apresentação naquele jogo. Estou até disposta a aguentar Jordan se isso quer dizer fazer o que eu mais amo.

Mas é tarde demais. Minha explosão faz o olhar de Jordan arder.

— Então, vá embora — ordena ela, esticando o braço na direção do vestiário. — Você está fora da equipe.

— Por mim, tudo bem. — A mentira arde na minha garganta no caminho, mas não vou deixar que Jordan veja como estou arrasada. Assim, pego minha garrafa de água e atravesso o ginásio.

Só quando entro no vestiário é que permito que minhas emoções venham à tona. Lágrimas fazem meus olhos arderem. Tenho vontade de me socar por agredir Jordan verbalmente. Ela costuma merecer uma boa agressão, mas não quando o assunto é a equipe de dança. Na verdade, ela não é má capitã e, pelo que vi, só faz o que é melhor para a equipe. Gritar com ela foi um erro. Agora, ela não vai me deixar voltar.

Reed me encontra no meu armário antes da aula, o olhar intenso observando meu rosto.

— O que foi aquilo no treino? A Jordan disse alguma coisa pra você? — Ele está todo nervoso, pronto para me defender.

Eu dou um tapinha no bíceps dele.

— Não, fui eu — admito. — Eu fui ríspida com ela, e então ela me expulsou da equipe.

Ele suspira.

— Ah, gata. Sinto muito.

— Não importa — minto de novo. — Não é nada de mais. Era para ser apenas uma vez mesmo.

Eu pego meus livros e fecho o armário.

— Tudo bem. — Ele enfia a mão no meu cabelo e fecha os dedos no meu pescoço. — Vejo você no almoço?

— Claro. Eu guardo seu lugar. Ou a gente pode dividir um. Eu sento no seu colo.

A reação de Reed é se inclinar e me beijar com tanta dedicação que esqueço a briga com Jordan, esqueço o fato de que não podemos ter contato físico na escola e esqueço minhas preocupações com o futuro. Chego até a esquecer meu nome por alguns segundos.

Quando ele finalmente afasta a boca da minha, estou com o olhar vidrado e trêmula. Mas percebo que o sinal tocando na minha cabeça é o da escola, indicando que as aulas vão começar.

— Você está linda agora. — Ele se inclina e sussurra no meu ouvido: — Ouvi falar que as visitas conjugais são um tesão.

Meu humor imeditamente muda para desagrado.

— Não diga coisas assim.

A expressão dele fica séria.

— Desculpa, mas…

— Tem que se desculpar mesmo.

— … se eu não puder fazer piada, vou acabar chorando, e isso não é opção.

Ele parece tão infeliz que me sinto mal de ser ríspida com ele. Deus, estou perdendo a cabeça o tempo todo hoje.

Mas eu… eu me recuso a aceitar que Reed vai ser preso. Não posso deixar isso acontecer.

Não *posso*.

Como não tenho mais treino de dança depois da aula, estou livre para ir atrás do que chamo de Operação Justiça. Levo Val junto, não só por precisar de ajuda, mas porque espero que, se estivermos enfiadas juntas em um carro, ela finalmente irá me contar o que está acontecendo entre ela e Wade. Sei que eles se encontraram para conversar, mas ela não me deu nenhum detalhe sobre o que aconteceu.

— E como foi a conversa com o Wade? — pergunto quando saio do estacionamento da escola.

— Fascinante.

O tom dela está estranho. Eu inclino a cabeça e a observo.

— Não consigo saber se você está sendo sarcástica.

— Estou. E não estou. — Ela suspira. — Ele disse as coisas certas, mas não sei se…

— Se você acredita nele? — termino.

— É. Nem se estou disposta a fazer isso com ele. Sabe, começar um relacionamento.

— É porque você ainda não passou por cima da história toda com o Tam?

— Não, acho que já passei por cima dessa história do Tam, sim. Só não sei se estou preparada para passar...por *baixo* de Wade.

Nós duas rimos.

— Quer que eu pare de perguntar? Posso calar a boca se você quiser. Mas você sabe que, se quiser conversar, estou aqui. — Pensar nos problemas de Val me dá um alívio dos meus.

— Não, não quero que você pare de perguntar. Só não acho que o Wade e eu estejamos sintonizados. Ele é divertido e tal, mas *só* quer saber de diversão. Não consigo chegar a lugar algum com ele. — Ela dá um sorrisinho, desta vez olhando para mim, para que eu veja a expressão de perplexidade dela.

— Eu acho que o Wade tem profundidades escondidas, mas tem medo de mostrar — sugiro.

— Pode ser. — Ela parece em dúvida.

— Você vai ao Baile de Inverno com ele? Reed disse que ele te convidou.

Ela faz uma careta.

— Não. Eu vou ficar em casa. Odeio o Baile de Inverno.

— É ruim assim? Todo mundo na Astor age como se fosse a melhor coisa do mundo.

— Aqui é o sul. As pessoas vão celebrar qualquer oportunidade de se arrumar e desfilar por aí.

— Mas não você?

— Não. Eu odeio essas coisas. O Steve vai deixar você ir com o Reed?

— Ahn, duvido. Não falei com ele sobre isso, mas acho que ele não vai concordar. Além do mais, eu nem tenho um vestido. Você nunca me disse que eu precisaria de um.

Damos um sorriso. Quando nos conhecemos, Val me disse que eu precisava de vestidos para todos os eventos, de casamentos a funerais, mas não para o baile da escola.

— Você vai precisar comprar um — diz ela.

— Hum. — Esse é todo o entusiasmo que consigo sentir. Danças, vestidos e festas são assuntos que não me interessam agora, ao menos até eu encontrar provas para tirar Reed dessa confusão. Eu *não* vou deixar um homem inocente ir preso. O resto dos Royal pode aceitar, mas não eu.

Dez minutos depois, paro junto ao meio-fio em frente a um prédio baixo na cidade. Desligo o motor e olho para Val.

— Pronta?

— Me diz de novo por que estamos aqui.

— Eu preciso falar com uma pessoa.

— E você não pode ligar?

— Eu acho que ela não vai atender se eu ligar — admito, e volto a atenção para a janela.

Todas as declarações que Reed relatou são essencialmente verdade ou contêm alguma variação da verdade. Mas Reed insiste que essa não era. Além do mais, nenhum de nós se lembra de ter visto a garçonete no andar de cima. Por isso, decidi procurá-la. Quero que ela conte a mentira na minha cara.

— Que lugar sinistro — observa Val, se inclinando sobre o console para olhar para o conjunto de prédios pela minha janela.

Ela tem razão. Todos os prédios parecem cansados e gastos e as calçadas de cimento estão rachadas e tortas. Ervas daninhas sobem pela cerca que envolve o estacionamento no meio dos prédios. Mas eu já morei em condições bem piores.

— Você acha que eu devia bater na porta ou esperar que ela saia? — pergunto.

— Você sabe como ela é?

— Sei. Ela era de uma equipe de garçonetes que foi trabalhar na casa uma vez. Eu a reconheceria se a visse.

— Então, vamos esperar. Se ela não vai atender o telefone, não sei por que abriria a porta pra você.

— É verdade. — Batuco com os dedos na janela com impaciência.

— Você alguma vez já achou que de fato tenha sido o Reed? — pergunta Val baixinho depois de alguns minutos.

— Já. Eu às vezes penso sobre isso. — O tempo todo.

— E?

— Não me importo. — E, como quero que Val entenda direito o que eu quero dizer, abandono a vigilância por um segundo. — Eu acho que não foi ele, mas, se por um acaso foi um acidente, se eles brigaram e ela acabou caindo e batendo a cabeça, não sei por que o Reed devia ser punido por isso. Pode ser que eu seja uma pessoa terrível, mas eu sou time Reed.

Val sorri e estica a mão para cobrir a minha.

— Só para deixar registrado, eu também sou time Reed.

— Obrigada. — Aperto a mão dela e me viro para a janela a tempo de ver a porta do apartamento 5B se abrir. — Lá está ela!

Saio do carro e quase caio de cara na calçada de tanta pressa.

— Senhora Myers — eu chamo.

A mulher pequena de cabelo escuro para, ainda dentro da cerca.

— Sim?

— Meu nome é Ella Harper.

Para meu alívio, não vejo nenhuma expressão em seu rosto que indique que ela reconheceu o nome. Ajeito o blazer, que estraguei ao arrancar o brasão da Astor Park na esperança de parecer jornalista.

— Sou repórter do *The Bayview News*. Você tem um minuto?

Na mesma hora, o rosto dela se fecha.

— Não. Estou ocupada.

Ela se vira, mas grito o nome dela alto.

— Ruby Myers, eu gostaria de fazer algumas perguntas sobre a declaração que você deu sobre o caso Davidson.

Só consigo ver a lateral do rosto dela, mas vislumbro como ele está pálido e abalado. Sou tomada de desconfiança.

— E-eu não tenho nada a dizer — ela gagueja, abaixa a cabeça e corre até um veículo estacionado três vagas à frente.

Só consigo ficar olhando quando ela sobe no carro e sai em disparada do estacionamento.

— Você viu? — pergunta Val.

Eu me viro e ela está ao meu lado.

— O quê? Que eu sou uma investigadora péssima? — Quero bater o pé no chão como uma criança mimada. — Não consegui nem tirar uma resposta dela.

— Não. Você viu o que ela estava dirigindo?

— Ai, você também, não. O Reed fica me enchendo o saco para saber a diferença entre uma picape e um carro. Era um utilitário?

— Era um Lincoln Navigator, que custa uns sessenta mil. Aquele ali está tão novo que ainda tem o brilho da loja. Você disse que ela era garçonete, né? Está querendo me dizer que ela simplesmente acabou de achar um monte de dinheiro?

— Você acha que alguém a pagou para mentir sobre Reed?

— Talvez.

Penso por um momento e solto ar.

— Só uma pessoa tem alguma coisa a ganhar botando a culpa no Reed.

— Quem?

Eu encaro Val.

— Minha madrasta.

Capítulo 28

ELLA

Depois que deixo Val em casa, volto correndo para o hotel. Demoro dois segundos para encontrar Dinah. Ela está no sofá quando eu entro, os olhos vidrados e o cabelo um pouco armado.

— Cadê o Steve? — pergunto, olhando ao redor. Se vou enfrentar Dinah sobre a possibilidade de ter dado dinheiro para Ruby Myers, não quero plateia. Steve só vai antagonizá-la, e então ela vai se fechar.

Dinah levanta um ombro, a camisola quase inexistente escorregando pelo braço fino.

— Quem sabe? Provavelmente, pagando uma prostituta de dezesseis anos no píer. Ele gosta das novinhas, sabe. Estou surpresa de não ter ido parar na sua cama ainda.

Sinto o nojo subir pela minha garganta.

— Você faz alguma coisa além de ficar com essa bunda no sofá o dia todo?

— Ah, claro. Eu faço compras. Vou à academia. Trepo com seu irmão postiço, Gideon. — Ela dá uma gargalhada bêbada.

Vou até o sofá de braços cruzados, mas uma parte de mim está hesitante. Meu plano era enfrentá-la para falar de Myers, mas não sei como começar. Como ela teria pago Myers? Com dinheiro vivo, né? Será que Steve me deixaria olhar os saques no banco? Ou será que ela anda por aí com grana?

Em vez de acusá-la de cara, decido usar uma abordagem diferente. Pessoas bêbadas costumam ter pouca inibição. Talvez eu possa arrancar as informações sem que ela saiba o que estou fazendo.

Assim, me sento na outra ponta do sofá e espero que ela continue falando.

— Como foi o treino? Você não está suada.

Dou de ombros.

— É porque eu saí da equipe.

— Rá! — exclama ela, alto demais. Ela aponta um dedo trêmulo na minha direção. — Eu falei para o Steve que você só entrou nessa equipe para poder dormir com seu namorado.

Dou de ombros de novo.

— Que importância tem pra você o que eu faço com o Reed?

— Nenhuma. Eu só gosto de deixar os Royal infelizes. Sua infelicidade é um adicional especial para mim.

— Que legal, hein — eu digo com sarcasmo.

— Ser legal não leva a nada — rosna ela. Mas então a expressão em seu rosto se desfaz e, pela primeira vez desde que cheguei, reparo que, além de cheirar como se tivesse mergulhado em uma destilaria, seus olhos estão vermelhos.

— Você está bem? — pergunto, inquieta.

— Não, eu não estou bem — responde Dinah com rispidez, só que desta vez sua voz treme um pouco. — Eu sinto falta da Brooke. De verdade. Por que ela tinha que ser tão gananciosa e burra?

Engulo meu choque. Não acredito que é ela quem está tocando no assunto! Isso é perfeito. Enfio a mão no bolso e mexo no celular. Será que tenho algum aplicativo de gravação no meu celular? Será que consigo fazer Dinah dizer alguma coisa que a incrimine?

— O que você quer dizer?

Os olhos de Dinah assumem um brilho distante.

— Ela disse que você era como nós. Você é?

— Não — falo, mas logo me arrependo. Droga. Eu devia ter dito sim.

Mas Dinah parece perdida demais no próprio mundo para reparar na minha discordância.

— Você precisa tomar cuidado com aqueles Royal. Eles vão acolher você e depois dar uma facada nas suas costas.

Tomo cuidado com as minhas palavras agora.

— Como assim?

— Aconteceu comigo.

Isso foi antes ou depois de você transar com Gideon? Antes ou depois de decidir que ia derrubar os Royal?

— Como? — sondo.

Ela brinca com uma das pedras preciosas grandes que tem nos dedos.

— Eu conhecia a Maria Royal. Ela era a rainha de Bayview. Todo mundo a amava, mas ninguém via como ela era triste. Só eu via.

Eu franzo a testa. Aonde ela quer chegar com isso?

— Eu falei para ela que sabia de onde ela veio e como era possível ficar solitária quando não se era nascida nos círculos. Eu fui simpática — murmura Dinah. — Mas você acha que ela apreciou isso?

— Não?

— Não, certamente que não. — Dinah bate com a mão na mesa de centro, e eu me encolho de surpresa. — Os Royal são como a maçã no conto de fadas. Dourados por fora, mas podres até o miolo. A Maria não tinha dinheiro. Era uma ralé pobre do porto que abriu as pernas para o homem certo na hora certa. Quando ela ficou grávida de Callum Royal, ele teve que se casar com ela. Mas Maria não ficou satisfeita com a dedicação de Callum. Ela sempre quis mais, e ai de qualquer mulher que se colocasse no caminho da dominação total dos machos do círculo dela. Ela era uma vaca manipuladora que amava jogar dos dois lados da mesa. Com as mulheres, era ressentida e cruel e pisava nelas o tempo todo. Com os homens, era toda palavras doces e elogios.

Uau. É um lado da Maria Royal de que nunca ouvi falar. Reed e os irmãos se lembram dela como uma santa. Mas os comentários que Steve fez quando me tirou da escola surgem na minha cabeça.

Nenhuma pessoa viva é santa.

Por outro lado, Dinah não é uma pessoa em quem se possa confiar, e ela provavelmente pagou alguém para botar Reed na prisão. Seria burrice acreditar em qualquer coisa que ela diz.

Além do mais, mesmo que Maria *fosse* uma filha da mãe, a obsessão de Dinah pelos Royal continua não fazendo sentido.

— Você e a Brooke tinham raiva dos Royal e do Steve porque Maria Royal foi grosseira com você uma vez? — pergunto sem acreditar.

Ela dá um suspiro profundo.

— Não, querida. A Maria Royal representa todas as vacas ricas daqui. Você já encontrou o tipinho na escola. São aquelas que acreditam que a própria merda não fede.

Tipo Jordan Carrington. Acho que, de certa forma, a falação de Dinah não é pura loucura. Só que a diferença entre nós é que estou cagando para Jordan, enquanto Dinah obviamente se importava muito com a opinião de Maria.

— E, quando tentei esticar a mão pra ela, ela me afastou com um tapa. Me chamou de puta e disse que eu não era como ela.

— Sinto muito.

Essas palavras não saem com sinceridade suficiente da minha boca, porque Dinah começa a chorar. Lágrimas grandes e grossas escorrem pelo rosto enquanto ela chora.

— Não, não sente. Você não entende. Ainda acha que os Royal são maravilhosos. A única pessoa que entendia era a Brooke, e ela se foi. Ela se foi.

É a oportunidade perfeita, então eu a aproveito.

— Você matou a Brooke porque ela estava tentando roubar a sua fatia do bolo?

— Não, caralho, eu não matei a Brooke. — A voz da Dinah exala raiva. — Seu precioso Reed foi quem a matou.

— Não matou — respondo por entre dentes.

— Continue se enganando, querida.

Encaro o olhar debochado dela de frente.

— Você pagou a Ruby Myers para dizer que o Reed ameaçou matar a Brooke? Você fez isso?

Dinah sorri. É um sorriso frio e sem humor.

— E se tiver pago? Como você vai provar?

— Pelos registros financeiros dela. Os investigadores do Callum vão provar isso.

— Vão? — Ela solta uma gargalhada curta e raivosa, e estica a mão para segurar meu queixo. — Os recursos dos Royal não vão conseguir comprar a liberdade do Reed. Eu vou fazer o que for preciso para ver aquele merda assassino na cadeia, mesmo que essa seja a última coisa que eu faça em vida.

Bato na mão dela e pulo do sofá.

— Você não vai botar a culpa no Reed! — declaro. — Eu vou provar que você pagou a Ruby Myers. E talvez até prove que você matou a Brooke.

— Vá em frente, princesa. Você não vai encontrar nada contra mim. — Ela toma toda a bebida em um gole e enche o copo de novo.

Cansada do rosto arrogante e horrendo, eu corro para o meu quarto e bato a porta. Assim que me sinto calma o suficiente para segurar o celular sem deixar cair, ligo para Reed.

— O que foi? — pergunta ele.

— Eu fui até a casa da Ruby Myers e...

— *O quê?*

Ele grita tão alto que tenho que afastar o celular do ouvido.

— Você está brincando? O que você está tentando fazer? Morrer?

— Você e eu sabemos que a declaração dela é mentira — respondo. E, baixando a voz a um sussurro, eu digo: — A Dinah está metida nisso até o pescoço. Ela praticamente admitiu que pagou a Myers.

— Ella, droga, fique fora disso. Meu pai tem investigadores trabalhando nesse caso, e nós não conseguimos encontrar nenhuma informação nova. Se a Dinah estiver envolvida, cutucar a colmeia só vai fazer você se machucar. Não aguento a ideia de que você possa se machucar.

— Eu não posso ficar parada. — Ando até a janela e abro as cortinas. A camareira sempre fecha, por algum motivo idiota.

Reed suspira.

— Olha, eu sei. Sei que é difícil pra você. Mas você tem que aceitar que é a coisa certa para todos nós. Se eu aceitar o acordo, tudo passa. Em vez de um ano de incertezas e mais alguns de apelações com toda a nossa roupa suja exposta na primeira página, a gente acaba logo com tudo. — Com voz mais baixa, ele acrescenta: — Não vai durar tanto tempo.

Lágrimas surgem nos meus olhos.

— Não é certo. E eu não quero você longe nem por um dia.

— Eu sei, gata.

Mas sabe mesmo? Tem um tom distante na voz dele, como se ele já estivesse se afastando de mim. Com um certo desespero, eu digo:

— Eu amo você.

— Eu também amo você. — A voz dele soa rouca, grave e séria. — Não vamos brigar. Vamos tentar botar isso de lado e aproveitar o tempo em que ainda estou aqui. Antes que você perceba, eu estarei de volta. — Ele faz uma pausa. — Vai ficar tudo bem.

Mas não acredito nele.

No dia seguinte, tento agir como se nada de horrível estivesse acontecendo em nossa vida. Como se Reed não tivesse acabado de anunciar que vai para a cadeia por um mínimo de cinco anos. Como se meu coração não se partisse cada vez que olho para ele.

Ele tem razão sobre uma coisa. Se passarmos as próximas cinco semanas pensando no futuro horrível que está por vir, será como se ele estivesse começando a cumprir a sentença desde já.

Assim, faço tudo normalmente na escola e ajo como se nada estivesse errado, mas, quando o sinal de fim das aulas toca, estou exausta de tanto fingir e mais do que pronta para ir para casa.

Estou na metade do estacionamento quando ouço uma voz com tom agressivo chamar meu nome.

Na mesma hora, fico mais rígida do que uma tábua. Que ótimo. Jordan.

— A gente precisa conversar — diz ela a uns dez metros de distância.

Tento abrir a porta do carro, mas Jordan está ao meu lado antes que eu consiga fugir. Eu me viro com um suspiro.

— O que você quer?

Um brilho cruel surge em seu olhar.

— Eu vim cobrar o favor.

Todos os músculos do meu corpo se contraem. Merda. Eu estava com esperanças de que ela fosse se esquecer disso.

Mas eu devia saber que Jordan Carrington não esquece nada, principalmente quando traz vantagem para ela.

— Tudo bem. — Finjo um sorriso. — Quem eu tenho que grudar com fita adesiva na porta da escola?

Ela revira os olhos.

— Como se eu fosse mandar uma amadora fazer meu trabalho sujo. — Balançando as mãos com unhas bem pintadas, ela diz: — Acho que você vai gostar desse favor, na verdade. Não exige quase nenhum esforço da sua parte.

Uma desconfiança desce pela minha coluna.

— O que você quer? — repito.

Jordan abre um sorriso largo.

— Reed Royal.

Capítulo 29

ELLA

Demoro alguns segundos para processar as palavras de Jordan. Quando me dou conta do que ela quer, não consigo evitar uma gargalhada. Ela quer Reed? Ah, tá, claro. Não vai rolar, vaca.

— Eu não sei nem o que você quer dizer com isso, mas, seja como for, o Reed não está na jogada — digo com alegria. — Você precisa pensar em outra coisa.

Ela inclina a sobrancelha.

— É isso ou nada.

Abro um sorriso.

— Então, eu escolho nada.

Jordan ri do que eu digo. Ou talvez só esteja rindo de mim.

— Desculpa, eu disse *nada?* Na verdade o que isso quer dizer é que, se você não cumprir o seu lado do acordo, "nada" é o que sua vida social vai ser. Eu vou contar para o seu pai que você mentiu para ele sobre a equipe de dança para poder trepar com seu namorado no hotel. Tenho certeza de que ele vai deixar você de castigo pela vida toda quando descobrir. — Ela pisca os olhinhos. — Ou talvez ele se mude com você para outro estado. Na verdade, talvez eu recomende isso a ele. Vou até oferecer uns livretos de bons colégios particulares em outros lugares.

Filha da mãe. Isso soa exatamente como o tipo de coisa que Steve faria se descobrisse a verdade: me mudar de escola. Se ele descobrir que eu menti sobre o jogo e passei a noite com Reed, ele vai perder a cabeça.

— E então — diz ela, o sorriso voltando. — Devo contar os detalhes?

— O que você quer com Reed? — pergunto por entre dentes.

— Eu quero que ele me leve ao Baile de Inverno.

Meu queixo cai. Ela está falando sério?

Jordan revira os olhos ao ver meu choque.

— O quê? *Você* não vai poder ir com ele, a não ser que seu pai de repente goste da ideia de você namorar um assassino.

Eu a encaro.

— O que aconteceu com todo aquele discurso seu sobre *você* não querer andar com um assassino?

Ela dá de ombros.

— Mudei de ideia.

— É? E por que isso? — questiono.

— Porque a estrela do Reed nunca brilhou tanto. — Ela joga o cabelo escuro e brilhante sobre os ombros. — Quando ele foi preso, o status social dele despencou, mas agora ele é praticamente o assunto principal das conversas da maioria das meninas patéticas daqui. Ao contrário de você, a hierarquia social importa para mim. — Ela dá de ombros de novo. — Eu quero ir ao baile com o Reed. Esse é o favor.

Uma gargalhada de descrença sai pela minha boca.

— Eu não vou emprestar meu namorado por uma noite!

Os olhos dela são tomados de frustração.

— Ele é um troféu, sua burra. Você não entende?

Reed não é um troféu!, tenho vontade de gritar. Ele é um ser humano. É inteligente e lindo e fofo, quando se permite deixar de lado a postura de durão. E é *meu*. Essa garota está louca se acha que eu vou concordar com isso.

Jordan suspira quando vê minha expressão irredutível.

— Quer saber, que tal eu incluir uma vaga na equipe de dança nesse acordo?

— O que isso quer dizer?

— Quer dizer que vou deixar você voltar para a equipe — responde ela com exasperação. — Meu Deus, quão burra você pode ser? Nós duas sabemos que você não queria sair, só agiu como uma vaca sem motivo nenhum. Então, pode voltar, se quiser.

Eu hesito. Eu estava mesmo gostando de passar um tempo naquela equipe idiota.

— E eu nem vou pedir outro favor — diz ela com um sorriso um pouco amplo demais. — Só quero Reed de braços dados comigo no Baile de Inverno.

É *só* isso que ela quer? Nossa, ela pede *tão* pouco. Só que não.

Apoio as mãos nos quadris.

— E depois?

— O que você quer dizer?

— O que vai acontecer depois do baile? Você acha que ele vai ser seu namorado, por acaso? Porque ele não vai.

Jordan ri com deboche.

— Quem quer um namorado que vai passar o resto da vida preso? Eu quero ser Rainha Floco de Neve. Só isso.

— Rainha Floco de Neve? — repito sem entender.

— Todo mundo no Baile de Inverno vota em um rei e uma rainha. Como no baile de volta às aulas. — Ela joga o cabelo por cima do ombro. — Eu quero ser rainha.

Claro que quer.

— Eu já estou bem encaminhada, mas ir com o Reed vai selar a questão. Um monte de gente está falando em votar nele porque sentem pena.

Os alunos da Astor Prep são muito estranhos. Eu observo o rosto dela.

— Se eu aceitar isso, estaremos quites?

— Totalmente — diz ela.

Engulo minha irritação, abro a porta do carro e me sento no banco do motorista.

— E então? — Jordan fica parada ao lado do conversível com uma expressão de expectativa no rosto.

— Vou pensar — digo. E ligo o motor, para poder abafar o som das gargalhadas dela.

REED

Quando chego em casa do treino, encontro Ella deitada em sua cama, usando o que parece ser uma calça de moletom velha minha e uma regata pequenininha. Fico surpreso em vê-la.

— O Steve sabe que você está aqui? — pergunto com cautela.

Ela assente.

— Eu disse que precisava estudar para uma prova de química com o Easton. — O livro de química está ao lado dela, mas Easton não está por perto.

Abro um sorriso.

— Você precisa mesmo estudar ou isso foi uma desculpa?

— Não, eu preciso mesmo estudar — responde ela de mau humor. — Mas nós dois sabemos que o burro do seu irmão não vai me ajudar em nada. Eu achei que, se estudasse aqui, pelo menos ia poder ver você. Mas o Steve está lá embaixo, então vamos ter que fazer silêncio.

Vou até a cama e dou um beijo rápido nela.

— Vou botar um moletom e venho ajudar. Fiz química ano passado e me lembro de tudo.

Antes que eu possa entrar no banheiro, ela se senta e diz:

— Espera. Preciso contar uma coisa.

Meu olhar se desvia para a camisetinha quase inexistente. Saber que só vou ter mais algumas semanas com Ella me deixa com mais tesão cada vez que boto os olhos nela.

— Você pode me contar sem blusa?

Ela sorri.

— Não.

— Tudo bem. Que seja. — Eu pulo na cama e me deito de costas, cruzando os dedos sobre a barriga. — O que é?

Ela limpa a garganta.

— Você precisa levar Jordan ao Baile de Inverno.

Eu me levanto na mesma hora.

— Você está louca? — Olho para ela, atônito. — Eu nem sabia que a gente ia. Achei que a gente ia fazer outra coisa. Só nós dois. — Eu odeio o baile de inverno.

— Eu achava que todo mundo ia. — Ella joga o celular para mim. — Está vendo?

Eu o pego e vejo o Instagram da Astor Park, cheio de fotos dos preparativos para o Baile de Inverno. A escola é obcecada com esse baile, e na verdade eu até agradeço por isso porque assim o foco das atenções foi desviado um pouco de mim, da Ella e dos meus irmãos.

— As garotas vão porque é o evento social do semestre. Os garotos vão para poder transar depois — explico friamente.

— Legal. Bom, você não precisa transar com a Jordan depois do baile. O acordo foi de você levar ela à festa e mais nada.

— Acordo? — Estou perdendo a linha de pensamento porque a blusa da Ella está subindo e consigo ver um pedacinho de pele acima da cintura.

— Por eu ter entrado na equipe de dança e ido ao jogo fora da cidade.

Engulo um gemido.

— Foi isso que você prometeu para ela? Que eu iria com ela ao Baile de Inverno?

— Não, prometi um favor a ser cobrado depois.

— Por que ela quer ir comigo? Eu achava que ela me odiava.

— Acho que ela não odeia você. Acho que é uma coisa meio esquisita que tem a ver com notoriedade. Você vai com ela, e ela pode desfilar você como um cachorrinho na coleira. Uma coisa meio a Bela e a Fera.

— Ela é a Fera, né?

Ella torce um de meus mamilos em resposta. Isso dói, caramba.

— Ah, e ela quer ser coroada Rainha Floco de Neve, sei lá — acrescenta Ella. — Ela acha que ir com você vai aumentar as chances dela.

Pego os dedos dela e coloco na minha boca.

— Eu não quero ir a um baile com a Jordan. Se eu for, quem vai segurar a coleira é você.

— Eu não sou do tipo que segura coleira.

Coloco a mão dela na base da minha nuca.

— Eu sou seu. Todo mundo na Astor sabe.

Seu rosto assume um adorável tom de rosa.

— Eu também sou sua. Mas eu fiz um acordo.

— Por que você vai pagar essa dívida? Ninguém está obrigando você.

Os dedos dela passam pela minha clavícula e geram um arrepio na minha espinha.

— Porque acordo é acordo. Eu sempre cumpro a minha palavra.

— Acordos com o diabo não contam.

— Se você não aceitar, ela vai contar para o Steve que menti sobre o jogo fora da cidade — admite Ella, afastando a mão. — E disse que vai tentar convencê-lo a me mandar para outra escola. Talvez até fora do estado.

Eu poderia suportar essa coisa de escola, principalmente porque não vou nem estar mais aqui depois de janeiro. Mas outro estado? Não mesmo. Isso quer dizer que Ella não poderia nem ao menos ir me visitar. Além do mais, meus irmãos precisam dela e ela precisa deles. Essa é a família dela. Ela não merece ficar separada deles.

Mesmo assim, consigo imaginar Steve fazendo uma coisa drástica dessas. Desde que meu pai contou para ele do meu acordo, Steve anda sendo mais tolerante em deixar Ella passar um tempo aqui, mas ele não quer que a gente namore. Já deixou isso mais do que claro. Se ele descobrir que eu tirei a virgindade dela no jogo fora da cidade, ele com certeza vai me matar.

Ella se senta e passa uma perna pela minha cintura.

— Você tem que aceitar, Reed. Por favor.

Uma coisa que aprendi sobre Ella é que, se ela bota uma coisa na cabeça, não tem como fazê-la mudar de ideia. Esse é o nível de teimosia dela. Vai cumprir a parte dela do acordo com Jordan seja qual for o custo, e esse custo nem é tão terrível, acho.

Eu seguro os quadris dela e a deixo imóvel.

— Tem algum detalhe nesse acordo? O que ela espera de mim?

Ella pega o celular e olha as mensagens.

— Ela disse que você tem que vestir alguma coisa. Não me lembro o quê.

— Você aceitou isso antes mesmo de me perguntar? — questiono.

— Não, eu juro. Só falei para ela que por mim tudo bem se você aceitasse. — Ella baixa as mãos para o meu peito e começa a mexer os quadris.

Meus olhos se fecham, mas me ouço respondendo:

— Nós sempre usamos smoking. O que mais ela quer que eu use? — Outro pensamento surge na minha mente. Abro os olhos. — Você também planeja ir ou vai me deixar à mercê da Jordan?

— Ah, eu nunca abandonaria você assim. Pensei em ir com o Wade. A Val não vai, então eu posso ficar de olho nele.

Ah, porra, não. Não estou gostando desse plano.

— O Wade não consegue manter o pau dentro da calça nem por um segundo — digo.

— Eu sei. Por que você acha que a Val não vai?

— Então eu tenho que ir com a demônio e você vai ficar com um cara cuja missão de vida é comer todas as garotas disponíveis na costa do Atlântico?

— Dê mais crédito ao seu amigo — repreende Ella. — O Wade sabe que não pode dar em cima de mim.

— É bom saber — digo com mau humor.

Ela se inclina para me beijar, mas recua antes que eu consiga usar a língua.

— Você vai topar?

— Tudo bem, eu topo — resmungo. — Apesar de ainda não acreditar que você aceita que eu vá a um baile com a *Jordan*.

— Ei, pelo menos não é com a Abby — resmunga ela. — Eu aceito você ir com a Jordan porque sei que você odeia ela, mas a Abby me incomodaria bem mais.

— Por que ela é minha ex?

— Porque ela é sua ex.

— Mas ela é minha *ex*. O que quer dizer que não quero sair com ela agora, não queria já faz algum tempo e não vou querer no futuro. Esse tipo de ex.

Ella emite um som mal-humorado.

— É bom continuar assim.

Uma risada escapa.

— Eu gosto da Ella ciumenta. — Uma coisa me ocorre. O Baile de Inverno é em dois dias, e agora foi a primeira vez que Ella tocou no assunto. — Você tem vestido?

— Não posso comprar um no shopping?

— Ah, gata. Você ainda não aprendeu, é? — Eu a levanto do meu pau latejante e a coloco na lateral da cama. Ando até a cômoda e pego um moletom para ela. — Coloca isto. Vamos falar com meu pai.

— Agora? As lojas estão todas fechadas.

Como ela fica lá parada, enfio o moletom pela cabeça dela.

— O Baile de Inverno é como um baile normal usando esteroides. As garotas gastam mais com vestido do que algumas pessoas gastam com um carro. — Enfio os braços dela nas mangas e dobro-as. — Não quero que peguem no seu pé.

— Caramba, a Val estava certa. Vocês realmente têm vestidos especiais para tudo. Onde eu devia comprar o vestido se não é no shopping? Sabe, aquele lugar onde vendem um montão de vestidos.

— Não sei onde se compra, mas meu pai vai saber.

No andar de baixo, encontramos meu pai e Steve no escritório. Os dois estão inclinados sobre papéis que parecem um plano de voo.

— Vocês têm um minuto? — pergunto, batendo na porta.

Steve faz cara feia ao ver Ella usando minhas roupas.

— Não aconteceu nada — sinto-me obrigado a dizer. — Nós estávamos falando sobre o Baile de Inverno, e a Ella disse que não tem um vestido.

— Então vocês dois vão ao baile juntos? — pergunta meu pai, tirando os olhos dos papéis e olhando para nós.

— Mas não vão mesmo — diz Steve rigidamente.

Ella faz cara feia para o pai.

— Nós não vamos juntos. O Reed vai levar a Jordan Carrington, e eu vou com o Wade.

Steve relaxa na mesma hora.

— Tudo bem.

Escondo meu desprazer ante o óbvio alívio que ele expressa.

— De qualquer modo, a Ella precisa de um vestido — murmuro.

— Isso é mesmo tão importante? — diz ela, irritada. — Eu tenho vestidos.

— Não sei — diz meu pai —, mas fui voluntário do baile alguns anos atrás e me lembro de ter visto muitos vestidos de grife. Se o Reed está me dizendo que você precisa de vestido, então acho que precisa mesmo. — Ele massageia o queixo e se vira para Steve. — Você saiu com aquela mulher... Patty, Peggy...

— Perri Mendez? — diz Steve. — É, ela era dona da Bayview Boutique.

— Ainda é. Eu a vi no jantar da Câmara de Comércio algumas semanas atrás. Vamos ver se ela pode arranjar alguma coisa. — Meu pai faz sinal para Ella se aproximar da mesa. — Sente aqui e olhe o site da Perri. Encontre um vestido que você goste e vamos conseguir para você.

Ella se senta.

— O que devo procurar?

— O mais chique que você encontrar — recomendo. — Isso aqui é como um grande desfile de concurso de beleza.

Ela clica em uma série de fotos e para em uma página.

— Gostei desse.

Não consigo ver de qual ela está falando porque a mão dela está bloqueando a tela.

— Salve a imagem e eu mando para Perri — diz meu pai.

— Obrigada.

— Eu falei que meu pai ia resolver — comento sorrindo.

Ela se levanta da cadeira e nós dois vamos na direção da porta, mas paramos quando a voz alta de Steve ressoa pelo ar.

— Aonde vocês dois vão?

— Para o meu quarto. Não se preocupe, o Easton está lá — diz Ella, os pés já atravessando a passagem.

Steve franze a testa.

— Deixem a porta aberta. Seu novo namorado não ia gostar se soubesse que você está andando tanto com o Reed.

Meu pai fica com uma expressão frustrada no rosto enquanto eu olho para Ella sem entender. *Novo namorado?* O que raios ela anda dizendo para Steve?

Ela me puxa para a escada e explica.

— O Steve acha que Wade é meu novo namorado porque fomos naquele encontro falso. E acho que agora que vamos ao baile juntos, para ele nós somos oficialmente um casal.

— Vocês não são um casal — eu lembro a ela.

— Dã.

Quando ficamos sozinhos, não perco tempo em tirar seu o moletom e a beijar, usando a boca para lembrá-la exatamente com quem ela está.

— Nós não deixamos a porta aberta — murmura ela.

— Eu sei — digo com a cara nos seios dela. — Quer que eu pare?

— De jeito nenhum.

Temos uns cinco minutos nos agarrando até Easton entrar.

— Eu não interrompi nada, né? — pergunta ele, nem um pouco arrependido. — Eu soube que estou vendo TV com vocês.

Ella joga um travesseiro na cara dele, mas abre espaço na cama. Eu ligo a TV. Quando a tela se acende, minha garota se acomoda no meu braço.

Não tenho muito tempo até ser preso. Passar uma noite com Jordan não é como quero usar esse tempo precioso, mas vou ter que aguentar. Por Ella.

Porque meu objetivo para as semanas que temos é fazer Ella Harper feliz a cada segundo de cada dia.

Capítulo 30

ELLA

Na noite de sexta, Steve me leva até a casa dos Royal, reclamando o tempo todo.

— Na minha época, o garoto dirigia até a casa da garota. Ele não ia até a casa do melhor amigo para buscá-la.

— Era mais fácil do que o Wade ir até a cidade para me pegar — eu respondo, dando de ombros. Além disso, eu queria dar uma olhada no Reed de smoking. Mas não falo nada sobre essa parte.

Quando passamos pelo portão dos Royal, não consigo deixar de pensar na diferença entre a minha vida agora e quando eu cheguei. Alguns meses atrás, eu estava tirando a roupa em uma boate vagabunda chamada Daddy G's. Agora, estou sentada em um carro absurdamente caro, usando um vestido que Val me disse que deve ter custado mais do que um ano de mensalidades da Astor Park e sapatos que têm cristais de marca famosa grudados neles todos. Val pronunciou o nome do fabricante dos cristais três vezes, mas ainda não consigo repetir. Eu pareço uma Cinderela da vida real, com vestido de festa e sapatinhos de cristal e tudo. Mas não sei se a fada madrinha na situação é Callum ou Steve.

Steve contorna o chafariz do jardim com o carro esportivo. Eu abro a porta assim que paramos na frente da escada de entrada, mas o carro é tão baixo que tenho dificuldade de sair dele com todas aquelas cem camadas de chiffon.

Steve ri.

— Espera. Eu vou ajudar você.

Ele me puxa e me ajuda a ficar de pé com os sapatos com saltos de dez centímetros.

— O que você acha? — pergunto, esticando os braços.

— Você está linda.

Eu me vejo corando pelo elogio. É tão surreal pensar que aquele é meu pai olhando para mim com tanto orgulho no olhar.

Ele segura meu braço e me ajuda a subir pelos degraus largos. Assim que entramos, vejo Reed descendo a escada. Ele está tão lindo de smoking preto que preciso me segurar para não babar.

— Oi, Reed. Você está ótimo — cumprimento com tom distante, porque Steve está bem do meu lado.

— Você também — responde ele, com voz igualmente indiferente. Mas seu olhar quente diz mais do que isso.

— Vou estar no escritório do Callum — diz Steve. — Ella, venha me chamar quando seu par chegar.

Ele desaparece no corredor, o que me surpreende, pois sei que não gosta quando fico sozinha com Reed. Assim que ele sai, Reed se inclina e encosta a boca no meu pescoço, dando um beijo tão ardente que deixa meus joelhos bambos.

Em seguida, me encosta na parede e continua a exploração de toda a pele convenientemente exposta pelo tomara-que-caia. Minhas mãos vão para o algodão engomado da camisa. A ideia de tirar as roupas dele vai ficando mais atraente a cada segundo. Infelizmente, o som de um motor lá fora explode a bolha.

Ao ouvir a buzina, Reed levanta a cabeça do meu pescoço.

— Seu par chegou.

— Nada de beijo na boca? — Eu abro um sorriso enquanto tento recuperar o fôlego.

O polegar dele encosta no canto da minha boca.

— Não quis estragar seu batom.

— Pode estragar — convido.

Ele curva os lábios.

— Tem tantas outras partes do seu corpo onde eu gostaria de botar a boca agora... — As mãos dele vão até a parte acima dos meus seios, ainda úmidos pelos beijos dele. Eu arfo quando um dedo comprido desliza para dentro do corpete apertado e roça meu mamilo.

— Ei, cara, você está atacando meu par? — pergunta Wade quando entra pela porta de entrada sem bater.

Reed suspira, puxa a mão de volta e se balança nos calcanhares.

— Estou expressando minha apreciação pelo corpo maravilhoso da minha namorada.

Respiro fundo para me acalmar e me viro para Wade. Felizmente, o corpete é grosso o suficiente para meu estado de excitação não ficar evidente através do tecido.

— Se você é meu par, é bom ter trazido um arranjo floral lindo para mim. Me disseram que dá para saber o tamanho do pau do cara com base na quantidade de flores que ele compra.

Wade para na mesma hora e olha para a caixa branca e comprida que tem nas mãos.

— É mesmo? Dizem isso?

Reed e Wade trocam olhares alarmados, e eu quase morro de tanto rir da cara deles.

— Você é uma mulher má. — Wade passa por mim sem me dar a caixa.

Nós três nos viramos ao ouvirmos passos na escada. Easton e os gêmeos aparecem, cada um usando um smoking.

Sawyer cumprimenta a mim e a Wade com a cabeça.

— Finalmente. Vamos começar logo o show. Nós precisamos pegar a Lauren.

Todos vão até a porta, eu e Easton mais atrás. Sorrindo, ele estica a mão e dá um peteleco na minha saia.

— Achei que você ia escolher alguma coisa mais apertada e sexy.

— Eu usei roupas provocantes por muito tempo. Nunca me vesti de princesa. — Balanço o vestido, pelo qual me apaixonei assim que tirei da caixa. Os ombros à mostra têm o toque sexy de que preciso, mas mesmo que o vestido fosse de gola alta e mangas compridas, eu continuaria louca pela saia ampla e pelas milhares de camadas de chiffon que balançam em volta das minhas pernas quando eu ando.

Easton sorri.

— Você sempre faz o oposto do que esperam. As garotas vão ficar loucas.

— Estou só fazendo o que eu quero. Elas deviam fazer o mesmo. — Não escolhi o vestido porque queria torcer o nariz de ninguém da Astor. Escolhi porque parecia um sonho e, se este é o único Baile de Inverno que poderei ir com Reed, apesar de tecnicamente ele não ser meu acompanhante, eu queria usar o vestido mais bonito do planeta.

— Não importa. Se você usasse vestido apertado, iam chamar você de piranha, e agora vão chamar de outra coisa, mas eu estarei aqui para cuidar de você enquanto o Reed estiver longe.

A declaração de Easton me aquece por dentro. Não porque preciso que cuidem de mim, mas porque sinto que ele está crescendo um pouco. Em um momento de compreensão, percebo que Easton precisa de alguém que o vigie e cuide dele. Não vou ser essa pessoa, mas até que ele a encontre, nós podemos cuidar um do outro.

— E eu vou cuidar de você também — prometo.

— Combinado.

Apertamos as mãos.

Steve e Callum vão para o lado de fora quando chegamos ao jardim.

— Vocês já vão? — diz Callum.

— Vamos — responde Easton.

Wade para ao lado do Bugatti de Steve e passa a mão pelo capô, sem ousar encostar no aço.

— Eu acho que você devia me deixar dirigir isto, senhor O'Halloran. Pelo bem da sua filha.

— Eu acho que você devia parar de respirar no meu veículo de dois milhões de dólares, senhor Carlisle, e levar minha filha para o baile.

Virgem Maria. Eu olho para o meu pai, boquiaberta.

— Dois milhões? — repito.

Todos os homens olham para mim como se eu fosse ridícula por perguntar, mas os ridículos são eles. Dois milhões por um carro? Essa gente tem dinheiro demais.

— Valeu a tentativa. — Sorrindo, Wade corre até seu carro esporte e abre a porta para mim. — Sua carruagem a aguarda.

— Ei, escuta — diz Wade quinze minutos depois, quando estamos em uma fila comprida de carros esperando para entrar no *country* clube. — Eu quero que você saiba que pode me procurar se tiver algum problema.

Franzo a testa.

— O que você quer dizer com isso?

— Semestre que vem — esclarece ele. — Depois que o Reed, hum, for embora.

— Que tipo de problema você imagina que eu vá ter? Tipo, se eu esquecer o absorvente, você vai ter um no seu armário?

Ele vira a cabeça.

— O Reed guarda absorvente no armário dele para você?

— Não, seu burro, mas sua declaração foi idiota no mesmo nível. Eu sei me cuidar. — Mas as palavras dele me fazem lembrar as de Easton, e uma desconfiança toma conta de mim. — O Reed mandou você falar isso?

Wade olha pela janela.

— O Reed me mandou falar o quê?

— Não se faça de burro.

Ele murcha os ombros.

— Tá, talvez.

— Ele vai ditar instruções da cela da prisão como um chefão da máfia?

A superproteção de Reed é capaz de piorar quando ele não puder me ver todos os dias. Acho que devia me sufocar de certa forma, e talvez fosse isso o que aconteceria com algumas garotas. Mas, para mim, é reconfortante. Não vou deixar que ele controle a minha vida, mas não me incomodo com a atitude.

— Sei lá. Talvez? — Wade não parece incomodado por isso. Ele se mexe e lança um olhar malicioso na minha direção. — E aí… visitas conjugais?

Reviro os olhos.

— Por que vocês, homens, gostam tanto de visitas conjugais?

— Sei lá — diz ele de novo. — Parece meio pervertido. — Os olhos dele ficam meio desfocados enquanto ele cria uma fantasia qualquer com celas de cadeia e jogos sexuais.

Como não quero ficar sentada ao lado de Wade enquanto ele cria um pornô na cabeça, eu pergunto:

— Falando em perversão, o que está rolando entre você e a Val?

Ele aperta os lábios em uma linha rígida.

— O gato comeu sua língua? — provoco, mas a boca fica fechada como se estivesse colada.

Ele aceita falar de qualquer coisa, menos da Val, é? Muito, muito interessante.

— Tudo bem, não fale, mas saiba que a Val é uma garota incrível. Não brinque com ela. — Não é uma ameaça aberta, mas Wade já devia me conhecer. Se ele fizer mal a ela, eu farei mal a ele.

— É isso que você pensa? — explode ele. — Que *eu* sou o problema? Mulheres — murmura ele, e acrescenta alguma coisa baixinho que não consigo entender.

Eu levanto as sobrancelhas, mas ele aumenta a música, e deixo o assunto de lado porque a explosão dele é resposta suficiente.

Quando chegamos ao Bayview Country Club, o bom humor natural de Wade voltou. Ele relaxa, e o sorriso fácil que é sua característica está estampado de novo em seu rosto.

— Desculpa por ter sido ríspido com você. A Val e eu somos... complicados.

— Eu peço desculpas por ter xeretado. É que eu amo a Val e quero que ela seja feliz.

— E eu? — diz ele, fingindo estar ofendido. — Você quer que eu seja feliz?

— Claro. — Estico a mão e aperto a dele. — Eu quero que todo mundo seja feliz.

— Até a Jordan?

— Principalmente ela — digo quando ele para na entrada do clube. — Se ela fosse feliz, acho que seria menos aterrorizante.

Ele ri, mas não concorda.

— Duvido. Ela se alimenta do medo e da infelicidade dos outros.

O manobrista abre minha porta antes que eu possa responder, mas a avaliação de Wade é tristemente correta. Jordan parece mesmo estar mais feliz quando todo mundo em volta dela está infeliz.

— Tome cuidado. É meu bebê — diz Wade para o manobrista quando joga a chave para ele. Em seguida, bate no capô e pisca para mim. — Carros são menos complicados do que mulheres.

— Não dá para fazer uma visita conjugal com um carro — eu lembro a ele.

Ele ri.

— É verdade.

Eu nunca vim ao *country* clube e, embora eu não sabia como ele é quando não está decorado com o azul e dourado da Astor Park, penso o quanto está lindo hoje. Tiras largas de tecido branco estão penduradas no centro e em volta, fazendo o salão parecer uma tenda enorme e luxuosa. Junto com o tecido branco, há luzinhas de Natal brancas. Mesas redondas cobertas de toalhas brancas imaculadas e cadeiras com laços gigantes e cintilantes em azul e dourado decoram o salão. Mas, apesar da fila comprida de carros lá fora, o salão está surpreendentemente vazio.

— Onde está todo mundo? — pergunto ao meu par.

— Você vai ver — diz Wade com voz enigmática, me levando até uma mesa na entrada.

Atrás da mesa, um homem e uma mulher de terno preto se levantam quando nos aproximamos.

— Bem-vindos ao Baile de Inverno da Astor Park Prep — diz a moça. — Nomes, por favor?

— Wade Carlisle e Ella... — Ele para e olha para mim, em dúvida. — Royal? Harper? O'Halloran?

— Tem uma Ella Harper. — A mulher me entrega uma bolsa de seda e uma minigarrafa de cidra com meu nome.

— O que é isso? — pergunto lentamente.

Wade pega tudo e me leva para longe da mesa, para o casal atrás de nós poder pegar o brinde. Ele coloca as garrafas em um bolso e as bolsinhas no outro.

— Você recebe quinhentos dólares em fichas para jogar aqui.

O aqui que ele se refere é um salão cheio de mesas de jogo cobertas de feltro e com tanta gente que me sinto meio sufocada. As garotas estão usando lindas roupas, a maioria delas com vestidos justos com fendas nas laterais. Os garotos estão de smoking preto. Parece um cenário de filme.

— Eu queria que a Val estivesse aqui — eu sussurro.

Acho que Wade diz "eu também", mas não tenho certeza absoluta.

— Então, eu uso as fichas para apostar nesses jogos? — Balanço a mão na direção das mesas de cassino, tentando afastar ambos os nossos pensamentos da nossa amiga ausente.

— É, e depois faz lances para comprar coisas.

Nós entramos. Há duas mesas, uma com gente jogando pôquer e outra com gente jogando *blackjack*.

— Que tipo de coisa?

— Viagens, joias, experiências.

— Quem paga por isso?

— É tudo doado. Mas suas fichas são pagas por um dos pais ou tutores, eu acho.

— É por isso que não tem dança? — Mais ao longe, vejo uma mesa cheia de bolsas, envelopes e cestas. Parece uma mesa de rifa em um bingo, mas bem mais bacana.

— Tem dança na área de jantar.

Eu me lembro vagamente de um quadrado aberto no meio das mesas.

— Mas aquele espaço é pequeno demais.

— Ninguém dança.

Ah, dã. Quem vai querer dançar quando se pode jogar?

— Quando isso começou?

— Uns dez anos atrás, talvez. — Wade bate na mão de um jogador de futebol americano quando passamos. — Nenhum dos garotos dançava, e um número grande parou de vir. E então, algum espertinho inventou essa coisa de cassino. Bum, os garotos todos voltaram.

Nós paramos na frente de uma mesa. Os itens variam de bolsas e joias a plaquinhas com as palavras *Aspen* e *Las Vegas* e *Puerto Vallarta*. Devem ser as experiências que Wade citou.

— Nada disso vale quinhentos dólares — digo para ele, apontando para os números em negrito embaixo de cada folheto explicativo.

— Certo, bom, você tem que ganhar fichas e depois seu par tem que dar as dele para você.

— Isso não é nada machista — murmuro baixinho.

Wade ri.

— A Astor Prep não é muito evoluída. Só agora você está descobrindo isso?

Eu me pergunto se foi por isso que a Val não veio. Além do vestido, tem o custo adicional de pagar quinhentos dólares em fichas para comprar o que suponho serem coisas sem valor.

— É uma merda para os alunos bolsistas.

Wade franze a testa.

— Não é obrigatório jogar.

Eu me viro para avaliar o salão.

— Também não estou vendo o Liam Hunter aqui. Ele é bolsista que nem a Val, não?

— Ah. — Os olhos de Wade se arregalam quando ele compreende quem exatamente vai a esse tipo de baile de caridade.

A coisa toda fede a garotos ricos excluindo os pobres, e o mágico curativo que cobria essa diferença social é arrancado.

Com impaciência, olho para a porta.

— Onde está o Reed? — Tudo fica mais tolerável quando ele está perto. Só que, se as coisas forem realmente como ele quer, ele não vai ficar por perto por muito tempo.

Afasto o pensamento deprimente.

Wade dá de ombros.

— Ele vai chegar atrasado. A Jordan gosta de fazer uma entrada triunfal.

Capítulo 31

REED

— Você está atrasado — diz Jordan ao abrir a porta da mansão.

Olho no relógio.

— Um minuto inteiro de atrasado — respondo, revirando os olhos. E, apesar do tom ríspido em sua voz me dar nos nervos, valeu a pena Ella ter feito um acordo com esse demônio. Não vai me matar ser educado. — Está pronta para ir? — pergunto educadamente.

Jordan me observa.

— Cadê sua gravata dourada?

Não era essa a pergunta que eu esperava. Olho para a preta que estou usando.

— Eu não tenho uma gravata dourada.

Ela aperta os olhos.

— Parte do acordo era você usar gravata dourada para combinar com o meu vestido.

Acompanho com o olhar enquanto ela passa a mão pelo corpo, enrolado em um tecido que parece papel de seda dourado. Um papel de seda dourado muito fino. Puta merda, dá para ver os mamilos? Tento não ficar olhando, mas não é fácil.

Vejo a cara arrogante da Jordan quando desvio os olhos.

— Gostou do que viu?

— Seus peitos? Toda garota tem dois, Jordan.

O sorrisinho arrogante vira careta de desdém.

— Diga para Ella que o acordo está cancelado e que ela continua me devendo.

A porta começa a ser fechada na minha cara. Bato com a mão na moldura da porta e forço a entrada. *Seja legal, Reed. Ser gentil com essa garota não vai matar você.*

— Você está bonita — consigo dizer.

— Ahh, agora sim. — O demônio dá um tapinha no meu braço, e preciso fazer um esforço enorme para não me encolher. — Foi tão difícil?

Foi. Muito difícil. Além do mais, eu não quero ser tocado por ela nem por nenhuma outra garota que não se chame Ella Harper. Mas não digo isso para Jordan, me limitando a repetir minha pergunta.

— Está pronta?

Considerando que ela estava com raiva por eu ter chegado atrasado, eu esperava que ela dissesse que sim, mas não é isso que ela diz.

— Nós só vamos quando você colocar uma gravata dourada.

Puta que pariu. Qual é o problema dessa garota?

— Eu não tenho uma e, mesmo que tivesse, não vou dirigir vinte minutos para buscar. Pegue sua bolsa e o que mais você precisar e vamos.

Ela levanta o queixo.

— Não, nós vamos tirar fotos primeiro. Mãe — grita ela. — O Reed Royal chegou. Estamos prontos para as fotos.

Belisco o alto do nariz e rezo por paciência. Não vou ficar parado como um manequim enquanto Jordan registra toda essa farsa.

— Eu não combinei nada sobre tirar fotos. Estou aqui para levar você ao baile. Foi esse o acordo.

— O acordo é o que eu disser — sibila Jordan.

— Nós dois sabemos que a Ella é a única pessoa que realmente honraria esse acordo. O resto da Astor mandaria você se foder. — Inclusive eu, mas estou tentando ficar limpo, então, tento manter os insultos a um mínimo. — Estou aqui. Estou disposto a levar você ao baile. Vou ficar ao seu lado durante o jantar e vou dar minhas fichas para que você compre o que quiser. Mas é só isso. Nós podemos passar as próximas duas horas discutindo ou podemos ir para a festa. Pode até ser que a gente consiga chegar a tempo do jantar se formos logo.

— Eu mereço uma foto — insiste ela.

Como se tivesse sido combinado, a senhora Carrington aparece com o senhor Carrington, que está com uma câmera.

Eu suspiro. Se eu não ceder, acho que vamos passar a noite inteira ali.

— Tudo bem. Tire sua foto e vamos.

— Cinco fotos.

— Uma.

O rosto da mãe dela é a imagem da confusão.

— Bom, talvez a gente possa tirar algumas fotos perto da lareira — sugere ela baixinho.

— Vamos começar lá — concorda Jordan.

— Só algumas regras — murmuro em seu ouvido para não precisar constrangê-la na frente dos pais, que já estão sem entender o que está acontecendo. — Nós não vamos nos beijar, nos abraçar nem fazer nada estilo casal nessa foto.

— Você vai passar os braços em volta de mim e vai gostar — diz ela, e pega a minha manga para me puxar para perto.

Com calma, tiro a lã delicada da mão dela.

— Tome cuidado. Tom Ford não é barato. — O smoking foi feito sob medida. Todos os anos, compramos um novo. Meu pai acredita muito em se vestir bem para a ocasião.

— Estão prontos? — pergunta a senhora Carrington, fazendo sinal para que o marido se aproxime com a câmera.

Depois de certa movimentação em que Jordan tenta esfregar a bunda no meu pau e eu tento evitar até mesmo que nossas roupas se toquem, as fotos são tiradas e saímos pela porta.

Mark Carrington pigarreia alto quando estamos saindo, para chamar a nossa atenção.

— Senhor Royal, não aprovo a escolha da minha filha para companhia considerando sua situação atual, mas eu também quero que ela seja feliz.

— Pai — protesta Jordan.

O pai a ignora e olha para mim de frente. Eu respeito isso.

— Não se preocupe — garanto a ele. — Ela vai estar em casa às dez.

Passo pela porta e desço a escada correndo, com Jordan bufando de irritação atrás de mim.

— A festa só acaba à meia-noite, seu babaca.

Abro a porta do carro para ela.

— Uma pena que eu falei para o seu pai que você estaria em casa antes disso, então.

— E tem a pós-festa — diz ela por entre dentes.

Espero ela colocar as pernas para dentro da picape e fico olhando ao longe. A saia do seu vestido é tão curta que a calcinha ia acabar aparecendo, e não é algo que eu queira ver.

— Eu aceitei um Baile de Inverno — respondo quando bato a porta.

— Você vai ficar assim a noite toda? — pergunta Jordan quando me sento no banco do motorista.

— Vou.

— Isso não está no espírito do acordo.

— Seu acordo é com a Ella, não comigo. Vou fazer o mínimo necessário hoje.

— Você é terrível. Você e aquele lixo se merecem.

Enfio o pé no freio na metade do caminho até o portão da casa. Há um limite no meu esforço para tentar ser legal com ela, e eu encontro esse limite quando há qualquer insulto a Ella.

— Se você a chamar de lixo mais uma vez que seja, o encontro acabou. Vou jogar você para fora da picape e deixar você caída na sarjeta.

— Você não faria isso — diz ela com indignação.

— Ah, faria. — Na verdade, eu adoraria fazer isso.

— Você devia ficar agradecido de eu ser vista com você.

— É mesmo? Se não fosse você, eu estaria com a Ella agora.

— Só… — Jordan bufa. — Só dirige.

Uma parte dela deve perceber que estou chegando ao meu limite. Eu solto o freio e entro no trânsito. São dez para as sete. Eu me pergunto se o jantar já foi servido. Será que Wade ganhou alguma ficha para Ella? Ele joga pôquer mal demais. Ella também não deve ser muito boa. O rosto dela é expressivo demais. E Easton não tem disciplina para jogar.

Aperto o acelerador.

O portão do *country* clube nunca pareceu tão receptivo. Quando paro, o manobrista está tão entediado pela falta de trabalho que está quase dormindo. Quando bato a porta do carro, ele se levanta e corre para ajudar Jordan. Considerando o jeito que os olhos dele saltam da cara, ele deve estar tendo uma boa visão da virilha dela.

Quando entramos, a mesa de entrada está abandonada.

— Não consigo acreditar que não tem ninguém aqui para me dar as minhas fichas — reclama Jordan.

Antes que ela faça uma cena, estico a mão por cima da mesa, encontro uma caixa e pego dois sacos de fichas. Coloco nas mãos dela e digo:

— Aqui.

Em seguida, eu a empurro sem delicadeza nenhuma na direção da porta do cassino. Cabeças se viram quando ela entra e, provavelmente, era o que ela pretendia mesmo, porque seus ombros se empertigam e o rosto ganha uma expressão satisfeita.

Meus olhos percorrem o salão procurando por Ella. Eu a encontro rindo em um canto enquanto Wade sussurra alguma coisa em seu ouvido. Dois outros jogadores de futebol americano, McDonald Samson e Greg Angelis, estão à esquerda dela. Apesar de meu papel designado de acompanhante de Jordan, a atração gravitacional para estar ao lado de Ella é irresistível.

Deixo Jordan na entrada, recebendo atenção dos colegas de escola, e vou me juntar à garota mais bonita do salão. Assim que Ella me vê, se separa do grupo com um sorriso que se espalha pelo rosto todo.

Já me sinto melhor.

— Estou imaginando coisas ou dá para ver os peitos da Jordan pelo vestido? — Greg aperta os olhos na direção do meu par.

— Por que você não vai olhar de perto? — sugiro, passando um braço pela cintura de Ella. Seria legal se todo mundo sumisse para que eu pudesse ficar sozinho com a minha garota. Tenho pouco tempo de liberdade e não quero passá-lo com ninguém além de Ella e dos meus irmãos.

Dou um beijo leve nos lábios dela. Qualquer coisa mais quente me faria arrastá-la para o canto escuro mais próximo, levantar aquela saia bonita e fazer pelo menos seis das milhões de coisas devassas que passam pela minha cabeça cada vez que toco nela.

— Você não devia ser o par da Jordan? — pergunta Ella.

— Não me lembre disso. Eu trouxe a garota, não foi? — Mas, quando olho para o rosto teimoso da minha namorada, percebo que não vou conseguir escapar disso.

Wade me lança um olhar solidário.

— Que tal a gente ir jogar pôquer?

Com alívio, aceito a oferta.

— Isso eu posso fazer.

Antes que a gente consiga encontrar uma mesa vazia, Rachel Cohen, a colega de transas vespertinas de Wade, se aproxima, usando um vestido vermelho colado com fendas laterais.

— Wade, querido! Senti saudade! — A morena bonita passa o dedo pela gravata dele e sorri com malícia. — Quer procurar um lugar tranquilo para gente, hum, botar a conversa em dia?

E nós todos observamos com perplexidade o cara que nunca diz não olhar para os pés. Constrangido, ele muda o apoio de um pé para o outro enquanto se esforça para encontrar uma forma de dispensar a garota sem grosseria.

— Eu não posso agora, querida. Vou jogar pôquer.

— Ah, tá. A gente pode se encontrar mais tarde, então? — Aparentemente, Rachel é meio lerda e não captou o sinal.

Wade olha em nossa direção como em um apelo silencioso por ajuda.

Só Ella reage.

— Ah, Rachel, acho o Easton está com alguma dificuldade com as cartas.

A morena se anima.

— É mesmo? Eu estava com ele mais cedo e ele disse que não precisava de ajuda.

— Ele tem vergonha. Diz que eu mandei você. — Ella dá um tapinha nas costas de Rachel.

— Tudo bem — diz a garota com alegria. Ela dá dois passos e se vira. — Se quiser se juntar a nós depois, por mim, tudo bem. Até mais, Wade.

Esperamos alguns segundos antes de nos virarmos para o meu amigo.

— É sério? — pergunta McDonald. — Aquela garota se jogou em você e você disse não? Por um acaso você perdeu suas bolas ou as esqueceu em casa?

Wade faz cara feia.

— Não. Eu só não estava no clima.

— Cara, você sempre está no clima — diz McDonald.

Greg e eu assentimos, concordando, mas Ella está sorrindo abertamente para Wade, como se soubesse de alguma coisa que nós não sabemos. Será que é sobre Val? Mas eu achava que Wade já tinha deixado isso para trás.

— Porra. Sei lá. — Wade segura o braço de Ella. — Gata, sou seu par hoje e não vou abandonar você. — Ele arrasta Ella na direção de uma mesa próxima, falando com a cabeça virada para trás: — Seus otários, vocês vêm ou não?

— Estou fora — digo para Wade um pouco depois, quando perco as minhas últimas fichas em uma das mesas de pôquer.

Ele franze a testa.

— Você só jogou cem dólares.

— Eu dei o resto para a Jordan.

Ele grunhe.

— E vale a pena? Ficar amarrado nela a noite toda?

— Quem está amarrado? Eu não vejo a garota há uma hora.

Acontece que meu par talvez seja viciada em jogos, porque ela não sai da mesa de dados desde que chegamos. Não que eu esteja reclamando. Quanto menos tempo eu passar com ela, melhor.

— E, mesmo que ela estivesse grudada do meu lado, sim, vale a pena — admito. Fazer amor com Ella pela primeira vez foi a melhor noite da minha vida. É um evento que vou repetir em pensamento todas as noites dos cinco anos em que estiver na minha cela solitária. — Se você não seria capaz de fazer isso pela Val, talvez ela não seja a garota certa para você.

— Eu tenho dezoito anos, cara. Desde quando preciso encontrar a garota certa? — Wade franze a testa para as cartas, e acho que não é por estar com cartas ruins. Ele está se apaixonando pela Val e lutando contra o sentimento.

Eu o deixo sozinho, porque é uma coisa que ele precisa resolver sem ajuda. Acho que dezoito anos é meio cedo para se amarrar a alguém de forma permanente, mas não consigo imaginar meu futuro sem Ella.

Só espero que ela se sinta do mesmo jeito, especialmente agora que iremos ficar separados pelos próximos cinco anos. Ela vai me esperar? Sei que é egoísmo pedir, mas é egoísmo demais?

— Você está bem? — sussurra no meu ouvido o motivo dos meus pensamentos, a causadora de todos os meus desejos.

Acho que estou franzindo a testa igual a Wade.

— Estou, sim. Viajei um pouquinho agora.

Ella aperta meu ombro.

— Tá, eu vou ficar um pouco com a Lauren. Sabe como é, tecnicamente eu não sou seu par, e seu verdadeiro par está me fuzilando com o olhar.

Ella se afastou há cinco segundos quando alguém bate de leve no meu ombro. Eu me viro e vejo Abby Wentworth ali parada.

Meu peito amolece instintivamente ao ver o vestido rosa-pálido e o cabelo louro-branco esvoaçante. O que me atraiu na Abby foi o quanto ela era gentil e delicada. Ela me lembrava tanto minha mãe, e estar perto dela era… reconfortante.

Mas agora que estou com uma garota tão cheia de fogo, acho que não poderia voltar para uma com a força de uma nuvem de vapor.

Principalmente, uma garota que diria tanta merda sobre mim para a polícia.

Lembrar disso faz com que eu fique tenso.

— O que foi? — murmuro para a minha ex.

— Podemos conversar? — Até a voz dela é delicada. Tudo na Abby é muito frágil.

— Não tenho nada a dizer para você — falo, gerando olhares assustados dos meus amigos. Todos estão cientes de que eu sempre tive uma queda por essa garota. Mas não tenho mais. A única coisa que sinto pela Abby agora é pena.

— Por favor — implora ela.

Eu me levanto só porque não quero constrangê-la na frente de todo mundo, mas, assim que saímos de perto, olho para ela de cara feia.

— Você falou para a polícia que eu *machuquei* você — sibilo.

Os olhos azuis dela se arregalam.

— Ah. E-eu... — Ela engole em seco e sua expressão se transforma. — Você me machucou, mesmo! — geme ela. — Partiu meu coração!

A frustração cresce em mim.

— Puta que pariu, Abby, estamos falando da minha *vida*. Eu li sua declaração. Você deu a entender que eu abusei de você fisicamente, e nós dois sabemos que isso é mentira.

Um gemido de angústia surge da garganta dela.

— D-desculpa. Parece ruim, mas juro para você que vou voltar e dar outra declaração e deixar claro que você nunca...

— Nem se dê ao trabalho — eu corto. — Não quero que você diga nem mais uma palavra, está ouvindo? Você já fez o suficiente.

Ela se encolhe como se eu tivesse batido nela.

— Reed — sussurra ela. — Eu... eu sinto saudade de você, sabe? Sinto saudade de nós.

Ah, merda. Cada fenda do meu peito se enche de desconforto. O que eu posso dizer em resposta? Nós terminamos mais de um ano atrás.

— Tudo bem por aqui?

Salvo por Satanás.

Nunca fiquei tão aliviado de ver Jordan Carrington na vida, e talvez seja por isso que coloco a mão no braço dela como se ela *realmente* fosse meu par.

— Está tudo bem — digo vagamente.

Mas Abby balança a cabeça com violência. Pela primeira vez desde que a conheci, raiva pura arde em seus olhos.

— *Não* está tudo bem! — diz ela para Jordan com rispidez, e também é a primeira vez que a ouço levantar a voz. — Não consigo acreditar que você veio com ele hoje! Como pôde, Jordan?

A amiga dela nem pisca.

— Eu já expliquei por que eu...

— Por causa da sua *imagem* idiota? — Abby está furiosa, as bochechas mais vermelhas do que maçãs. — Por que quer ser coroada como rainha de um baile idiota? Eu falei que não queria que você viesse com ele, mas você ignorou meus sentimentos! Que tipo de amiga faz isso? E quem liga para o seu status social idiota? — Ela está berrando agora, e quase todo o salão está olhando para nós. — Eu estava com o Reed por amor, não porque ajudava a minha reputação!

Mais uma vez, Jordan não se deixa abalar.

— Você está fazendo uma cena, Abigail.

— *Não estou nem aí!*

Nós todos nos encolhemos ao ouvir o tom agudo de sua voz.

— Você não merece ele! — grita Abby por entre ofegos. — E nem *você*!

Demoro um segundo para perceber que Ella está do meu outro lado.

— Por que você tinha que vir morar aqui? — rosna Abby para Ella. — Reed e eu estávamos bem até você chegar! Mas aí *você* apareceu com suas roupas baratas e maquiagem vagabunda e seu... seu... jeito de *puta*...

Jordan ri ao ouvir isso.

— ... e estragou tudo! Eu *odeio* você. — O olhar desesperado e furioso dela se volta para mim. — E eu também odeio você, Reed Royal. Espero que apodreça na cadeia pelo resto da sua vida idiota!

Abby está quase sem fôlego ao terminar de falar.

Um silêncio se espalha pelo salão. Todos os pares de olhos estão grudados na minha ex-namorada descontrolada. Quando ela percebe, solta uma arfada horrorizada e coloca a mão sobre a boca.

Em seguida, sai correndo pela porta, o vestido rosa que a faz parecer uma princesa ou fada voando ao vento.

— Bem. — Jordan parece estar achando graça. — Eu sempre soube que ela não era a coisinha dócil que fingia ser.

Ella e eu não respondemos. Fico olhando para a porta pela qual Abby acabou de passar, um caroço de pena se formando na garganta.

— A gente devia ir atrás dela? — pergunta Ella, embora não pareça que ela queira fazer isso.

— Não — Jordan responde por mim, o tom arrogante e a cabeça erguida. Ela segura meu braço, possessiva e me puxa para longe de Ella. — Vem, Reed. Eu quero dançar. Vai ser um bom treino para quando formos coroados rei e rainha.

Ainda estou atordoado demais pela explosão de Abby para protestar, então, deixo Jordan me levar.

Capítulo 32

REED

— Nossa. Aquilo foi… intenso — murmura Ella quando entramos no meu quarto duas horas depois.

Eu olho para ela. Intenso? Intenso é pouco.

A noite toda foi um desastre, começando pelas fotos para as quais Jordan e os pais me fizeram posar e terminando com Abby explodindo em um salão cheio de gente. Eu quase desabei de alívio quando Jordan não insistiu para que eu a levasse para a festa depois do baile. Acho que a tiara idiota de Rainha Floco de Neve foi o suficiente para satisfazê-la, e por sorte eu nem precisei participar da valsa nauseante do rei e da rainha, porque Wade tirou de mim o título de rei. O único ponto alto da noite foi ver Wade apertar a bunda de Jordan durante a dança enquanto ela ficava sussurrando para ele parar.

Ella e eu conseguimos fugir às dez e, como Steve só vem buscá-la às onze, temos uma hora inteira sozinhos. Mas nós dois estamos em choque quando nos sentamos lado a lado na beirada da minha cama.

— Eu me sinto mal pra caralho por ela — eu admito.

— Pela Abby?

Sinalizo que sim.

— Mas não devia — diz Ella secamente. — Eu odeio dizer isso, mas acho que Abby pode ser um pouquinho iludida.

Eu suspiro.

— Um pouquinho?

— Tudo bem, muito iludida. — Ella aperta minha mão. — Mas não é culpa sua. Você terminou com ela. Não deu esperanças depois disso. Foi ela que não conseguiu seguir em frente.

— Eu sei. — Mesmo assim, não consigo apagar a imagem dos olhos sofridos de Abby do meu pensamento.

Vivi os últimos anos sem me importar com quase ninguém além de mim. Sentia orgulho de ser um babaca insensível. Seria carma? Seria o fato de eu ir para a prisão uma espécia de punição por todos os caras em quem bati e por todas as garotas que magoei?

Tenho tentado agir como se não houvesse nada errado. Fui a aulas, joguei futebol americano, fui ao Baile de Inverno. Agi como se todos os dias fossem apenas mais um dia comum na vida de um aluno do terceiro ano do ensino médio. Mas não posso mais fingir que está tudo de boa. Abby não está nada de boa. O assassinato de Brooke não foi uma coisa de boa. Minha vida não está de boa.

Todas as noites, fico deitado olhando para o teto, me perguntando como vou sobreviver em uma cela de prisão. A espera é o mais difícil.

— Reed? O que foi?

Respiro fundo e encaro os olhos preocupados de Ella. Nada vai suavizar aquela dor, independentemente da quantidade de palavras doces que sejam ditas, então eu falo abruptamente, como se estivesse tirando um curativo.

— Eu vou assinar o acordo antes.

Ela se vira com tanta rapidez que perde o equilíbrio. Estico a mão e a seguro, mas ela se solta das minhas mãos e fica de pé.

— O que você disse?

— Vou assinar antes. Vou aceitar começar a sentença na semana que vem em vez de em 1° de janeiro. — Engulo em seco. — É a coisa certa a fazer.

— Que merda de ideia é essa, Reed?

Eu passo a mão no cabelo.

— Quanto antes eu for, mais cedo eu saio.

— Isso é besteira. A gente vai resolver. A Dinah pagou a Ruby Myers, e isso quer dizer que há novas provas…

— Não há novas provas — interrompo.

Me mata a ideia de saber que ela está se agarrando a esse sonho de que uma coisa vai aparecer magicamente para me libertar. A incapacidade de ela aceitar que eu vou ser preso ou de entender por que quero que essa sentença acabe logo me diz tudo o que preciso saber.

Não posso ficar pedindo que ela me espere durante cinco anos. Sou um babaca egoísta por ter tido essa ideia. Ela perderia tudo. Que tipo de último ano ela teria na escola com todo mundo acreditando que o namorado dela é um assassino? E a faculdade? Eu posso ser um babaca, mas não tanto. Não com ela, pelo menos.

Preparo o coração, essa coisa inútil de merda, e olho para os pés porque não consigo olhar para seu rosto lindo e pálido enquanto digo o resto das palavras que estão galopando na minha cabeça.

— A gente devia dar um tempo. Eu vou estar lá dentro e você vai estar aqui fora.

O quarto fica tão silencioso que não consigo deixar de olhar na direção dela. Ella está paralisada, a mão na boca, os olhos arregalados quase do tamanho de dois pires.

— Eu quero que você aproveite o tempo que vai passar na faculdade. Esses deveriam ser os melhores anos da sua vida. — As palavras têm gosto amargo na minha boca, mas eu as forço a sair. — Se você conhecer alguém, não devia estar pensando em mim.

Eu paro nessa hora, porque não consigo dizer o resto das mentiras. Não consigo dizer que não estarei pensando nela. Que ela foi só uma conveniência. Que eu não a amo.

Se eu disser essas coisas, tudo vai estar mesmo acabado. Não vai haver volta. Não haverá como ela me perdoar.

Seja homem, digo para mim mesmo. *Deixe-a livre.*

Eu respiro fundo de novo e reúno mais coragem. Mas, antes que eu possa abrir a boca, Ella voa para o meu colo e aperta os lábios nos meus. Seu beijo vem mais como um tapa na minha cara do que como realmente um beijo. Uma repreensão por tudo que acabei de falar e por todas as coisas horríveis que ainda estão entaladas na minha garganta.

E, apesar de eu saber que não deveria, meus braços se fecham na cintura dela e eu a abraço, deixando que ela me beije.

As lágrimas escorrem fartamente por entre nossos láios. Eu engulo as lágrimas dela, as minhas palavras, o nosso desespero, e a beijo até ela estar chorando tanto a ponto de não conseguir mais me beijar. Aperto o rosto dela contra o meu peito e sinto as lágrimas encharcarem a minha camisa.

— Eu não quero ouvir essas merdas de você — sussurra ela.

— Só estou dizendo que você não devia sentir culpa de seguir em frente com a vida — falo com voz rouca.

Ela cutuca meu peito com o dedo.

— Você não tem o direito de me dizer como me sentir. Ninguém tem. Nem você. Nem o Steve. Nem o Callum.

— Eu sei. Só estou dizendo… — Porra, eu nem sei ao certo o que estou dizendo. Não quero que ela namore mais ninguém. Não quero que ela siga em frente. Quero que ela pense em mim o tempo todo que eu estiver pensando nela.

Mas também odeio a ideia de ela estar sozinha, me querendo e não podendo me ter, só porque eu fiz uma coisa idiota.

— Estou tentando ser uma pessoa melhor — digo, por fim. — Estou tentando fazer a coisa certa por você.

— Você decidiu sozinho o que era certo sem nem ao menos me perguntar — responde ela secamente.

Eu luto para encontrar as palavras e explicar minha posição, mas as mãos dela já estão na fivela do meu cinto, e todas as boas intenções somem da minha cabeça.

— E-Ella… — gaguejo. — Não.

— Não, o quê? — provoca ela. As mãos abrem o zíper da calça do smoking com destreza e deslizam para dentro para me segurar. — Não tocar em você?

— Não. — Desta vez, quem vai pular fora sou eu. Meu corpo lateja de necessidade, mas não vou colocar meus desejos egoístas à frente dos dela.

— Que pena. Eu estou tocando em você. — Ela segura meu pulso e encosta na barriga dela. — E você está me tocando. Você quer mesmo que outra pessoa me toque assim? Vai mesmo aceitar isso numa boa?

As imagens que as palavras dela conjuram na minha mente são terríveis. A mão que coloquei na bunda dela se fecha como se eu fosse dar um soco.

— Não — reajo, engasgado. — Não fala isso pra mim.

— Por quê? Você falou pra mim. Eu nunca aceitaria você "seguindo em frente" com outra garota. Esse tipo de traição é o que nos destruiria. Não o fato de você ter que ir para a prisão por cinco anos. Não o fato de eu ter que estar em um barco cheio de Daniéis e Jordans e Abbys e Brookes, não. Nada disso. Você seguir em frente, mesmo que por um dia, por uma hora, é isso que eu odiaria.

— Estou tentando fazer o que eu acho que é certo para você — repito. Droga, só o que penso atualmente é nela.

— O certo é não me rejeitar. O certo é não ditar como devo me sentir. Eu amo você, Reed. Não preciso ouvir que sou jovem demais para conhecer meus próprios sentimentos. Talvez haja alguém por aí que eu possa amar, mas não ligo para essa pessoa. Eu amo você. Quero estar com *você*. Quero esperar *você*. O que você quer?

A firmeza em sua declaração faz com que seja impossível para mim me manter firme em minha decisão. Minha declaração sai pela minha boca antes que eu consiga segurá-la.

— Você. Nós. Para sempre.

— Então, não me afaste. Não me diga o que sentir, o que pensar, quem amar. Se você vai mesmo aceitar o acordo, não pode ficar constrangido demais para me ver. Não pode parar de me escrever. Não pode recusar minhas visitas. Esta é nossa contagem regressiva. É nossa espera. Cada dia nos leva mais para perto. Ou vamos fazer isso juntos, ou não vamos fazer. — Os olhos azuis dela brilham como safiras fundidas. — E então, o que vai ser?

Seja homem, é isso que ela está me dizendo. Seja homem e aja como membro do nosso time. O time Ella e Reed.

Seguro o queixo dela com a mão e a beijo com força.

— Estou dentro, gata.

E então eu arranco com força o vestido caro do corpo dela e mostro exatamente o quanto estou *dentro*. Pelo resto da nossa maldita vida.

Capítulo 33

ELLA

Na manhã de sábado, Steve anuncia que vamos nos mudar para a cobertura. Hoje.

— Hoje? — repito estupidamente, colocando o copo de suco de laranja na mesa.

Ele apoia os cotovelos na bancada da cozinha e sorri para mim.

— Bom, na verdade hoje à noite. Não é uma ótima notícia? Agora, não vamos mais ficar fechados nesses cinco aposentos.

Pra ser sincera, é realmente tentadora a ideia de finalmente sair do hotel. Eu jamais diria isso um ano antes, mas viver ali ficou chato e, de fato, Steve estava certo quando disse que precisamos de mais espaço entre nós. Steve e Dinah começaram a brigar constantemente. Embora eu tivesse sentido um pouco de pena no começo, agora estou de saco cheio dela. Além de ela ter dado dinheiro para Ruby Myers, eu sei que está envolvida na morte de Brooke. Só não posso provar, inferno.

Reed contou minhas desconfianças para Callum, mas até o momento o exército de investigadores dele não descobriu nada. Eles precisam descobrir *logo*, porque, se as coisas forem como Reed quer, ele vai assinar o acordo na segunda de manhã e vai para a prisão assim que a tinta secar.

Talvez haja alguma pista na cobertura.

Steve inclina a cabeça.

— O que você acha? Está pronta para se mudar?

Ele me lança um sorriso cheio de esperança que se assemelha ao de um filhote e me faz lembrar de Easton. Steve não é de todo mau. Ele se esforça demais, eu acho. Não consigo segurar um sorriso.

— Estou. Vai ser bom.

— Que bom. Por que você não faz a mala com seus pertences essenciais? O hotel irá mandar o resto depois. A Dinah pediu limpeza da casa antes de a gente chegar.

Estou prestes a responder quando o telefone toca. Reed está ligando, e cubro discretamente a tela com a mão para Steve não ver.

— É a Val — minto. — Aposto que ela quer saber como foi o baile.

— Ah, legal — diz Steve, distraído.

— Vou falar com ela lá em cima pra não incomodar você — digo, antes de sair correndo da cozinha.

Ele assente, a cabeça já absorta em outro assunto. O maior defeito de Steve é que, se a conversa não é a respeito dele, ele perde interesse rapidamente.

Quando estou sozinha no quarto, atendo a ligação de Reed antes que caia na caixa postal.

— Oi — digo baixinho.

— Oi. — Ele faz uma pausa. — Eu falei com o meu pai sobre a garçonete. Achei que você devia saber.

— A garçonete… ah — respondo, percebendo que ele está falando de Ruby Myers. Minha pulsação se acelera na mesma hora. — O que ele disse? Nós temos prova de que alguém a pagou?

— Ela pegou um empréstimo — diz ele secamente. — A mãe dela morreu inesperadamente e tinha um pequeno seguro de vida. Myers usou isso para dar entrada no carro. Não há sinal de que houve nada de errado.

Engulo um grito de frustração.

— Não pode ser verdade. A Dinah praticamente admitiu que pagou a Myers.

— Então ela fez de forma sorrateira, porque tenho uma cópia dos documentos do empréstimo.

— Deus, eu sei que a Dinah está envolvida nisso. — Sou tomada de pânico. Por que esses investigadores não estão fazendo progresso? *Tem que* haver alguma coisa que não aponte na direção de Reed.

— Mesmo que esteja, o avião da Dinah só pousou horas depois da hora da morte da Brooke.

Lágrimas enchem meus olhos e apertam minha garganta. Coloco a mão na boca, mas um soluço abafado escapa.

— Eu tenho que ir — consigo dizer, a voz um pouco trêmula. — Steve quer que eu arrume a mala pra podermos voltar para a cobertura hoje.

— Tudo bem. Eu amo você, gata. Me ligue quando estiver em casa.

— Vou ligar. Eu também amo você.

Desligo rapidamente e escondo o rosto no travesseiro. Fecho os olhos e deixo as lágrimas correrem por um minuto, talvez dois. Em seguida, me ordeno a parar de sentir autopiedade e começar a arrumar a mala.

Brooke morreu naquela cobertura. *Tem* que haver algum tipo de pista lá.

E eu pretendo encontrar.

Horas depois, Steve me guia pelo saguão do arranha-céu sofisticado. Dinah já está lá dentro esperando o elevador. Ela quase não disse nada no caminho. Estaria ela nervosa de rever a cena do crime? Com o canto do olho, eu a observo avidamente em busca de sinais de culpa.

— Vou colocar você no quarto de hóspedes — diz Steve quando nós três entramos no elevador. — Vamos mandar redecorar, claro.

Franzo a testa.

— Não foi lá que... — eu baixo a voz, apesar de estarmos em um lugar apertado e Dinah conseguir ouvir todas as minhas palavras. — Não foi lá que a Brooke ficou antes de, hm, antes de morrer?

Steve também franze a testa.

— Foi? — Ela se vira para Dinah.

Ela assente com rigidez e responde com voz ainda mais rígida:

— Ela vendeu o apartamento dela depois que Callum fez o pedido, então, estava ficando na cobertura até o casamento.

— Ah. Entendi. Eu não sabia disso. — Steve olha para mim. — Você não se importa de ficar naquele quarto, Ella? Como falei, vamos mandar redecorar.

— Tá. Tudo bem. — É mórbido pra caramba, mas pelo menos Brooke não morreu no quarto.

Não, ela morreu bem *aqui*, penso quando entramos na sala elegante. Meu olhar vai direto para a moldura da lareira, e um tremor sobe pela minha coluna. Steve e Dinah também estão olhando naquela direção.

Steve é o primeiro a se virar. Ele franze o nariz e diz:

— Está fedendo aqui.

Inspiro fundo e percebo que ele está certo. O ar *está* meio parado. O apartamento está com um cheiro estranho que parece uma mistura de amônia e meias velhas.

— Por que você não abre as janelas? — sugere Steve a Dinah. Vou aumentar o aquecimento e acender a lareira.

Dinah ainda está olhando para a lareira. Em seguida, faz um som consternado e corre pelo corredor. Uma porta se abre e se fecha. Fico olhando para onde ela foi. Seria a culpa? Merda, como posso saber se é culpa? Se eu matasse alguém, também sairia correndo para o meu quarto, certo?

Steve suspira.

— Ella, você pode abrir as janelas?

Feliz de poder fazer uma coisa que tire minha atenção da cena do crime, faço que sim e vou rapidamente na direção das janelas. Outro tremor percorre meu corpo quando passo pela lareira. Meu Deus, é assustador aqui. Tenho a sensação de que não vou pregar o olho à noite.

Steve pede comida, que chega quinze minutos depois e inunda o apartamento com um aroma de temperos que poderia ser bom se meu estômago não estivesse embrulhado de ansiedade. Dinah não sai do quarto e se recusa a atender o chamado de Steve para jantar.

— Nós precisamos conversar sobre a Dinah — diz Steve por cima de um prato de macarrão fumegante. — Você deve estar se perguntando por que ainda não me divorciei dela.

— Não é da minha conta. — Empurro um pedaço de pimentão pelo prato e o vejo deixar marcas no molho de soja. Não pensei muito no casamento. Estou obcecada demais com a prisão iminente de Reed.

— Estou planejando as coisas — admite ele. — E tudo precisa estar em ordem antes de eu começar a papelada.

— Não é mesmo da minha conta — repito com mais ênfase. Não ligo para o que Steve faz com Dinah.

— Você vai ficar bem morando aqui? Você parece…

— Apavorada? — ofereço.

Ele dá um sorriso fraco.

— É, essa é uma boa palavra.

— Tenho certeza de que vou superar — minto.

— Talvez a gente encontre outro lugar. Você e eu.

Dali um ano eu irei para a faculdade, mas eu respondo que sim porque não quero ver a decepção de Steve. No momento, não aguento as emoções de mais ninguém além das minhas.

— Eu estava pensando que você podia tirar um ano e não ir para a faculdade logo depois que terminar a escola. Ou talvez a gente pudesse contratar um professor e ir para o exterior.

— O quê? — reajo, chocada.

— É — continua ele, parecendo cada vez mais entusiasmado. — Eu gosto de viajar, e como já vou estar divorciado da Dinah, seria ótimo se você e eu fizéssemos algumas viagens juntos.

Olho para ele sem acreditar no que estava ouvindo.

Ele fica um pouco vermelho.

— Bom, pelo menos, pense nisso.

Eu fecho bem a boca em volta do garfo para não dizer nada que possa magoá-lo. Ou pior, para não o espetar com o garfo por ter tido uma ideia tão absurda. Não vou sair do estado da Carolina do Norte até que Reed também possa ir.

Depois do jantar, peço licença. Steve me leva até o quarto de hóspedes no final de um corredor que sai da sala de jantar. É bem bonito, todo creme e dourado. A decoração e a arrumação não são muito diferentes do quarto de hotel do qual saímos. Eu tenho meu próprio banheiro, o que é muito bom.

O único lado ruim é que uma mulher morta já dormiu na mesma cama.

Afasto o pensamento e tiro os uniformes da mala junto com algumas camisetas e calças jeans. Meus sapatos e minha jaqueta vão para o armário. Ao lado da cama, atrás da mesa de cabeceira, encontro uma tomada para carregar o telefone. Ligo o carregador, me deito na cama e fico olhando para o teto.

Amanhã vou procurar as coisas de Gideon, mas duvido que estejam neste quarto. Dinah não deixaria provas da chantagem longe de vista.

Mas... talvez, ela achasse que estava em segurança antes, quando Brooke dormia ali.

Pulo da cama e olho embaixo dela. O piso de madeira está limpo, e nenhuma das tábuas parece solta, o que seria um sinal revelador de que alguma coisa poderia estar escondida ali.

E embaixo do colchão? Preciso empurrar algumas vezes para botar o colchão de lado, mas não há nada além da base da cama box. Eu o solto com um ruído.

Procuro rapidamente na mesa de cabeceira, onde encontro um controle remoto, quatro pastilhas para tosse, um frasco de creme hidratante e um par de pilhas. A cômoda guarda cobertores na gaveta de baixo, travesseiros na do meio e nada na de cima.

O armário está vazio. Dinah ou a polícia devem ter tirado as roupas de Brooke.

Passo a mão pela parede e paro para inspecionar o quadro abstrato, bem sem graça, que estava pendurado acima de uma mesa em frente à cama. Não há cofre secreto atrás do quadro. Frustrada, deito na cama. Não há nada no quarto além de coisas normais. Se ninguém tivesse me dito que Brooke dormiu ali, eu jamais teria sabido.

Sem nada para procurar, meus pensamentos voltam para Reed. O quarto grande parece sufocante de repente, como se uma névoa pesada tivesse se espalhado no ambiente.

As coisas vão ficar bem, digo para mim mesma. Cinco anos não são nada. Eu esperaria o dobro disso para ter Reed de volta. Nós vamos poder nos escrever, quem sabe até falar ao telefone. Vou visitá-lo o máximo que ele permitir. E acredito que ele pode controlar a raiva, se quiser. Ele tem um incentivo enorme: bom comportamento equivale a menos tempo na cadeia.

Tudo tem um lado bom, minha mãe sempre dizia. É verdade que ela geralmente dizia isso quando estávamos de mudança para algum novo lugar, mas eu acreditava. Mesmo quando ela morreu, eu achava que sobreviveria. E sobrevivi.

Reed não está morrendo, apesar de parecer que estou perdendo alguém de novo. Ele só está... tirando férias longas. É igual a como seria se ele fosse para a faculdade na Califórnia e eu estivesse aqui. Nós teríamos um relacionamento a distância. Telefonemas, mensagens, e-mails, cartas. É mais ou menos a mesma coisa, não é?

Sentindo-me um pouco melhor, eu me levanto e vou pegar o telefone. Só que esqueço que não guardei a mala e acabo tropeçando nela. Com um gritinho, caio sobre o aparador. O abajur em cima balança. Eu tento pegá-lo, mas, como estou longe demais, não consigo impedir que ele caia no chão.

— Tudo bem aí? — pergunta Steve do corredor, parecendo preocupado.

— Tudo. — Olho para os cacos do abajur. — Bom, não. — Suspirando, vou abrir a porta. — Eu tropecei na mala e quebrei seu abajur — confesso.

— Não se preocupe. Vamos redecorar o quarto, lembra? — Ele levanta um dedo. — Não se mexa. Vou pegar uma vassoura.

— Tá.

Eu me inclino e começo a jogar os pedaços de vidro maiores em uma lata de lixo próxima. Uma coisa branca aparece embaixo de um caco. Franzo a testa sem entender e puxo o papel. Pela forma como foi rapidamente dobrado e enfiado naquele pedaço, percebo que alguém o colocou deliberadamente dentro da base de porcelana. Talvez seja o manual do abajur? Provavelmente.

Minha mão está perto da lixeira quando a palavra *Maria* chama a minha atenção.

Curiosa, desdobro o papel e começo a ler.

E seguro um grito.

— O que é isso aí?

Viro a cabeça para a porta, onde Steve está parado, com uma vassoura na mão. Quero mentir e dizer que não era nada, mas não consigo fazer minhas cordas vocais cooperarem. Também não consigo esconder o papel porque cada músculo do meu corpo está paralisado.

Parecendo preocupado de novo, Steve encosta a vassoura na porta e vem até mim.

— Ella — ordena ele. — Fale comigo.

Eu o encaro com olhos arregalados e assustados. Em seguida, levanto o papel e sussurro:

— Que diabos é isto?

Capítulo 34

ELLA

O papel estala enquanto o seguro por entre meus dedos trêmulos. Minha mente está girando com os poucos parágrafos que li, e eu nem havia terminado ainda.

Antes que eu consiga piscar, Steve arranca a carta da minha mão. Quando passa os olhos pelas primeiras linhas, seu rosto perde toda a cor.

— Onde você conseguiu isto? — diz ele com dificuldade.

Minha boca está tão seca de choque e horror que dói até para falar.

— Estava escondida no abajur. — Eu continuo o encarando. — Por que você escondeu? Por que não destruiu?

A pele dele está tão pálida quanto a minha deve estar.

— Eu... eu não escondi. Estava no cofre. Ela... — Ele fala um palavrão de repente. — Aquela vaca maldita e sorrateira.

Minhas mãos não param de tremer.

— Quem?

— Minha esposa. — Ele fala outro palavrão, a amargura escurecendo seus olhos. — Meus advogados devem ter dado o segredo do cofre para a Dinah depois da minha morte. — Seus dedos apertam e amassam o papel. — Ela deve ter visto isto e... não, só pode ter sido a Brooke. — Ele olha ao redor, visivelmente abalado. — Ela se hospedou aqui. Foi ela que escondeu. Deve ter roubado da Dinah.

— Não quero saber quem escondeu a carta! — grito. — Só quero saber se isso é verdade ou não. — Minha respiração fica irregular. — É verdade?

— Não. — Ele faz uma pausa. — É.

Uma gargalhada histérica sai da minha boca.

— Bom, é ou não é?

— É. — O pomo de adão dele sobe e desce quando ele engole em seco. — É verdade.

Nojo e raiva explodem dentro de mim. Ah, meu Deus. Não consigo acreditar no que estou ouvindo. Essa carta muda *tudo* que eu sabia sobre Steve, Callum e os Royal. Se é mesmo verdade, Dinah tinha todo o direito de ter raiva de Maria. Ódio, até.

— Me deixe ler o resto — ordeno.

Steve dá um passo para trás, mas eu arranco o papel de suas mãos antes que ele possa sair do meu alcance. O canto rasga e fica entre os dedos inertes de Steve.

— Ella — diz ele com voz fraca.

Mas estou ocupada demais lendo.

Querido Steve,

Não consigo mais viver com essas mentiras. Elas estão me dilacerando. Cada olhar de Callum pesa em meu coração. Essa não é a vida que imaginei para mim e também não imagino que eu consiga continuar vivendo assim

Meus filhos são a luz da minha vida, mas nem eles brilham o bastante para apagar a escuridão na minha alma. As manchas das nossas ações estarão sempre presentes. Eu não sei o que fazer.

Se eu confessar, nossas famílias vão ser destruídas. Callum vai me deixar; a amizade de vocês vai acabar.

Se eu ficar quieta, não vou viver. Eu juro para você. Não consigo continuar assim.

Por que você se aproveitou de mim? Você conhecia minha fraqueza! Conhecia e a explorou.

Eu não acredito mais que Callum tenha sido infiel e, mesmo que ele tenha sido, eu preciso aprender a viver com isso. Nós não podemos continuar assim, Steve, escondendo a verdade de Callum.

Eu preciso contar para ele. Preciso. Senão, não vou conseguir olhar minha cara no espelho.

Mas, apesar de não poder viver sem Callum, eu não sei se consigo suportar ficar sem você. Você faz coisas comigo, me faz sentir viva de formas que eu nem sabia que eram possíveis. Todas as noites, quando fecho os olhos, eu vejo seu rosto, sinto seu toque.

Quando aquela outra mulher está perto, eu fervo de raiva. Por que você se casaria com ela? Ela é inferior a você. Saber que você vai de mim para ela me enoja. Você me pediu para deixar Callum, mas também não confio em você, Steve. Eu não acredito em você. Não acredito mais em ninguém.

Não existe escolha para mim. Todas me foram tiradas. Não tente me impedir.

Maria

Quando termino de ler, deixo a carta cair no tapete aos meus pés. Isso é tão… *louco*. Como Steve pôde fazer isso com Callum? Como Maria pôde?

— Eu preciso contar para o Reed — digo de repente.

Steve dá um pulo antes que eu consiga pegar o celular na mesa de cabeceira.

— Não — implora ele. — Você não pode contar para ele. Você vai acabar com eles. Aqueles garotos idolatram a mãe.

— Você também, pelo que parece — respondo com amargura. — Como você pôde fazer *isso*? Como pôde!

— Ella...

Medo, esperança e desespero tomam conta de mim, tirando todo o ar do aposento e tornando impossível respirar ou pensar.

— Você transou com a esposa do Callum — afirmo, acusando-o.

Steve contrai o maxilar por um momento, o rosto abatido, e assente abruptamente. Ele nem consegue dizer em voz alta.

— Por quê?

— Eu sempre a amei — admite ele com voz rouca. — E, de certa forma, ela me amava.

— Não é o que esta carta diz.

— Ela me amava — insiste ele. — Nós a vimos ao mesmo tempo, mas Callum chegou a ela primeiro.

Eu só fico olhando para ele. Ah, meu Deus. Ele parece um garotinho de quem tiraram um brinquedo.

— Então, enquanto o Callum estava ocupado salvando sua empresa, você disse para a Maria que ele a estava traindo? — Meus pensamentos estão confusos e enlouquecidos, um pulando atrás do outro, mas mesmo assim acho que estou começando a juntar as peças. — Foi assim que você levou a Maria para a cama?

Ele desvia o olhar para algum ponto acima do meu ombro.

— O Callum estava mesmo traindo a Maria? — pergunto. — Era verdade?

Como ele não consegue nem ao menos me olhar nos olhos, eu sei que não é. O relacionamento frágil que estávamos construindo desaba. Não sou capaz de respeitá-lo. Não sou nem capaz de gostar dele agora. Ele transou com a esposa do melhor amigo. Pior, disse para Maria que o marido dela a traiu. E depois, ela se matou! Steve O'Halloran praticamente levou aquela pobre mulher confusa ao suicídio.

De repente, fico com vontade de vomitar.

Eu me inclino, pego a carta e a seguro com força.

— Nós vamos levar isso para o Callum. Ele acha que a esposa se matou por causa dele. Os garotos acreditam na mesma coisa. Você precisa contar a verdade para eles.

Os olhos de Steve ardem de raiva.

— Não — diz ele. — Isso fica entre nós. Eu já falei, isso destruiria a vida daqueles garotos.

— E você não acha que eles já estão mortos por dentro desde quando a mãe se matou? A única pessoa que esta carta vai destruir é *você*. E, sinceramente, Steve, não ligo se isso acontecer. Os Royal precisam saber a verdade!

Com isso, eu pego o celular e passo por ele, praticamente pulando pela porta.

— Não ouse dar as costas para mim!

A fúria em seu tom de voz gera uma pontada de medo. Começo a correr e chego até a sala, mas sou puxada de repente. O impulso me joga de bunda no chão no tapete, a centímetros da lareira onde Brooke morreu...

De repente, sou atingida pelo pensamento mais horrível do mundo.

— Foi você? — pergunto.

Steve não responde. Só fica parado na minha frente, respirando pesadamente, as feições franzidas de frustração.

— Você matou a Brooke? — Minha voz está fraca agora, tremendo de horror.

— Não — diz ele. — Não matei.

Mas eu vejo a culpa nos olhos dele.

— Ah, meu Deus — eu sussurro. — Foi você. Você matou a Brooke e tentou botar a culpa no Reed. Você a *assassinou*...

— Foi acidente! — grita ele.

O volume ensurdecedor de seu grito faz com que eu me encolha. Eu fico de pé e tento aumentar ao máximo a distância entre nós, mas Steve dá um passo à frente, e só consigo recuar o suficiente para grudar meu corpo na lareira.

— Foi uma porra de um acidente, tá! — Os olhos do meu pai estão enlouquecidos agora, vermelhos e apertados e apavorantes.

— C-como? — gaguejo. — Por quê?

— Eu tinha acabado de sair de um maldito avião depois de meses preso numa ilha esquecida! — Ele está gritando agora. — E assim que chego em casa, vejo o maldito Reed saindo da cobertura! O que eu poderia achar? Eu já sabia que minha esposa estava trepando com o mais velho do Callum. — A respiração dele está curta. — E agora, o Reed? Você acha que eu ia aceitar isso sem reagir? Depois de tudo que eu tinha passado?

— O Reed nunca tocou na Dinah — eu digo.

— Eu não sabia disso! — Cada expiração que sai da boca dele está carregada de pânico. — Eu peguei o elevador de serviço até a cobertura. Ia confrontar minha esposa traidora. A esposa que tentou me *matar*.

Sua fúria polui o ar e intensifica o medo que lateja no meu sangue. Tento chegar para o lado, mas ele se adianta mais. Estou presa entre o corpo furioso e trêmulo dele e a pedra dura da lareira.

— Eu entrei e ela estava *aqui*, olhando para essa maldita foto de nós!

Ele pega uma fotografia na moldura da lareira e joga na parede acima da minha cabeça. O vidro se estilhaça em mil pedaços que caem em nós, alguns ficando presos no meu cabelo.

Meu coração está tão disparado que tenho medo de acabar falhando. Eu preciso sair daqui. *Preciso.* Steve está confessando um *assassinato*. Está desmoronando bem na minha frente.

Não posso estar aqui quando ele perder totalmente o controle.

— E eu fiquei com raiva, como qualquer homem de sangue quente. Como o seu precioso Reed. Eu a segurei pelo cabelo e bati com a testa dela na moldura da lareira. Eu nunca tinha batido em uma mulher na vida, mas, porra, Ella, aquela mulher precisava levar porrada. Precisava pagar pelo que ela tinha feito comigo.

— Mas não era a Dinah — eu sussurro.

Vergonha surge no rosto dele, se misturando com a raiva.

— Eu não sabia disso. Achei que era. Porra, elas são iguais quando estão de costas. Elas... — Ele parecia estar com dificuldade de respirar. — Eu vi o rosto dela quando ela começou a cair, mas era tarde demais. Não consegui segurar. Ela bateu com a cabeça na moldura da lareira. — Ele ofega, consternado. — Rompeu a porcaria da medula espinhal.

— Eu... — Engulo em seco. — T-tudo bem. Então foi um acidente e você precisa contar para a polícia exatamente o que ac...

— Nós não vamos meter a polícia nisso! — grita ele, e levanta a mão como se fosse me bater.

Eu me preparo, mas o golpe não acontece. Steve encosta a palma da mão grande na lateral do corpo.

— Não me olhe assim — ordena ele. — Eu não vou machucar você! Você é minha filha.

E Dinah é esposa dele, mas mesmo assim ele ia fazer mal a *ela*. Minha pulsação acelera de novo. Não posso ficar aqui. Não *posso*.

— Você tem que falar a verdade — suplico para o meu pai. — Se você não falar, o Reed vai ser preso.

— Você acha que eu não sei? Estou revirando o cérebro há semanas tentando pensar em como livrar o Reed disso. Eu posso não querer que ele transe com a minha filha, mas não quero ver aquele garoto ser preso.

Então por que você não o salvou?, tenho vontade de gritar. Mas já sei a resposta para isso. Não importa o que tente dizer agora, Steve ia deixar Reed levar a culpa pela morte de Brooke. Porque Steve O'Halloran só se importa com ele mesmo. Sempre foi assim.

— Você e eu — diz ele de repente, os olhos assumindo um brilho animado. — Nós podemos tentar resolver isso juntos. Por favor, Ella, vamos nos sentar e conversar e ver como podemos salvar Reed. Talvez a gente possa botar a culpa na Dinah…

— *Mas não mesmo!*

Steve se vira ao ouvir a voz de Dinah. Eu nunca fiquei tão feliz na vida de vê-la. A distração de Steve é a oportunidade que eu preciso para correr para longe da lareira. Corro na direção da loura como se minha vida dependesse disso. E talvez dependa mesmo.

— Você matou a Brooke? — diz Dinah com desprezo, o olhar horrorizado grudado no marido.

A mão dela treme. Vejo um brilho preto e percebo o que ela está segurando.

Um revólver pequeno e preto.

— Abaixe essa arma — diz Steve, parecendo irritado.

— Você matou a Brooke — repete ela, e desta vez não é uma pergunta.

Fico ao lado de Dinah, mas ela me surpreende ao me dizer com gentileza:

— Vá para trás de mim, Ella.

— Abaixe a arma! — ordena Steve de novo.

Ele dá um pulo, mas Dinah levanta a arma.

— Não dê nem mais um passo.

Ele para na mesma hora.

— Abaixe a arma — diz ele pela terceira vez. Sua voz agora soa suave, calculada.

— Ella, ligue para a polícia — diz Dinah, sem tirar os olhos de Steve.

Estou com medo demais para me mexer. Sinto medo dela disparar a arma por acidente e eu ser pega no fogo cruzado.

— Pelo amor de Deus, Dinah! Vocês duas estão sendo ridículas! A morte da Brooke foi um acidente! E, mesmo que não tivesse sido, quem se importa! Ela era veneno! Era um lixo de pessoa!

Ele vem na nossa direção de novo.

E Dinah puxa o gatilho.

Tudo acontece tão rápido que nem consigo entender. Em um segundo, Steve está de pé e, no segundo seguinte, está no tapete, gemendo de dor com a mão no braço esquerdo.

Meus ouvidos estão ecoando como se eu estivesse em um parque de diversões. Eu nunca tinha ouvido um tiro na vida, e é tão ensurdecedor que tenho medo de ter estourado meu tímpano. Estou enjoada. De verdade, como se fosse vomitar nos pés. E meu coração está batendo ainda mais rápido do que antes.

— Você atirou em mim, sua vaca — murmura Steve, olhando para Dinah.

Em vez de falar com ele, Dinah se vira calmamente para mim e repete o pedido anterior.

— Ella. Ligue para a polícia.

Capítulo 35

REED

— O que foi? — Essas são as palavras que saem da minha boca quando atendo o telefone.

— Você tem que vir para a cobertura! — ofega Ella entre respirações profundas. — Vem agora. Traz o Callum. Traz todo mundo. Mas principalmente o Callum.

— Ella…

A linha fica muda.

Droga. Ela desligou na minha cara. Mas não perco um segundo. Ela me ligou e precisa de mim. Precisa de todos nós.

Pulo da cama e saio pela porta em um segundo. Com o punho batendo na porta de Easton e depois na de Sebastian, eu grito chamando meu pai no andar de baixo.

— Pai! Tem alguma coisa errada com a Ella! — Tento ligar para ela de novo, mas ela não atende.

— O que houve? — Easton sai do quarto quando estou passando correndo.

— É a Ella. Tem alguma coisa errada. — Desço cinco degraus de cada vez, voando pela escada. Acima e atrás de mim, ouço portas batendo e passos correndo.

Meu pai me encontra no pé da escada.

— O que foi? — pergunta ele, preocupado.

— A Ella está com algum problema. Está precisando de nós.

— Nós? — O rosto dele é tomado de confusão.

Sacudo o celular para ele.

— Ela acabou de me ligar. Me disse que precisa que todos nós vamos para lá agora.

Ele arregala os olhos, mas também pula e começa a agir.

— Vamos com o meu carro. Andem logo.

Corremos para fora e entramos no Mercedes do meu pai. Eu vou na frente, e os gêmeos e East vão atrás. Meu pai pisa fundo no acelerador e canta pneus no caminho, sem nem esperar os portões abrirem direito para passar. Enquanto isso, estou ligando sem parar para o telefone de Ella.

Depois da quinta tentativa, ela finalmente atende.

— Não posso falar, Reed. A polícia está aqui. Onde você está?

Fico tenso.

— A polícia?

— Quem é? — pergunta meu pai no banco do motorista.

— É a Ella — digo para ele. Voltando a falar com ela, pergunto: — Por que a polícia está aí?

A voz dela está tensa.

— Explico quando vocês chegarem aqui.

Ela desliga de novo.

— Puta que pariu! — Bato com o celular na perna. Estou ficando cansado dessa história dela desligar o telefone na minha cara.

Easton se inclina para a frente e coloca a cabeça entre os dois assentos frontais.

— O que ela falou?

Meu pai fura um sinal vermelho, vira à direita a uns oitenta quilômetros por hora e segue como louco por outra rua. Eu me apoio na porta enquanto olho o relógio. Estamos a uns dez minutos da cidade. Mando uma mensagem de texto para Ella.

Chegamos em 10 min.

— O que ela falou? — repete Easton no meu ouvido.

Jogo o celular no painel central e me viro para olhar para os meus irmãos. Os gêmeos estão pálidos e quietos, mas East está frenético.

— Ela disse que a gente precisava ir para a cobertura... todos nós... — Faço uma pausa e me viro para o meu pai. — Ela pediu especificamente para que levasse meu pai.

— Por que raios ela pediu para você me levar? — questiona ele, sem tirar os olhos da rua.

Outra curva fechada nos joga para a esquerda antes de nos ajeitarmos nos bancos.

— Não faço ideia.

— O Steve — diz East. — Só pode ser ele.

Meu pai contrai o maxilar.

— Ligue para o Grier. Mande ele nos encontrar na cobertura.

Não é má ideia. Ligo para o nosso advogado, que, diferentemente de Ella, atende o telefone.

— Reed, o que posso fazer por você?

— Você precisa nos encontrar na casa do Steve — eu digo.

Há meio segundo de silêncio, e então ele diz:

— O que diabos você fez?

Tiro o telefone do ouvido e olho para o aparelho sem acreditar.

— Esse filho da puta acha que eu fiz alguma coisa.

Meu pai faz um barulho de frustração que vem do fundo da sua garganta.

— Você admitiu ter cometido homicídio culposo. É claro que ele pensa que você fez alguma coisa.

Franzo a testa, mas coloco o telefone no ouvido de novo.

— É a Ella. Alguma coisa aconteceu, e meu pai acha que você devia ir para lá. — Desligo na cara dele porque chegamos no condomínio, e há viaturas da polícia para todo lado.

Meu pai olha assustado para tantas viaturas.

— Que porra é essa?

Com o coração na garganta, pulo antes mesmo do carro parar.

— Reed, volta aqui! — grita meu pai. — Espera uma porra de um segundo.

Mas mais portas estão batendo, o que indica que meus irmãos estão vindo logo atrás de mim. As pessoas no saguão são um borrão enquanto corro para os elevadores. Milagrosamente, as portas de metal se abrem quando paro.

Com impaciência, espero os dois homens de uniforme saírem e entro. Meus irmãos entram também, na hora em que as portas estão se fechando.

— Ela está bem, cara — garante Easton, um pouco sem fôlego.

— É mesmo? — Eu olho para ele. — São dez e meia. Tem uns seis carros de polícia lá fora. A Ella ligou em pânico, dizendo que precisava de todos nós aqui.

— Mas ela ligou — observa ele.

Tem alguma coisa de muito errado acontecendo quando East é quem está calmo e eu estou tão nervoso que meu coração parece que vai pular do peito. Enfio a mão no cabelo e olho para as luzes do painel, querendo que o elevador se mova mais rápido.

— O que vocês acham que está acontecendo? — pergunta Sawyer em voz baixa.

— Deve ser a Dinah — supõe o irmão gêmeo dele.

Bato com o punho na porta. Esse era meu medo também.

— Se você fizer isso de novo, é capaz de a gente ficar preso aqui — avisa East.

— Certo. Então acho que vou ter que dar um soco na sua cara.

— Aí, a Ella vai ficar com raiva de você. Ela ama meu rostinho bonito. — Ele bate na própria bochecha.

Os gêmeos riem com nervosismo. Eu fecho as mãos e penso em dar socos nos três. Felizmente para eles, o elevador para e eu saio correndo.

Há dois policiais no corredor curto que leva até a entrada de porta dupla da cobertura. O mais alto e mais magro coloca a mão na porta, enquanto a mão da mulher vai para a arma.

— Aonde vocês vão? — pergunta um deles.

— Nós moramos aqui — minto.

Os dois policiais se olham. Atrás de mim, sinto meus irmãos ficarem tensos. Não estou nem aí se tiver que derrubar esses policiais no soco. Eu me adianto, mas, quando diminuo a distância, um rosto familiar aparece na porta.

A investigadora Schmidt varre a cena com o olhar. Em seguida, abre a porta.

— Tudo bem. Eles podem entrar.

Não vou questionar minha sorte repentina. Entro correndo, passo pelos retratos enormes de Dinah e vou para a sala, chamando o nome da minha namorada.

— Ella!

Finalmente, a vejo, encolhida perto de Dinah, em um sofá de frente para a porta do terraço.

Corro até lá e a puxo do sofá.

— Você está bem?

— Estou — garante ela. — Cadê o Callum?

Por que ela está tão obcecada pelo meu pai? Passo as mãos pelos braços dela enquanto a observo. Não parece haver nada de errado com ela, além do fato de ela estar pálida e gelada. O cabelo está embaraçado e desgrenhado, mas ela não parece machucada.

Eu a aperto contra o peito e encosto o rosto dela no meu coração disparado.

— Tem certeza de que está bem, gata?

— Tenho. — Ela me abraça. Por cima da cabeça dela, olho para Dinah, cujo rosto normalmente imaculado está manchado de lágrimas. Os olhos estão vermelhos, e o cabelo dela também está embaraçado.

— O que aconteceu? — diz Easton, parecendo tão confuso quanto eu. — Vocês... Uma de vocês atirou no Steve?

Eu me viro e percebo que passei correndo pelo Steve. Ele está encostado na base da lareira, com as costas apoiadas nas pedras.

Ele está algemado.

Ella treme.

— O que raios está acontecendo aqui? — diz a voz trovejante do meu pai.

As linhas de dor no rosto de Dinah somem, e um brilho calculado surge em seus olhos. Ela se encosta no sofá de costas baixas e passa um braço pelo encosto.

— O Steve tentou silenciar a Ella quando ela descobriu que foi ele que matou a Brooke. Eu a salvei. Podem me agradecer depois.

Ouço alguns palavrões ecoarem ao fundo enquanto olho fixamente para Ella.

— É verdade?

Ela engole em seco e assente lentamente.

— Tudinho.

Dinah acabou de dizer outras coisas importantes, mas a única que se destaca é que Steve tentou matar Ella. É quase demais para meu cérebro cansado processar.

— Você está machucada? — repito, procurando marcas de ferimentos no corpo dela.

— Eu estou bem. Juro. — Ela aperta meu braço. — E você? Você vai ficar bem?

Faço que sim que nem um idiota porque minha mente ainda está girando, mas finalmente assimilo a razão da urgência na voz dela. As novas informações caem em cima umas das outras até se encaixarem.

As lágrimas de Dinah.

O pedido frenético e desesperado para eu vir, para todos virmos.

Steve tentando matar Ella.

Finalmente, eu entendo.

— Steve tentou jogar a culpa do assassinato da Brooke em mim?

Ao ver a careta de Ella, sinto tanta raiva que é como se estivesse cego. Antes mesmo de reparar que estou me movendo, percebo que estou indo para a lareira.

Ouço meu nome sendo chamado baixinho, mas toda a minha atenção está voltada para o homem que me ajudou a aprender a andar de bicicleta, que jogava futebol americano comigo e meus irmãos. Porra, ele me deu minha primeira camisinha.

Um paramédico está ajoelhado ao seu lado verificando sua pressão, enquanto o investigador Cousins está parado do outro lado.

Ella aparece do meu lado e coloca a mão no meu braço.

— Não — sussurra ela.

De alguma forma, encontro forças para não pular em cima de Steve. Só quero dar porrada no meu padrinho até ele desmaiar, mas fecho os olhos e encontro um pouquinho de autocontrole no fundo do estômago embrulhado.

— Por quê? — digo com rispidez para Steve. — Por que você fez isso?

Meus irmãos formam um muro atrás de mim. Meu pai para ao meu lado. O olhar de Steve vai de Seb para Sawyer, para um pouco em Easton, se volta para mim e se fixa no meu pai.

— Foi acidente — grunhe Steve.

— O que foi acidente? — pergunta meu pai, a voz seca de dor. — Você tentar matar sua própria filha? Ou tentar jogar uma acusação de assassinato no meu filho? Há quanto tempo você voltou? Também estava trepando com a Brooke?

Steve balança a cabeça.

— Não foi assim, cara. Mas ela era uma doença, jogou você e o Reed um contra o outro.

Meu pai estica o braço, e um abajur cai e bate contra uma pedra não muito longe da cabeça de Steve. Nós todos nos encolhemos.

— Nós nunca ficamos um contra o outro. Uma mulher nunca entraria entre nós.

— A Brooke entraria. A Dinah também. — Ele faz cara de desprezo para a loura sentada a três metros. — Todas essas mulheres com quem ficamos, Callum. Elas querem nos destruir. Porra, até a sua esposa.

Ella faz um som baixo e consternado. Meu pai e eu olhamos para ela, que desvia o olhar rapidamente.

— O que foi? — pergunto com voz rouca.

Ela inspira fundo.

— Ella — implora Steve de perto da lareira. — Eles não precisam saber.

Ela respira fundo de novo.

— Droga — fala Steve, e olha com uma expressão de loucura para o investigador Cousins. — Me tira daqui, tá? O ferimento foi superficial, eu não preciso de atendimento médico. Só me leva logo para a cadeia. Você já leu meus direitos, caramba.

E nessa mesma hora eu percebo o que Steve está com medo de admitir. O que Ella descobriu?

— É sobre a minha mãe, não é? — digo com voz rouca. Não sei se estou perguntando à Ella ou ao Steve ou ao meu pai ou ao universo cósmico. Só sei que, assim que falo na minha mãe, o rosto de Steve fica imediatamente pálido.

Ella segura minha mão, mas ainda não me olha nos olhos.

— O Steve e a sua mãe tiveram um caso — sussurra ela.

A sala é tomada de silêncio. Até o investigador Cousins parece assustado, e ele nem conheceu a minha mãe.

— Ella — implora Steve. — Por favor…

Ela o ignora e vira o olhar consternado para o meu pai.

— A Maria escreveu uma carta para ele dizendo que não conseguia mais viver com a culpa. Eu encontrei no quarto onde a Brooke estava hospedada. Ela tentou esconder. — Os olhos tristes dela se viram para mim e para os meus irmãos. — Não foi culpa de vocês. — A voz dela falha na última palavra.

Meu pai cambaleia para trás e se apoia na beirada da mesa.

As palavras que Ella acabou de dizer não penetram no meu cérebro. São só consoantes secas, vogais suaves. Não são compreensíveis. Sawyer e Seb parecem estar grudados no piso frio. Eu também estou paralisado, preso no horror do que estou descobrindo.

Só Easton consegue se mexer.

— Seu babaca! Seu babaca! — grita ele, e parte para cima de Steve.

O investigador Cousins entra no meio dos dois. Os gêmeos correm e puxam Easton para trás. Meu pai se ajeita e cambaleia para a frente.

Cada parte de mim quer se jogar em Steve de novo. Dar uma surra nele pelo que ele fez a mim, à minha mãe, à minha família. Mas a mão fina de Ella está apoiada de leve no meu ombro, me segurando no lugar.

Eu brinquei uma vez que ela segurava minha coleira… e é verdade. Sou uma pessoa melhor quando ela está por perto. Sou mais controlado. Mais digno. E, depois de tudo que ela passou hoje, não quero aumentar ainda mais sua dor dando uma surra no pai dela.

— Quanto tempo isso durou? — pergunta meu pai, o olhar furioso grudado no melhor amigo.

Steve passa a mão trêmula pela boca.

— Ela deu em cima de mim.

— Quanto tempo? — ruge meu pai.

Cousins pede ajuda pelo rádio.

— Preciso de ajuda, agora. Tem cinco Royals aqui com sede de sangue.

Steve não tira o olhar do meu pai.

— Foi só uma vez. Ela se aproveitou de mim.

Com um barulho engasgado, meu pai se vira para Ella.

— Quanto tempo?

— Não sei. Só tinha esta carta. — Ela mostra uma folha de papel de carta amassada com o canto inferior esquerdo rasgado.

Reconheço o papel na mesma hora. Minha mãe tinha um conjunto de papéis e envelopes personalizados. Dizia que toda verdadeira dama enviava um bilhete de agradecimento manuscrito em vez de fazer uma ligação telefônica. E ela nunca mandava mensagem de texto ou e-mail.

Meu pai arranca a folha de papel da mão de Ella e passa os olhos no texto. Em seguida ele a dobra de novo e devolve para Ella, fazendo um esforço enorme. Cutuco o braço dela, que coloca a carta na minha mão.

— Você merece apodrecer no inferno — sibila meu pai para Steve, o corpo todo vibrando pela fúria sufocada. — Eu fiquei ao seu lado por tanto tempo. Apoiei você sempre que alguém questionava sua honra, sua lealdade. — Ele respira fundo. — Não suporto olhar para você.

Só me permito lançar um olhar rápido pela carta, e a mera visão da caligrafia da minha mãe deixa meu coração doendo. Todo esse tempo, eu achei que tinha feito minha mãe se matar. Easton também se culpava. Os gêmeos ficaram arrasados durante meses. Nós desmoronamos como família. Odiávamos nosso pai, odiávamos a nós mesmos. Quando Ella chegou sem aviso, nós também a odiamos. Nós a tratamos como lixo.

Easton e eu a deixamos na rua uma noite e a obrigamos a andar até em casa. Nós a seguimos de longe porque não somos *tão* babacas assim, mas fizemos com que ela acreditasse que estava sozinha.

Eu não sei nem consigo entender como ela me perdoou e como ela conseguiu me amar depois disso.

Enquanto estou perdido em meus pensamentos, meu pai passa pelo East, contorna Cousins e dá um soco tão forte no maxilar de Steve que o som do impacto ecoa pela sala enorme, e um lado ao outro. Desta vez, quando Steve passa a mão na boca, o sangue se espalha pela cara dele.

— Chega. Ele está sob custódia da polícia — diz o investigador Cousins.

Meu pai não afasta o olhar de Steve.

— Seu filho da puta. Você transa com a minha esposa, mata uma mulher e tenta botar a culpa no meu filho?

— Pai — digo com voz rouca. — Ele não vale a pena.

E não vale mesmo. Steve não importa mais. Tudo que importa é que estou vivo. Todo mundo que amo está vivo e ileso. Eu não vou ser preso. Ella vai voltar para casa conosco, para o lugar que ela deveria estar. Nós vamos sobreviver a isso, como sobrevivemos ao suicídio da nossa mãe, à nossa família destruída e aos nossos demônios.

Seguro a mão de Ella e digo:

— Vamos.

— Para onde a gente vai? — pergunta ela

— Para casa.

Ela fica em silêncio por um momento.

— Isso é bom.

— É — diz Easton, se aproximando do outro lado. — Seu quarto está uma bagunça.

— Porque você fica indo ver futebol americano lá — murmura ela enquanto a levamos embora. — Espero que você arrume tudo assim que chegarmos em casa.

Easton para na porta da cobertura e olha para ela com incredulidade.

— Eu sou o Easton Royal. Eu nunca arrumo porra nenhuma.

Meu pai suspira. Os gêmeos riem. Até os policiais parecem estar tentando não rir.

Seguro a mão de Ella com mais firmeza e saio, seguido por cada um dos meus irmãos. Atrás de nós, está o passado atormentado e terrível. À nossa frente, está nosso futuro imaculado.

Eu não vou mais olhar para trás.

Capítulo 36

REED

Halston Grier demora quarenta e oito horas para conseguiu outra audiência para mim. Desta vez, não fico nem irritado de Delacorte ser o juiz designado para o caso. Há algo de incrivelmente irônico no fato de que ele vai ter que cuidar da moção que vai abandonar todas as acusações contra mim depois que ele tentou subornar meu pai.

— Considerando seu passado com esse juiz, meu conselho é que você pareça adequadamente penitente durante a audiência — aconselha Grier enquanto esperamos Delacorte chegar da sala dele. A audiência devia ter começado quinze minutos antes, mas o juiz está emburrado na sala dele, tentando adiar o inevitável.

O aviso de Grier é desnecessário. Não tenho sorrido muito desde que recebi a ligação de Ella no sábado à noite.

— Todos de pé, o Meritíssimo Juiz Delacorte está presente.

— Meritíssimo, meu cu — murmura Easton alto atrás de mim.

Grier está virado para a frente, mas a sócia dele, Sonya Clark, se vira para olhar de cara feia para o meu irmão.

Com o canto do olho, vejo Easton fazendo um sinal de zíper nos lábios. Ella está ao lado dele e está sentada muito perto de Dinah, o que é estranho. Acho que as duas acabaram criando um laço esquisito na noite em que Steve confessou ter matado Brooke porque achou por engano que ela era Dinah.

Ainda acho que Dinah é uma cobra, mas, puta merda, como estou agradecido a ela. Sim, ela chantageou meu irmão, mas também salvou a vida de Ella. Se não tivesse pego aquela arma no cofre e ido ajudar Ella, as coisas poderiam ter acabado de forma bem diferente. Graças a Dinah, Ella está bem e Steve O'Halloran irá para trás das grades, acusado de um crime que todo mundo achou que *eu* tinha cometido.

Cada vez que penso no assunto, tenho vontade de socar alguma coisa. Aquele filho da mãe ia mesmo me deixar apodrecer na cadeia por uma coisa que não fiz. Sei que ele é pai de Ella, mas nunca vou perdoá-lo pelo que fez. Acho que Ella também não.

Grier puxa meu paletó para me lembrar de ficar de pé. Eu me levanto como foi ordenado e espero o meirinho nos autorizar a nos sentarmos.

Com a toga preta e o cabelo grisalho, o juiz Delacorte parece um homem honrado, mas nós todos sabemos que ele não passa de escória que enterra os crimes do filho baderneiro e estuprador.

Delacorte se senta e passa a folhear os papéis da moção feita pelos advogados. Enquanto ele faz isso, a corte inteira é obrigada a ficar de pé. Que babaca.

Depois de dez longos minutos passados no relógio, o meirinho enfim limpa a garganta. Seu rosto vermelho exibe seu constrangimento. Não é culpa dele que seu chefe seja um cretino. Nós todos nos sentimos mal por ele.

A tosse chama a atenção do juiz Delacorte. Ele levanta a cabeça, olha para nós e assente.

— Podem se sentar. O Estado tem uma moção a fazer?

Há muito barulho de movimento quando as pessoas se sentam. O promotor continua de pé. Deve ser difícil fazer isso, admitir que errou sobre as provas e quase jogou um garoto inocente na prisão.

— Tem, sim.

— E o que é? — Delacorte nem disfarça sua impaciência. Ele está irritado de estar ali, apesar de ser o trabalho dele.

Estoicamente, o promotor anuncia:

— A promotoria quer retirar as acusações.

— Com base em quê?

Está tudo na papelada na frente de Delacorte, mas, como ele odeia a própria vida, vai tentar fazer todo mundo igualmente infeliz.

— Com base no fato de que novas provas sugerem que o indivíduo errado foi acusado. Agora, temos outro suspeito sob custódia.

— E essas novas provas são o testemunho da namorada do antigo acusado e a esposa afastada do novo acusado?

— Sim.

Delacorte bufa.

— E a promotoria julga isso crível? — É óbvio que ele não quer me deixar sair dessa.

Lanço um olhar meio preocupado para Grier, que balança a cabeça de forma quase imperceptível. Tudo bem, então. Se Grier não está incomodado, eu não vou me deixar abalar.

— Julgamos. Temos uma gravação do senhor O'Halloran confessando o crime. As declarações das vítimas são corroboradas pela evidência física inicial na cena, assim como por declarações pós-incidente ouvidas pelo investigador Cousins, pela investigadora Schmidt e pelo policial Tomas, quando o senhor O'Halloran admitiu que confundiu a identidade da falecida com a esposa.

— E a promotoria tem certeza absoluta de que está acusando a pessoa certa desta vez? Na última vez que estive aqui, os senhores juraram que o senhor Royal era o culpado desse crime violento. Na verdade, tínhamos uma audiência de sentença marcada porque *ele* ia se declarar culpado. Os senhores se enganaram antes ou agora? — diz Delacorte com sarcasmo.

As bochechas do advogado ficam vermelhas.

— Nós nos enganamos antes — diz ele, e apesar do constrangimento, a voz dele está firme.

Está óbvio que o juiz Delacorte não quer fazer nada a meu favor. Ele quer que eu apodreça na cadeia. Infelizmente para ele, ele vai para a cama hoje à noite com um fracasso amargo na boca.

Ele pega o martelo.

— Moção mantida — diz ele. — Mais alguma coisa, advogado?

— Sim, mais uma coisa. — O promotor se vira e sussurra alguma coisa para o assistente.

Grier começa a juntar as coisas.

— Acabou aqui? — pergunto.

Grier assente.

— Acabou. Parabéns. Você está oficialmente livre disso tudo.

Respiro fundo pela primeira vez desde que entrei no tribunal.

— Obrigado. — Aperto a mão dele, apesar de que a pessoa que eu deveria realmente agradecer estava atrás de mim. Grier acreditava que eu devia me declarar culpado apesar da minha inocência.

East estica a mão por cima da pequena amurada para me cumprimentar, mas para o movimento no meio ao ouvir as palavras do promotor.

— Gostaríamos de fazer a acusação contra Steven George O'Halloran.

Inspiro fundo quando Steve sai de uma sala lateral, acompanhado por um guarda uniformizado. Ele entra no tribunal e caminha até a mesa da defesa, mas o olhar sem expressão não vai nem uma vez na minha direção. Nem na direção da filha.

— Pode ler, advogado — diz o juiz Delacorte em um tom entediado, como se fosse uma ocorrência diária. Pode até ser que seja para ele, mas não para nós.

Não para Ella.

Olho para trás e vejo que o rosto dela é uma mistura de horror e tristeza. Então, murmuro para East:

— Tira ela daqui.

Meu irmão faz que sim, concordando que Ella não precisa ouvir as acusações feitas contra o pai.

— Venha, Ella. Vamos embora. Acabou aqui — diz ele com voz baixa.

Mas Ella se recusa a sair. Ela segura a mão de Dinah, logo a dela. E Dinah, a interesseira, a chantagista, segura a mão da minha garota. As duas se apoiam uma na outra enquanto o promotor lê as acusações.

— Steven George O'Halloran, chamado de agora em diante de réu, no condado de Bayview e no estado da Carolina do Norte, cometeu de forma ciente homicídio culposo que resultou na morte de Brooke Anna Davidson.

— O réu pode se adiantar?

Eu saio da frente e observo com surpresa Grier pegar outra pasta. Puta merda. Ele não estava arrumando as coisas. Estava guardando meu caso e se preparando para defender Steve.

Steve abotoa o paletó ao se aproximar do juiz. Ele parece confiante e composto, mas se recusa a olhar nos meus olhos.

— Como você se declara? — pergunta Delacorte.

— Inocente — diz Steve com voz alta e clara.

Meus punhos se fecham. Inocente, meu cu. Quero acabar com ele. Quero enfiar a cara dele na mesa de madeira até virar uma massa sangrenta e irreconhecível. Quero...

Uma mão se fecha no meu pulso. Levanto o olhar e vejo o rosto lindo e infeliz de Ella e percebo o que eu estava prestes a fazer. Fecho os olhos e apoio a testa na dela.

— Está pronta para ir para casa?

— Estou.

Eu seguro a mão dela e nós deixamos o tribunal e Steve para trás, a minha família seguindo logo depois. Do lado de fora, alguns repórteres correm até nós, mas os garotos Royal são grandes e intimidadores. Formamos um círculo protetor em volta de Ella e mantemos os abutres longe enquanto vamos embora do tribunal.

Meu pai nos encontra do lado do Mercedes dele.

— Você vai para casa com a gente, Ella.

— De vez? — pergunta ela com cansaço.

Ele sorri.

— De vez. O Grier está preenchendo a papelada de tutoria. — Mas o sorriso some rapidamente. — Estamos usando os problemas legais atuais do Steve como base para uma decisão de emergência.

Não deixo de perceber a dor que aparece nos olhos dele. A traição de Steve machucou todos nós, mas machucou ainda mais meu pai. Steve é, ou era, o melhor amigo dele, mas o babaca estava disposto a me deixar ser preso por um crime que ele cometeu.

E ele…

Minha garganta se aperta quando me lembro da outra traição.

Steve teve um caso com a minha mãe.

Sinto vontade de vomitar só de pensar, e quase desejo que nenhum de nós tivesse lido a carta. Mas parte de mim está feliz de termos lido. Por muito tempo, eu me culpei pela morte da minha mãe, me perguntei se minhas brigas e minha imprudência foram o que a levou ao suicídio. East achava que foi o vício dele em comprimidos que a fez perder a cabeça.

Pelo menos, agora sabemos a verdade. Minha mãe se matou pela culpa que sentia por ter um caso com o melhor amigo do meu pai. E ela achava que meu pai a estava traindo também. Steve a fez acreditar nisso.

O filho da puta do Steve. Espero nunca mais ter que botar os olhos naquele homem na minha vida.

— Ella!

As orelhas do filho da mãe deviam estar queimando, porque ele de repente aparece na escada do tribunal.

— Ah, merda — murmura East.

Os gêmeos ecoam o xingamento dele usando palavras mais fortes. Considero a ideia de jogar Ella no ombro, pular no carro e disparar para longe. Mas hesito demais, e Steve já está atravessando o estacionamento.

Meu pai dá um passo ameaçador para a frente e se coloca entre Ella e Steve.

— É melhor você ir — ordena ele.

— Não. Eu quero falar com a minha filha. — Steve se inclina para desviar do meu pai e suplica para Ella. — Ella, me escute. Eu estava drogado naquela noite. Acho que a Dinah deve ter colocado alguma coisa na minha bebida. Você sabe que eu nunca faria nada para machucar você. E eu também não fiz nada com a Brooke. Você entendeu errado tudo que eu disse naquela noite.

O rosto dela exibe dor.

— É mesmo? Essa é a história que você resolveu contar?

— Você tem que confiar em mim.

— Confiar em você? Por acaso isso é uma piada? Você matou a Brooke e tentou botar a culpa no Reed! Não sei quem você é e não quero saber.

Ela abre a porta do carro e entra. O barulho da porta batendo nos coloca em movimento. Os gêmeos e Easton entram no Rover de Sawyer, e eu me junto a Ella no carro do meu pai.

Meu pai fica com Steve, mas as vozes furiosas são abafadas pelas janelas fechadas da Mercedes. Estou cagando para o que eles estão dizendo. Tenho certeza de que meu pai vai mandar Steve ir para o inferno, onde ele merece arder por toda eternidade.

Ella olha para mim com olhos tristes enquanto passo o braço em volta dela.

— Vocês foram duros comigo quando eu cheguei — começa ela.

Faço uma careta.

— Eu sei.

— Mas todos mudaram, e eu... eu tive uma família pela primeira vez. — Lágrimas escorrem pelo rosto dela. As mãos estão fechadas no colo, brancas nos nós dos dedos.

Eu as cubro com a minha e sinto as lágrimas quentes caírem.

— Quando Steve chegou, eu fui dura com ele, mas, no fundo, achava legal ele estar tão empolgado para ser pai. As regras dele eram ridículas, mas as garotas da escola diziam que aquilo era normal e, às vezes, faziam com que eu sentisse que ele realmente se importava comigo.

Engulo em seco com um nó na garganta. As palavras dela são tão cheias de dor, e não sei como tirar isso dela.

— Eu achava... — continua ela por entre inspirações. — Às vezes, eu achava que minha mãe estava errada de me levar de um lado para outro do país, correndo de um relacionamento ruim para outro. Eu achava que talvez tivesse sido melhor se eu tivesse passado a infância com o Steve. Ser uma O'Halloran, não uma Harper.

Ah, porra. Eu a puxo para meu colo e apoio seu rosto molhado pelas lágrimas no meu pescoço.

— Eu sei, gata. Eu amo a minha mãe, mas tenho pensamentos ruins sobre ela às vezes também. Eu entendo que ela não conseguia viver consigo mesma, mas ela devia ter *tentado*.

Porque nós precisávamos dela. — Faço carinho no cabelo de Ella e dou um beijo em sua têmpora. — Acho que ter raiva ou sentir ressentimento por nossas mães terem nos decepcionado não é desleal.

O corpinho dela treme.

— Eu queria que ele me amasse.

— Ah, gata, tem alguma coisa errada com Steve. Ele não é capaz de amar ninguém além dele mesmo. Esse defeito é dele, não seu.

— Eu sei. Mas é que dói.

A porta do motorista se abre e meu pai entra.

— Tudo bem aí atrás? — pergunta ele baixinho.

Nós nos olhamos pelo retrovisor. Fico em silêncio, pois sei que ele está perguntando para Ella.

Ela treme, suspira e levanta a cabeça.

— Sim, eu estou péssima, mas vou ficar bem.

Ela desce do meu colo, mas fica com a cabeça no meu ombro. Meu pai sai do estacionamento e começa a voltar para casa.

— Uma vez eu falei para a Val que eu e você somos espelhos — sussurra Ella para mim. — Que encaixamos de uma forma estranha.

Eu sei exatamente o que ela quer dizer. Os sentimentos complicados que temos por nossas mães, pelas fraquezas e fragilidades delas, pelas forças escondidas e o amor que demonstraram para nós, pelo egoísmo que afetou todos nós… todas essas coisas são parte do que nos retorcia por dentro, mas, de alguma forma, os fios emaranhados se fundiram até estarmos inteiros de novo.

Ella me deixa inteiro. Eu *a* deixo inteira.

Eu tinha medo do futuro. Não sabia onde ia parar, não sabia se a raiva e a amargura dentro de mim um dia acabariam, se eu poderia me sentir digno ou encontrar alguém que seria capaz de ver através do babaca que eu finjo ser para o resto do mundo.

Mas não tenho mais medo, e encontrei alguém que me vê. Que me vê de verdade. E eu também a vejo. Ella Harper é tudo que vou ver, porque ela é o meu futuro. Ela é meu aço e meu fogo e minha salvação.

Ela é tudo.

Capítulo 37

ELLA

Uma semana depois

— O que é isso? — pergunto quando saio do banheiro, usando minha roupa favorita de ficar em casa: uma camiseta de Reed e um short.

O treino da equipe de dança acabou tarde hoje, e eu falei para o Reed ir para casa sem mim. Quando voltei, eu o fiz me esperar tomar banho, apesar de ele dizer que não se importa quando estou suada.

Agora, entro no quarto e encontro uma variedade de livretos coloridos na minha cama. A maioria tem imagens de adolescentes segurando livros contra o peito.

— Escolhe uma — diz Reed, com os olhos grudados na TV.

Quando me aproximo, percebo que são livretos de faculdade, uns dez.

— Uma o quê?

— Escolhe onde nós vamos fazer faculdade.

— Nós? — Curiosa, abro um deles. *A UNC*, diz o livreto, *oferece cursos superiores desde o século XVIII.*

— Dã. — Ele rola de lado na cama e amassa metade dos papéis brilhosos embaixo do corpo sarado.

— Nós vamos escolher juntos? — digo, surpresa.

— Vamos. Você disse que queria dançar, e tem algumas aí que oferecem bons cursos de arte. — Ele remexe na pilha e pega um livreto vermelho e branco. — A UNC-Greensboro oferece um curso de dança, e a UNC de Charlotte também. As duas são credenciadas à Associação Nacional de Escolas de Dança.

Um calor familiar começa a percorrer meu corpo.

— Você pesquisou isso tudo?

— Claro.

Sugo o lábio inferior para não desabar em lágrimas. Essa deve ser uma das coisas mais legais e atenciosas que já fizeram por mim. Mas não escondo muito bem minhas emoções, porque Reed se arrasta pela cama e me puxa para perto.

Seus olhos observam os meus.

— Você está chateada por isso?

— Não. É fofo demais — balbucio.

Sorrindo, ele se senta na beirada da cama e me coloca entre suas pernas. Ele parece meio constrangido e meio orgulhoso.

— Eu achei que era o mínimo que eu podia fazer. O que você estava planejando antes do meu pai sequestrar você?

— Rá, então você admite que ele me sequestrou!

Ele sorri.

— Eu acabei de dizer isso.

— Tudo bem. Eu ia fazer uma faculdade comunitária e tirar diploma de Administração. Depois, ia fazer aula de contabilidade por dois anos e com sorte encontrar um emprego fixo para ficar o dia todo mexendo com números. Eu planejava usar muita roupa cáqui, comer no refeitório e talvez ter um cachorro em casa me esperando.

O sorriso dele aumenta.

— Bom, agora você pode fazer faculdade de Artes e viver do seu fundo.

— E seu diploma de Administração?

Ele dá de ombros.

— Posso estudar isso em qualquer lugar. Meu pai não vai deixar de me contratar. Ele está louco para entrarmos nos negócios da família. O Gid não tem interesse nenhum. O East gosta de carros. Os gêmeos são mais como... — Ele para de falar antes de dizer o nome de Steve. — Os gêmeos gostam de aviões e não estão interessados em cuidar da empresa.

Saio do abraço dele e vou até a penteadeira, onde pego o folheto que encontrei no quadro de avisos da Astor Park hoje; Hailey que me mostrou. Eu me viro para Reed e troco o livreto da UNC-Greensboro pelo folheto.

— O que é isto? — Ele vira o folheto.

— É um circuito amador de boxe. Eu sei que você gosta de bater em coisas, mas você não devia mais ir para o porto. Assim, você vai poder dar e levar porrada, e é perfeitamente legal. Não estou dizendo que você devia fazer isso pelo resto da vida, mas...

— Gostei — declara Reed.

— É?

— Eu posso fazer isso, estudar e voltar para casa e ficar com você, né?

Eu derreto junto a ele.

— É. — Um sorriso move meus lábios. — Ah, e a Val pediu para eu dizer para você levar o Wade junto. Ela acha que vai ser bom ele levar uns socos naquele rostinho bonito de vez em quando.

Reed ri.

— Eu achei que eles estivessem juntos agora!

— Eles estão. — Dou uma risada quando penso nos nossos melhores amigos. Eles são oficialmente um casal há uma semana, e Val já está dando ordens. — Mas ela ainda está fazendo ele pagar por se meter com outra pessoa.

Ele revira os olhos.

— Garotas são loucas.

— Não somos. — Eu belisco a lateral dele como se desse um aviso. — Ah, e aliás, eu decidi que vou fazer aulas de dança. É a única coisa que a Jordan faz que me dá inveja. E sei que não vou ser tão boa quanto ela em apenas um ano, mas ainda assim acho que seria legal.

— Meu pai adoraria.

Reed me puxa para cima dele, e eu me esfrego no corpo duro e delicioso. Nossos lábios se encontram, de forma suave e doce. A mão entra embaixo do tecido do meu short para me apertar mais sobre ele. Nós nos beijamos até estarmos sem ar e eu rolo para o lado, porque, se continuarmos assim, vamos acabar tirando nossas roupas a qualquer momento. Está quase na hora do jantar, e nós todos estamos fazendo um esforço para começar a jantar juntos, como família.

Além do mais, Gideon vem jantar com a gente, e eu tenho um presente para ele.

— Como você está depois de tudo...? — Reed para de falar. Como sempre, ele não menciona Steve sem ser usando termos vagos.

— Estou bem — garanto a ele. — E você não devia ter medo de dizer o nome do Steve na minha frente. Só não o chame de meu pai, porque ele não é isso. Nunca foi.

— Não — concorda Reed. — Ele nunca foi seu pai. Você não se parece muito com ele.

— Espero que não.

Só que, por mais que eu queira negar, Steve *é* meu pai, e o fundo que Reed mencionou antes é o dinheiro de Steve, que ele passou para mim, com Callum como administrador. Eu já reduzi esse fundo à metade, mas foi por uma boa causa.

Acho que Gideon vai ficar muito feliz hoje, quando souber do acordo que fiz com Dinah. Em troca de metade do dinheiro de Steve, ela queimou todas as provas de chantagem que tinha contra ele e Savannah. Sei que foi tudo destruído de vez porque fiquei em frente à lareira com ela enquanto ela acendia o fósforo e queimava o pendrive, as fotos impressas e os papéis que ela me informou com arrogância que nunca seriam levados para a polícia.

Foi a mesma lareira onde Brooke e seu bebê morreram, mas tento não pensar muito nisso. Brooke se foi. O bebê não nascido de Callum também. Mas nada vai trazer os dois de volta, e o que podemos fazer agora é deixar essa tragédia para trás.

Estico a mão e seguro a de Reed.

— *Você* está bem? Está se sentindo melhor em relação a tudo?

— Estou — admite ele. — Estou aliviado de não ir para a prisão, mas ainda estou puto com o seu… com o Steve. E também estou com raiva da minha mãe. Mas… estou tentando superar.

Entendo perfeitamente.

— E o Easton? Ele tem parecido estranho para você? — Easton anda estranhamente sossegado há uma semana.

— Não sei. Acho que ele pode estar apaixonado por uma garota.

Eu me viro de lado.

— É sério?

A lateral da boca de Reed se curva para cima.

— Sério.

— Uau. — Balanço a cabeça, atônita. — O inferno congelou.

— É.

Antes que eu tenha a oportunidade de perguntar mais, Callum grita do saguão:

— O jantar está pronto.

Reed me coloca de pé.

— Vem, vamos descer. A família está esperando.

Amo essa palavra, e amo o garoto que está segurando a minha mão e me levando pela porta, para podermos nos juntar à nossa família.

A *minha* família.

Fique de olho

Assine a newsletter para saber em primeira mão quando mais títulos de Erin Watt forem lançados! Prometemos só enviar e-mail quando for realmente importante. Curta a página do Facebook de Erin Watt para saber de novidades e ver prévias divertidas!

Curta a página do Facebook:
https://www.facebook.com/authorerinwatt

Siga no Goodreads:
https://www.goodreads.com/author/show/14902188.Erin_Watt

Sobre a autora

Erin Watt é cria de duas autoras campeãs de venda, reunidas pelo amor por grandes livros e pelo vício em escrever. Elas compartilham uma imaginação criativa. Seu maior amor? (Depois das famílias e dos bichos de estimação, claro.) Criar ideias divertidas e, às vezes, malucas. O maior medo? Romper. Você pode fazer contato com elas pela conta de e-mail compartilhada: authorerinwatt@gmail.com.

Leia também os outros livros da série The Royals

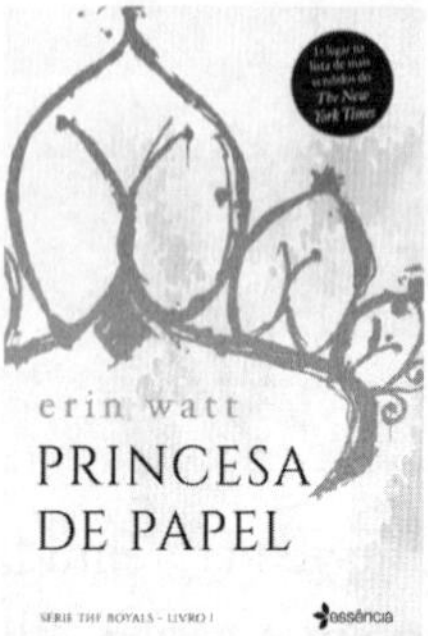

Acreditamos
nos livros

Este livro foi composto em Fairfield LH 45
e impresso pela Geográfica para a Editora
Planeta do Brasil em agosto de 2021.